나도 회사 다니는 동안 책 한 권 써볼까?

나도 회사 다니는 동안 책 한 권 써볼까?

2018년 12월 24일   초판 1쇄 인쇄
2019년 1월 3일   초판 1쇄 발행

지은이   민성식
펴낸이   정희용
편집   남은영

펴낸곳 도서출판 바틀비
주소 07255 서울시 영등포구 선유동1로 33 성도빌딩 3층
전화 02-2039-2701
팩시밀리 0505-055-2701
페이스북 www.facebook.com/withbartleby
블로그 blog.naver.com/bartleby_book
이메일 Bartlebypub@gmail.com
출판등록 제2017-000105호

ISBN 979-11-964869-2-1 03800

민성식 지음

나도 회사 다니는 동안

책 한 권
써볼까?

바틀비

책 쓰는 직장인

나는 그저 평범한 회사원이다. 글을 전문적으로 쓰는 작가가 아니다. 글 쓰는 일과는 거리가 먼 부동산 회사에 다니는 직장인이다. 그런 내가 부동산 관련 책을 세 권이나 내고 이제는 책 쓰기에 관한 책을 쓰고 있다.

이번 책은 앞서 출간한 책들과 목적이 좀 다르다. 부동산 관련 책들은 평소 내가 업무에서 쌓은 지식과 정보를 다듬어 제공하는 차원이었다면, 이번 책은 나와 비슷한 처지에 있는 직장인들을 돕기 위한 것이다. 나처럼 평범한 회사원도 직장에 다니면서 충분히 책을 쓸 수 있다는 점을, 그리고 책 쓰는 일이 무엇보다 자기 자신에게 도움이 되고 가치 있는 일임을 알리고 싶었다. 책을 내고 저자가 되면서 느낀 보람과 혜택을 평범한 직장인들과 나눴으면 한다.

글쓰기나 책 쓰기에 관한 책은 이미 많이 출간되었고, 그것만 찾아 읽기에도 시간은 턱없이 부족하다. 그럼에도 굳이 또 한 권을 보태는 이유는 전업 작가나 글쓰기에 정통한 전문가들과는 다른 차원에서 나와 같은 직장인들에게 들려줄 이야기가 있기 때문이다. '더 나은 글쓰기, 책 쓰기'가 아니라 '직장인 맞춤형 책 쓰기'라는 다른 접근법을 말하고 싶었다. 나처럼 1년 365일 눈이 오나 비가 오나 직장에 매여 사는 직장인의 입장에서 책 쓰는 방법을 다뤄보고 싶었다. 정신없이 바쁜 직장인이 책을 쓰기로 했을 때, 어려움에 부딪힐 때마다 찾아보는 비밀 노트 같은 책을 내고 싶었다.

아침에 일어나서 저녁까지 글쓰기가 주업인 전업 작가의 책 쓰기와 회사에 다니면서 글을 쓰는 직장인의 책 쓰기는 같을 수가 없다. 이 책의 콘셉트는 바로 직장인의 입장에서 책을 쓰는 방법을 알려주는 것이다. 어떤 일을 배울 때 전문가의 설명을 들으면 고개가 끄덕여져도 막상 직접 해보면 쉽지가 않다. 이론과 현실은 다른 법인데, 책 쓰기도 마찬가지다. 책을 쓰려고 마음먹은 회사원 대부분이 목차를 짜보거나 첫 꼭지 글을 완성하기도 전에 쉽게 포기하곤 한다. 직장인이라는 처지와 조건에 맞지 않는 방법으로 책을 준비하기 때문이다. 더구나 직장인은 언제나 시간이 부족하다. 매일 정신없이 출근하고 지쳐서 퇴근하다 보면 주말이 오고, 재충전하느라 누워 있다 보면 월요일을 맞이하는 일상의 반복이다. 따라서 일반적인 책 쓰기 방법을 무작정 따라 하면 실패할 확률이 높다.

아주 간단한 예를 하나 들어보자. 글쓰기나 책 쓰기를 다룬 책에 종종 등장하는 것이 10대1의 법칙이다. 글 한 편을 쓰려면 그보다 10배 많은 독서가 필요하다는 뜻이다. 글의 깊이와 독창성을 강조하는 책에서는 10대1이 아니라 100대1을 말한다. 틀린 말은 아니다. 분명 좋은 글을 쓰려면 독서가 밑바탕이 되어야 한다. 그러나 직장인이 이런 방식으로 책을 쓰려고 하면 에세이 한 편 쓰기도 어렵다. 직장인은 거꾸로 접근해야 한다. 쓰면서 읽어야 한다. 쓰기위해 읽어야 하고 쓰다가 막히면 또 읽는 방식으로 접근해야 글을쓸 수 있다. 왜 그런지는 본문에서 찬찬히 설명하겠다. 이것 한 가지만 생각해보자. 직장인이 보고서를 쓰거나 기안을 작성할 때, 그분야와 관련된 책을 열 권가량 읽고 쓸 때가 있는가? 답은 당연히 '아니오'다. 일단 정해진 기한 안에 최소한의 필수 요구 사항을 채워 넣고, 잘 모르거나 더 필요한 정보를 찾아서 보충하면서 작성할것이다. 직장인의 책 쓰기도 이와 같은 방식으로 접근해야 한다.

이 책에 관심 있는 독자는 대개 나와 같은 평범한 직장인일 것이다. 나는 맡은 직과 자신이 하는 업, 즉 직업이 있다는 것 자체만으로도 세상에 내보일 만한 책 한 권을 충분히 쓸 조건을 갖췄다고생각한다. 사회생활을 어느 정도 했다면, 적어도 온종일 하는 일에대해서는 다른 사람보다 전문가인 셈이다. 최고의 경험을 했거나통찰력이 뛰어난 사람만이 전문가는 아니다. 고등학생이라면 당연히 중학생보다 지식과 경험에서 한 수 위일 테고, 부동산 관련 업무에 종사하면 다른 사람보다 부동산업계에 대한 지식과 경험에서 앞설 것이다. 대중에게 필요한 상당수의 정보는 이처럼 자신보다 한 수 위인 사람의 지식과 경험이지, 몇 단계를 훌쩍 뛰어넘은 최고 지성의 정보가 아니다. 모든 분야를 이렇게 상대적으로 생각하면 저마다 하는 일은 모두 훌륭한 콘텐츠가 될 수 있다. 그렇게 생각하면 내가 쓸 책의 독자가 될 사람은 의외로 많다. 누구나 다 책으로 쓸 만한 콘텐츠와 독자를 이미 보유한 셈이다.

서점의 책들을 살펴보면 평범한 소재이거나 누구나 다 조금씩 아는 주제를 다룬 책이 대부분이다. 정말 극소수 전문가만 아는 정보나 지식은 오히려 책으로 잘 만들어지지 않는다. 그런 내용은 학계의 논문이나 업계 리포트 등으로 유통된다. 책은 대중적이다. 대중이 관심을 두는 주제에 대한 지식과 현장 경험을 일목요연하게 정리하면 충분히 출간할 수 있다. 직장인 대다수는 책을 쓸 충분한 자격과 자기 주제를 갖고 있다. 다만 책 쓰는 일에 대한 자신감 부족, 직장에 매인 빠듯한 생활, 자기와 맞지 않는 책 쓰기 방법 등이 목표에 도달하기 힘들게 할 뿐이다.

이 책은 책을 내려는 직장인에게 꼭 필요한 내용을 담았다. 여행에 비유하자면 여행사에서 처음부터 끝까지 일정과 코스를 다 짜주는 패키지여행이 아니라 스스로 처음부터 모든 것을 준비하고 떠나는 자유여행과 같다.

직장인인 내가 책을 쓰게 된 동기를 비롯해 책을 쓰는 과정, 출간 이후 저자가 되면서 경험한 흥미로운 일 등을 이 책에 담았다. 책을 준비하면서 겪은 시행착오와 미흡했던 점도 고스란히 소개했다. 이러한 경험이 책을 쓰려는 분들에게 조금이나마 도움이 되었으면 한다. 무엇보다도 이 책을 읽은 직장인들이 포기하지 않고 끝까지 완주해 저마다 자신의 책을 갖게 되기를 바란다.

Part 3

                                             자, 이제 첫 꼭지를 써볼까

Part 4

                                             직장인 맞춤형 글쓰기 전략

Part 5

내 책의 탄생: 기획, 편집, 출간에서 마케팅까지

회사 다니면서
책 쓰기

직장인의 버킷 리스트,
책 쓰기

"세계 여행하기, 외국어 하나 배우기, 오로라 보기…"

누구나 죽기 전에 한 번쯤 꼭 해보고 싶은 일인 '버킷 리스트(bucket list)'가 있다. 매일 반복되는 일상에 때로는 내키지 않는 일도 억지로 해야 하는 직장 생활이지만, 직장인의 마음속에도 꼭꼭 담아둔 간절한 소망 하나쯤 있기 마련이다. 가슴 벅차고 설레는 일을 해본 지가 얼마나 되었는지 한번 생각해보자.

책 쓰기는 요즘 많은 직장인들의 버킷 리스트 가운데 하나다. 자신의 온전한 목소리와 생각을 담은 책 한 권을 써보고 싶어 하는 직장인은 생각보다 많다. 독서율이 점점 더 떨어진다고 하지만, 우리 사회에서 책이 갖는 효용은 여전하다. 좋은 책은 독자에게 생각할 거리를 던져주며 자기계발에 최상의 도구이기도 하다. 한 권의 책을 통해서 사람의 인생이 바뀌기도 한다. 그런 책을 쓸 수 있는 능력을 갖추었다는 점은 자신에게 커다란 의미를 부여한다. 호랑이는 가죽을 남기고 사람은 이름을 남긴다는 속담처럼, 내가 세상을 떠나더라도 내 이름이 담긴 책이 계속 남아 있다는 뿌듯함을 누구나 한 번쯤 느껴보고 싶을 것이다. 서점에서 내 책이 팔리는 모습, 도서관 서가에 내 책이 꽂혀 있고 인터넷으로 내 저서가 검색되는 모습을 상상해보자. 왜 많은 사람이 책 쓰기를 자신의 버킷리스트로 선택하는지 충분히 이해할 수 있다.

책을 쓴다는 것은 평범한 직장인에게 결코 만만한 일이 아니다. 많은 직장인이 해마다 꿈 목록에 책 쓰기를 넣지만, 목표를 달성하는 사람은 드물다. 이렇게 목표와 결과에 괴리가 큰 것은 책 쓰기 자체가 어려워서라기보다, 책을 쓰려면 무엇을 준비하고 어디서부터 어떻게 시작해야 하는지 구체적인 '방법'을 잘 모르기 때문이다.

평범한 직장인에게 출판이라는 단어는 너무 생소하고 자신과 상관없는 이야기라고 생각할 수 있다. 하지만 무슨 일이든 하다 보면 길이 보인다. 나도 처음에 책을 쓰려고 마음먹었을 때는 막막하기만 했는데, 자료조사를 하면서 생각보다 다양한 길이 있다는 사실을 알게 되었다.

또 회사에서 쓰는 보고서나 업무 매뉴얼과 책 쓰기가 크게 다르지 않다고 생각하니 마음이 한결 편안해졌다. 직장에서는 업무와 관련한 보고서를 수시로 쓴다. 주제별로 보고서들을 분류하고 초심자도 이해할 수 있게 체계를 잡아 쓰는데, 그것이 책이 될 수 있겠다는 생각이 들었다. 그러자 책 쓰기에 대한 부담감이 한층 줄어들었다. 책 쓰기라는 마음속 비킷 리스트 달성이 꼭 어렵다고만 생각하지 말자. 우선 편안한 마음으로 시작해보자.

부끄럽지만 사실 나는 제대 후 복학할 때까지만 해도 책을 가까이하지 않았다. 딱히 책을 읽어야 할 이유를 찾지 못했고, 기껏 책을 잡아도 10페이지 정도만 읽으면 눈이 어지러워 오래 읽지도 못했다. 그러다가 복학한 후 책을 읽어야겠다는 각오를 했다. 일단 학교 도서관에 가서 눈에 들어오는 제목의 자기계발서를 조금씩 읽기 시작했다.

확실히 책을 읽기 시작한 것은 나에게 큰 변화였다. 그렇게 몸에 밴 독서 습관 덕분에 지금도 바쁜 직장 생활을 하면서도 꾸준히 책을 읽는다. 주말마다 동네 구립도서관에서 책을 빌려 읽는데, 그 시간이 즐겁다. 새로 나온 책이나 도서관에 없는 책은 가끔 사서 읽으면서 서점에 들르는 재미를 붙였다. 조금씩 습관이 바뀌는 사이에 나도 모르게 가랑비에 옷 젖듯 꾸준히 책을 읽게 되었다.

관심 분야를 넓혀가며 책을 읽어가다 어느 날 우연히 책 쓰는 법을 다룬 책을 발견했다. 그전까지는 한 번도 독자 입장을 넘어 내가 직접 책을 써본다는 생각을 해본 적이 없었다. 그 책을 접하자 문득 읽기만 할 게 아니라 나도 직접 써보고 싶다는 생각이 들었다. 흥미로운 도전이 될 것 같았다. 내가 하는 일을 책으로 한번 정리해보고 싶은 마음이 무럭무럭 자랐다. 많은 책에서 '실행'의 중요성을 언급한다. 깨우치고 아는 것도 중요하지만, 실행이 따르지 않으면 진정한 자기 지식이 되지 못한다. 이러한 교훈을 직접 적용하려고 마음먹으면서 나의 파란만장한 책 쓰기 도전이 시작되었다. 새로운 목표가 생기면서 무엇보다도 쳇바퀴 도는 듯한 직장 생활에 새로운 활력소가 되었다.

　일단 책 쓰는 일을 곧바로 시작하고, 필요한 것들은 그때그때 해결하기로 했다. 완벽하게 준비될 때까지 기다리다가는 지레 포기하게 된다. 돌이켜보면 가볍게 시작한 것이 오히려 효과적이었다. 만약 책을 쓰는 일이 스트레스였다면 여기까지 오지 못했을 것이다. 재미있는 취미라고 여겼기에 지속할 수 있었다. 사실 그렇지 않은가. 직장인은 등단한 문인이나 생계를 위한 전업 작가도 아니니 실패하면 또 어떤가. 꼭 책을 내지 못 하더라도 적어도 글솜씨는 늘지 않겠는가. 직장인의 책 쓰기는 이렇게 배짱 두둑하게, 느긋하게 시작할 수 있는 일이다. 이 책은 다음과 같은 사람들에게 분명 도움이 될 것이다.

　• 직장에 다니는 동안 내 책 한 권쯤은 내고 싶다고 생각하는 사람.

- 다른 사람의 도움 없이 책을 쓰고 싶은 사람.

- 돈 들이지 않고 책 쓰는 법을 알고 싶은 사람.

- 책을 써보고 싶은데 도저히 시간을 내기 어려운 직장인.

- 지금 하는 일이 지겹거나 맞지 않아 다른 일을 찾고자 하는 직장인.

- 책을 쓰려고 마음먹거나 시도했다가 실패한 사람.

결국 중요한 것은
실행이다

'과연 내가 책을 낼 수 있을까?'

아마도 여러분이 책을 쓰겠다고 마음먹을 때 가장 먼저 떠오르는 의문일 것이다. 그런 의구심은 책 쓰기를 준비하다 보면 자연스럽게 해소된다. 책을 낼 방법이 의외로 다양하다는 사실을 알아가기 때문이다. 책을 쓰려는 계획을 세우고 책의 초고만 완성한다면, 자신의 상황과 능력에 맞는 다양한 경로로 충분히 책을 출간할 수 있다. 좋은 소재만 찾는다면 책을 내기에 더없이 좋은 세상이다.

나는 책을 쓰기로 마음먹으면서 일단 책 쓰는 방법을 알려주는 책을 여러 권 찾아 읽었다. 그다음 책 쓰기에 대한 정보가 모여 있는 인터넷 카페에 가입해서 살펴봤다. 그렇게 하나씩 조사하다 보니 조금이나마 방향이 보이기 시작했고, 서서히 나도 할 수 있겠다는 자신감이 솟아났다. 아울러 책을 쓰려는 사람들의 이야기를 들어보는 것도 큰 동기 부여가 되었다.

이 책에서는 비용만 지급하면 손쉽게 출간할 수 있는 자비 출판의 방식이 아니라, 우리가 서점에 가면 흔히 만날 수 있는 일반 단행본을 출간하는 방식에 초점을 두었다. 일반 단행본은 저자가 직접 원고를 쓰고, 출판사에서 출간을 결정하고, 편집과 제작을 담당해 시장에 유통된다. 즉 독자들이 원하는 정보를 제공하는 상품 가치가 있는 책이다. 책을 쓰고 출판사와 교섭하는 과정을 하나하나 가르쳐주는 서비스도 있다. 초보 저자를 지원하는 유료 서비스라고 보면 된다. 이에 대해서는 뒤쪽에서 그 장단점을 상세히 따져보겠다. 나도 한때는 쉬운 길을 기웃거리기도 했다. 하지만 알아볼수록 이런 방법은 내 의도나 목적과는 거리가 있었다. 오롯이 내 노력과 지식만으로 당당히 저자가 되고 싶었다. 책 쓰는 일을 혼자서 준비하다 보면 오류나 실수도 잦다. 하지만 지금 와서 생각해보면 그 과정 모두가 나에게 큰 자양분이 되었다. 이 책에서는 내가 겪은 경험과 성공적인 방법은 물론, 실수나 경계해야 할 부분까지 자세히 소개할 것이다.

저마다 파란만장한 삶을 살아온 한국인들은 흔히 이렇게 말한다. "내가 살아온 이야기만 묶어도 책으로 몇 권은 될 거야." 우리의 삶은 그 자체로 훌륭한 콘텐츠가 될 수 있다. 실제로 많은 사람이 책을 쓰고 싶어 하지만, 막상 책을 쓰는 사람은 많지 않다. 책 쓰기를 원하는 직장인에게 가장 중요한 사실 하나를 강조하고 싶다. 책을 쓰기로 마음먹고 열정과 설렘이 샘솟을 때, 그 여세를 몰아 바로 시작해야 한다. 비행기는 이륙할 때 가장 많은 에너지를 쓰고, 비행 중에는 연료 소비가 크지 않다. 직장인의 책 쓰기도 마찬가지다. 시작할 때 조금만 더 열정을 쏟으면 된다. 일정 궤도에 올라가면 그다음의 문제들은 처음보다는 수월하게 풀려간다. "언젠가는 책을 써야지" 하는 생각만으로는 절대로 책을 쓸 수 없다. 버킷 리스트를 완성하려면 망설이지 말고 지금 바로 실행에 옮겨야 한다. 하다못해 뭐라도 끄적거릴 노트와 펜이라도 준비해보자.

직장인의 책 쓰기 노하우

책 쓰기를 시작하는 방법

- 책 쓰기 책을 찾아 읽는다. (방향 설정)
- 책 쓰기 관련 카페에 가입해 정보를 찾는다. (동기 부여 및 정보 수집)
- 책 쓰기 계획과 초고 완성 날짜를 정한다. (결심하기)
- 책을 쓴다. (실행하기)
- 책의 출간을 상상하며 책 쓰기에 집중한다. (실행력 지속하기)

지극히 평범한 회사원,
2년 만에 세 권을 쓰다

나는 2015년 12월『한국 부자들의 오피스 빌딩 투자법』을 시작으로 2016년 7월『부동산 자산관리 영문 용어 사전』, 2017년 3월『부동산 직업의 세계와 취업의 모든 것』이라는 책을 순차적으로 출간했다. 이렇게 2년 사이에 총 세 권의 책을 냈다. 제목에서 알 수 있듯이 세 권 모두 내가 일하는 부동산 분야에 관한 책이다. 역설적이지만 바쁘게 회사를 다녔기 때문에 이런 책들을 쓸 수 있었다. 회사 업무 자체가 책의 소재였고, 일과는 책의 목차였다. 바쁘게 일할수록 나의 글감은 더 늘어났다.

나는 업무용 오피스 빌딩 같은 대형 상업용 부동산의 투자와 자산관리 일을 한다. 부동산 투자 수익 관리, 임대차계약 업무, 임차

인과 커뮤니케이션, 부동산 시설물 관리 등 상업용 부동산에서 일어나는 다양한 일들을 다룬다. 부동산 투자와 자산관리 업무는 주기적으로 해야 하는 일이 정해져 있지만, 늘 돌발 상황이 발생해 야근이나 잔업을 해야 할 때가 많다. 일반 직장인과 별로 다를 바 없는 근무 환경이라는 이야기다. 시간이 충분하거나 여유 있는 보직을 맡아서 책을 쓸 수 있었던 게 아니다.

학창 시절 그 흔한 백일장 입상 한 번 해본 적 없는 나 같은 평범한 회사원이 책을 연이어 세 권이나 출간했다면, 다른 사람도 충분히 할 수 있다. 그냥 평소 업무 중 글감과 아이디어를 모으고 정리하다 보니 그렇게 쌓인 정보가 각각의 책이 되었을 뿐이다. 여러분도 마찬가지다. 지금 당장 회사 컴퓨터를 뒤져 이리저리 조합해보면 누구나 책 한 권 쓸 만한 자료와 정보는 충분하다.

첫 번째 책『한국 부자들의 오피스 빌딩 투자법』은 내가 일하는 상업용 부동산 자산관리 분야에 관한 책이다. 부동산 자산관리자로서 일하면서 실무에 필요한 업무 지침서를 만들려고 준비하던 콘텐츠였다. 처음에는 책 출간을 염두에 두지 않고 업계에 관심이 있는 사람들에게 무료로 나눠줄 업무 매뉴얼로 준비했다. 누구나 직장 생활을 하다 보면 자기 업무를 체계화하거나 후임에게 잘 정리해 알려주고 싶을 때가 있다. 생각해보니 이런 내용이 많은 사람에게 유용하겠다 싶었다. 무엇보다 부동산 자산관리 업계에 이 정도의 업무 매뉴얼이나 참고 서적이 아직 없었다. '아하 이거 책으로 내도 괜찮겠구나'라는 생각이 머릿속을 스쳤다. 결국 그렇게 나 자신의 업무 매뉴얼이 다듬어져 첫 번째 책이 되었다.

두 번째 책 역시 상당히 실무적인 필요성에서 출발했다. 당시 나는 외국계 부동산 회사에서 일했는데, 해외 유학 경험도 없고 영어 실력도 뛰어나지 않았기 때문에 적응하기 힘들었다. 업무 경력을 인정받아 회사에 들어왔지만, 영어로 된 부동산 전문 용어는 낯설기만 했다. 예를 들면, 무상 임대 기간을 말하는 '렌트 프리(Rent Free)'나 부동산 수익률 지표로 사용하는 '자본환원율(Cap. Rate)' 등은 부동산업계에서만 사용하는 전문 용어다. 뜻도 잘 모르다 보니 대화하기도 어려웠다.

글로벌 환경에서 부동산 업무를 하려면 외국인과 원활하게 소통해야 하는데, 그러자면 영어 부동산 용어를 제대로 알아야 했다. 업계에는 분명히 나와 비슷한 어려움을 겪는 사람들이 많을 것 같았다. 주변 동료들도 영문 부동산 용어 사용에 대한 어려움을 토로했다. 부동산 전문 용어는 인터넷 포털 사이트에서도 쉽게 검색되지 않는다. 영문 보고서 한 장을 쓰려고 적절한 단어를 수없이 검색하는 일이 다반사였다. 그런 점에 착안해서 이 책을 쓰겠다고 마음먹었다. 일단 부동산 업무별로 영어 단어를 찾아보고, 이를 활용해 문장으로 정리하면서 자연스럽게 영어 공부도 할 수 있겠다는 가벼운 마음으로 시작했다.

그렇게 부동산업계 용어를 업무 흐름에 따라 정리한 책이『부동산 자산관리 영문 용어 사전』이다. 유학파도 원어민도 아닌 내가 영문 용어 사전까지 낼 수 있었던 데는 재키(Jacky)라는 캐나다인 친구의 도움이 컸다. 재키는 인터넷에서 사귄 친구다. 한국에 들어와 사업을 준비하던 재키는 우리나라에 대해 궁금한 것들이 많았고, 그런 질문을 이메일을 통해 물어보곤 했다. 한참 이메일을 주고받다 보니, 일면식도 없던 사이였지만 곧 친해질 수 있었다.

재키에게 내가 부동산 관련 영어책을 쓴다고 했더니 아무 대가 없이 선뜻 검토해주겠다고 나섰다. 그는 대학에서 경영학과 회계학을 전공해서 부동산과 금융 관련 용어에도 능통했기에 내 책의 검토자로서 적격이었다. 나는 보답으로 재키가 한국어 능력 시험을 준비할 때, 그가 작성했던 한국어 에세이를 검토해주었다. 현재 한국에서 개인 사업을 하는 재키는 지금도 주기적으로 만나는 좋은 친구다. 이렇게 책 쓰기는 업무 능력을 향상해주었을 뿐만 아니라 외국인 친구를 사귀는 데도 도움이 되었다.

앞의 두 책이 일의 연장선상에서 업무 콘텐츠를 정리하다가 책으로 발전했다면, 세 번째 책『부동산 직업의 세계와 취업의 모든 것』은 책을 쓴 동기가 조금 달랐다. 내 필요성보다는 독자의 요청에서 비롯되었다. 앞의 두 책을 출간한 뒤 예상치 않게 대학생들에게 많은 이메일을 받았다. 부동산업계에서 일하고 싶은데 어떤 회사들이 있는지, 채용 경로나 기회는 어떠한지 등 취업에 관한 질문이 유독 많았다.

머릿속으로 구상한 책이 실제로 필요한지 알아보려면 우선 서점으로 달려가야 한다. 나는 서점에서 부동산 취업에 관한 책을 찾아보았다. 부동산 책 중에는 부동산 현업을 다룬 내용도 많지 않았지만, 취업 정보는 더더욱 부족했다. 가만히 생각해보니 내가 처음 부동산업계로 취업할 무렵에도 정보가 없어 막막했던 기억이 떠올랐다. 우연히 인터넷을 검색하다 대형 빌딩의 투자와 자산관리 관련 직업에 관심을 가졌는데, 내 주변에는 이 분야에 관해 아는 사람이 거의 없었다. 지금도 내가 빌딩 관리 업무를 한다고 하면, 그냥 빌딩 경비일쯤으로 여기는 사람이 꽤 많다. 막막하고 불안했던 지난날을 돌이켜보면서 부동산업계에 입문하는 사람들에게 적절한 가이드가 될 만한 책을 하나 써야겠다고 결심했다. 나라고 부동산업계의 모든 일을 다 알지는 못한다. 그 때문에 내가 경험하지 못한 여러 직종에서 근무하는 업계 선후배들을 인터뷰하고 세부적인 전문 분야는 따로 공부해가면서 책을 썼다. 전략은 단순했다. 누군가 궁금해하는 것을 확인하고 자료를 찾아 조사해서 정리하는 방식이다. 이 책을 통해 부동산업계에 취업을 희망하는 후배들에게 도움을 주고 싶었다.

세 권의 책을 출간하고 이렇게 네 번째 책을 쓰고 있지만, 사실 나도 처음부터 여러 권의 책을 쓰게 될 줄은 몰랐다. 직장 생활 초년 시절만 해도 책을 써야겠다는 생각은 아예 머릿속에 들어 있지도 않았다. 그런 내가 책을 낸 근본적 동인은 무엇이었을까? 직장 생활이 10년을 넘어가면서 내 일에 대한 회의감이 어느 순간 찾아왔다. 직장인이라면 누구나 한 번쯤 심각한 슬럼프를 겪는다. 매일 하는 일과가 비슷하고 일주일 그리고 1년이 늘 비슷한 패턴으로 돌아간다. 회사 일은 점점 따분해지고 흥미도 떨어졌다. 이대로 계속 부동산 분야에서 일하는 게 맞는지 고민이 깊어갔다. 나의 전문성은 과연 무엇인지 다시 생각해보지 않을 수 없었다. 내가 하는 일에 강한 동기를 부여하려면 무언가 새로운 계기가 필요했다. 그런 필요성이 결국 책을 쓰는 원동력으로 작용했다.

알고 보면 우리는
매일 글을 쓴다

"직장인이 무슨 글을…" 하며 자신 없어 하는 사람이 많다. 생산직은 좀 다를 수 있지만, 대부분 사무실에서 일하는 직장인들의 업무를 살펴보면 일정한 패턴이 있다. 어떤 일을 정리하고 상사에게 보고하고 여러 사람과 회의하고 그렇게 모인 내용을 다시 공유한다. 이런 과정은 대부분 글을 통해 이루어진다.

회사에서는 업무 내용을 정리하기 위해 수첩이나 노트 또는 한글, 워드 같은 문서 작성 프로그램으로 글을 쓴다. 상사에게 보고할 때는 형식을 갖춘 보고서를 만든다. 그뿐만 아니라 회의를 마치고 나면 논의했던 내용을 정리하는 회의록을 작성한다. 여기서 끝나지 않고 참석했던 사람들과 논의되었던 내용을 공유하려고 이메일을 보낸다. 이렇게 하루 중 많은 시간을 글쓰기에 할애한다. 공기가 주변을 둘러싸도 공기를 의식하지 않으면서 살아가듯, 평소 직장 생활에서 글쓰기가 많은 부분을 차지하지만 체감하지 못한다.

나는 회사에서 부동산 관련 업무를 하면서 하루에 주고받는 이메일이 50~100통 정도 된다. 만약 수신함 속 100통의 이메일 중에서 절반만 회신해도 50통이다. 답장을 쓰는 데 2분 정도라고 하면 총 100분이 걸린다. 이메일로 글을 쓰는 데 하루 2시간을 쓰는 셈이다. 이처럼 우리는 적지 않은 시간을 이미 글을 쓰는 데 쓴다.

특히 제조업이 아닌 지식 산업에 근무하는 경우 능력을 인정받는 분야는 단연 기획과 영업 관련 부서다. 회사의 수익과 직결되는 영업 분야에서 두각을 나타내면 자연스럽게 좋은 대우를 받는다. 영업할 때는 먼저 사업 기획서나 제안서를 준비해야 한다. 스케이트 선수에게 충분한 기량과 체력은 기본이지만, 그에 못지않게 잘 정비된 장비가 있어야 좋은 성적을 기대할 수 있다. 영업부서에서 작성한 문서는 회사의 서비스를 잘 팔기 위한 훌륭한 장비 역할을 한다. 준비된 제품이 잘 팔릴 수 있게 발판이나 계기를 만드는 자원으로 활용된다.

영업부서는 수많은 제안서와 기획서를 검토하기도 하고, 직접 작성하기도 한다. 글쓰기 능력이 절실하게 요구된다. 글로 다른 사람을 설득하고 제품 설명도 글로 표현해야 한다. 사업 제안 프레젠테이션을 하더라도 면밀하게 검토하려고 정식으로 제안서를 작성한다. 종합적으로 판단할 때 글을 잘 쓰는 사람이 회사에 필요한 인재라는 점을 짐작할 수 있다.

부동산업계도 자산관리를 하는 부서보다는 외부 영업이나 임대 또는 빌딩의 매입과 매각을 담당하는 영업부서가 더 큰 목소리를 낸다. 이곳에서는 새로운 고객 발굴을 위해 영업 제안서와 회사 소개서를 많이 쓴다. 성과급을 지급할 때가 되면 관리부서보다는 영업부서에 더 많은 이익이 배분되곤 한다. 보너스 시즌에 관리부서는 영업부서가 부러울 수밖에 없다. 글을 잘 쓴다고 돈을 버는 것과 바로 연결되지는 않지만, 영업에 도움을 주는 것만은 확실하다. 영업 기술도 필요하지만, 글 쓰는 능력도 겸비해야 더 나은 성과를 낼 수 있기 때문이다.

이뿐만 아니라 회사에서 가장 많이 하는 업무인 보고도 결국은 글쓰기다. 물론 구두보고도 많이 하지만, 대부분은 이메일이나 서류를 이용한다. 정리한 내용은 결재를 거쳐 책임자에게 올라간다. 이런 과정에서 보고서가 여러 번 수정된다. 마치 책 원고를 퇴고하듯 계속 다듬어져 상급자에게는 간결한 핵심 내용만 전달된다.

미국 하버드대학교 신입생이라면 '하버드 글쓰기 프로그램'을 의무적으로 수강해야 한다. 실제 하버드대학교에서는 1977년 이후 사회에 진출한 40대 졸업생 1,600명을 대상으로 '현재 직장에서 가장 중요한 능력은 무엇인가'라고 물었는데, 90% 이상이 '글쓰기'라고 답했다는 조사가 있다. 사회에 진출한 졸업생들도 직장에서 글쓰기가 필요하다는 사실을 보여주는 단적인 예다.

요즘은 대부분 업무를 이메일로 처리한다. 결재에서 보고까지 이메일만 잘 써도 남들과 차별화된 능력을 보여줄 수 있다. 목적을 한눈에 파악할 수 있는 제목과 간결하게 본문을 잘 쓴 메일과 뒤죽박죽 요점이 없어 읽는 데 시간이 걸리는 메일을 받았을 때를 비교해보자. 나는 아무 생각 없이 쓴 짧은 이메일이지만, 상대방은 그 안의 몇 줄 안 되는 문장을 통해 그 사람의 됨됨이와 신뢰도를 평가한다. 공식적으로 주고받는 이메일은 그 회사 수준을 판단하는 잣대가 될 수도 있다. 나도 SNS에서나 사용하는 줄임말이나 과도한 이모티콘이 들어간 문장을 업무상 이메일로 받으면 그 사람이나 회사의 수준을 짐작해본다. 이메일만 잘 써도 함께 일하는 사람들에게 좋은 인상을 심어줄 수 있다.

이렇게 직장 생활 대부분은 글쓰기와 밀접한 관련이 있다. 잘 생각해보면 직장 생활의 시작도 글쓰기였다. 이력서와 자기소개서를 어떻게 쓰느냐에 따라 면접 가능 여부가 결정된다. 결국 글쓰기가 취업의 1차 관문이다. 직장 생활의 시작부터 글쓰기가 많은 영향을 준 셈이다. 직장인으로서 업무 능력을 향상하기 위해서도 집중적인 글쓰기 훈련은 필요하다. 가장 좋은 방법은 책을 써보는 것이다.

나도 책 쓰기를 시작하기 전에는 사실 글쓰기나 기획에 큰 관심이 없었다. 그런 능력이 회사 일과 관련되리라고 생각하지 못했다. 그렇지만 책을 준비하면서 자연스럽게 글쓰기에 더욱 관심을 두게 되었다. 그뿐만 아니라 글을 잘 구성하려면 기획 능력이 필요하다는 사실을 절감했다. 회사 일의 대부분이 기획이라면 결국 글쓰기가 업무 능력 향상에 필요한 기술이라는 사실을 늦게나마 깨달았다. 그동안은 부동산과 관련된 지식을 넓히고 경험하는 데 많은 에너지를 쏟았다. 이제는 내가 아는 지식과 경험을 조화롭게 구성하고 기획하는 능력을 키우는 데 더 집중하려고 한다.

글쓰기와 회사 업무 능력 향상이라는 두 마리 토끼를 잡게 해준 기획 관련 책들을 몇 권 소개한다.

직장인의 책 쓰기 노하우

기획 및 보고 능력 향상을 위해 읽었던 책들

- 『기획의 정석』, 『한 장 보고서의 정석』 (박신영)
- 『보고서의 신』 (박경수)
- 『그림으로 그리는 생각 정리의 기술』 (나가타 도요시)
- 『생각정리를 위한 프레임워크의 기술 50』 (요시자와 준토쿠)
- 『좋은 문서디자인 기본 원리 29』 (김은영)
- 『One Page Proposal』 (패트릭 G. 라일리)

직장인은 다 자신만의
콘텐츠가 있다

은행업이든 증권업이든 IT산업이든 서비스업이든, 직장인이라면 누구나 자기 분야에 대해서 책으로 펴낼 만한 콘텐츠를 적어도 하나쯤은 갖고 있다. 그냥 자기가 잘 아는 분야의 노하우를 체계적으로 잘 정리하면 그게 바로 원고가 된다.

내가 부동산 관련 책을 쓰게 된 계기는 시중에 상업용 부동산에 대한 실무 서적이 거의 없었기 때문이다. 부동산 분야에는 경매나 아파트 투자 등 재테크용 도서는 숱하게 출간되었지만, 상업용 부동산 자산관리에 대한 책은 눈에 띄지 않았다. 그나마 서가에 꽂혀 있는 책도 대부분 외국 서적을 번역한 대학 교재용이었다. 몇 권을 살펴봤더니 국내 실정과 맞지도 않았고, 어떤 책은 괜히 두껍고 비싸기만 할 뿐 내용이 빈약했다. 현업 종사자의 시각에서 보면, 다소 허황된 내용을 담은 책도 있었다. 이 산업 분야가 성장한 지 얼마 되지 않았고, 활동하는 전문가도 아직은 많지 않기 때문이다. 서점 조사는 내 업무를 바탕으로 책을 만드는 것이 가능할 뿐만 아니라, 꼭 필요한 일이라는 점을 확인해주었다. 경쟁 도서에 대한 조사를 마치고 나자 자신감이 샘솟았다. '설령 책으로 출간하지 못하면 교재로라도 만들 수 있을 거야.' 그렇게 생각하니 든든했다.

잘 아는 후배 하나는 부동산 펀드 매니저로 일하면서 『돈 버는 부동산에는 공식이 있다』라는 재테크 책을 출간했다. 그는 평소에도 자신만의 부동산 투자 노하우를 주변 사람들에게 말솜씨 좋게 전달하곤 했다. 이 책 역시 평소 그의 말투를 살려 쉽게 읽을 수 있게 콘텐츠를 구성했다. 그런 점이 주효했는지 출간 후 곧바로 베스트셀러가 되었다. 그는 초고를 두 달 만에 완성했는데, 대부분 지하철로 출퇴근하는 길에 썼다. 자기 분야에서 경험이 풍부하고 자신감만 있으면 직장인도 충분히 책을 쓸 수 있다는 사실을 보여주는 좋은 사례다. 인터뷰 형식으로 그와 나눈 이야기를 조금 더 자세히 보충해보았다.

민경남 작가 인터뷰

Q: 책을 쓰는 시간은 얼마나 걸렸나요?

A: "딱 2개월 걸렸습니다. 집필 기간이 짧았던 가장 큰 이유는 평소 지인들이 제게 부동산 투자에 관한 질문을 많이 해주었기 때문입니다. 질문과 대답을 위주로 목차 구성을 하루 만에 완성할 수 있었습니다. 회사에서 보고서를 써보면 알겠지만, 글쓰는 시간 자체는 얼마 안 걸립니다. 자료를 찾거나 어떻게 쓸지 생각을 가다듬는 데 많은 시간이 들어갑니다. 특히 저는 일하면서 엑셀에 정리해둔 자료가 많이 있어서 자료조사에 들어가는 시간도 줄일 수 있어서 작업이 수월했습니다.

Q: 그래도 직장에 다니면서 집필 시간을 내기가 쉽지는 않았을 텐데요?

A: 회사 업무 시간은 물론이고 퇴근해서도 짬 내기가 어려워 글은 거의 출퇴근 시간을 활용해 썼습니다. 집에서 회사까지 지하철을 타고 가는 시간이 40분쯤 됩니다. 졸거나 멍하게 있으면 금방 가는 시간이지만, 이 시간을 이용해 출퇴근할 때, 한 번에 한 꼭지씩 하루에 두 꼭지 분량의 글을 썼습니다. 2만 원짜리 블루투스 키보드를 가방 위에 올려놓고 클라우드 기반 노트 서비스인 에버노트에다가 글을 쓰고 저장했습니다.

문제는 이렇게 글을 쓰려면 자리에 앉아 가야 합니다. 그래서 저는 일찍 일어나 이른 아침에 출근했지요. 퇴근길에도 사람이 붐비는 시간대를 피해 빈자리가 있는 지하철이 올 때까지 기다렸다가 탔습니다. 이렇게 짬짬이 작성한 초고를 갖고 주말이나 평일 저녁에 카페에 갑니다. 졸음을 이기려고 커피 한 잔을 마신 다음 에버노트에 쓴 글들을 워드 파일로 모읍니다. 그러면서 순서를 바꾸기도 하고 소홀한 부분이 눈에 띄면 보충하면서 원고를 완성했습니다.

Q: 책을 쓰면서 어떤 점이 어려웠나요?

A: 가끔 작업하다 막히거나 어떤 식으로 서술할지 고민할 때가 당연히 있습니다. 첫 책이니 궁금한 것도 많았고요. 그럴 때면 제 책 담당 편집자에게 카톡으로 질문했습니다. 출판사와 출간 계약을 하고 나면 담당 편집자가 정해집니다. 책 전문가인 편집자에게 언제든지 물어보거나 상의할 수 있으니 작업에 큰 어려움은 없었습니다. 제가 인복이 많은지 담당 편집자는 늦은 시각이나 주말에도 카톡 질의에 바로바로 답변해주었습니다. 원고 완성 이전에 목차와 기획안 단계에서 출판 계약이 이루어져서 매우 행복하게 작업했습니다.

Q: 저자가 되고 나니 달라진 점은 무엇인가요?

A: 책을 쓰고 나니 다른 많은 저자를 알게 되었고, 좋은 기회도 많이 얻었으며, 생각하지도 못했던 명예를 얻은 것 같습니다. 가족과 친구들에게 인정받는 것도 기쁜 일입니다. 그리고 전 같으면 크게 주의를 기울이지 않던 쓰기와 말하기를 자주 하

다 보니 두뇌가 발달하는 느낌도 듭니다. 두 달 만에 쓴 책이지만 제게는 인세를 넘어 수억 원의 가치가 있는 책입니다.

이렇듯 직장인은 누구든지 지금 하는 일과 관련해 자신만의 고유한 콘텐츠를 하나씩은 갖고 있다. 그 내용이 다른 사람들이 궁금해하는 것이라면, 어떤 주제든 책으로 만들 수 있다. 자신에게는 일상적인 업무일 뿐이지만, 그런 정보가 필요한 다른 사람들에게는 훌륭한 콘텐츠가 된다. 예를 들어, 부동산 매매로 인해 등기 업무를 대행해주는 법무사는 매번 똑같은 일을 반복한다. 눈 감고도 할 수 있을 만큼 숙달됐다. 내가 그 사람이라면, 업무를 소재로 '셀프 등기하는 법'이라는 책을 기획해볼 것 같다. 아마 등기 수수료를 절감하려는 사람들이 독자가 될 것이다. 부동산 매매는 당분간 늘면 늘었지 줄어들지는 않을 것이다. 그렇다면, 이런 책의 미래 잠재 수요도 충분하리라 예상할 수 있다.

최근에 인터넷 서점에서 『쉽게 만들고 예쁘게 스타일링하는 매듭 팔찌 수업』이라는 책을 보았다. 저자는 취미로 매듭을 시작해 공방까지 열었다. 취미가 일이 되고, 그 일을 하면서 쌓인 노하우가 다시 한 권의 책으로 이어진 셈이다. 나는 장신구에는 관심이 없지만, 숱한 장신구 가운데 하나인 매듭이라는 아이템으로 책 한 권이 만들어졌다는 점이 무척 신기했다. 내친김에 '매듭'을 검색해보니 매듭에 관한 책 수십 종이 쭉 뜬다.

사람은 다 자신의 관심사만 보기에 이 세상에 내가 알지 못하는 영역이 얼마나 많은지 그 영역마다 또한 얼마나 많은 지식과 노하우가 있는지 짐작도 못 한다. 이 숱한 지식과 노하우가 책으로 엮이는 것은 그만큼 정보에 목말라하며 찾는 사람들이 많다는 뜻이다. 극소수만 접하는 아주 특별한 경험과 고급 지식만 책이 되는 것은 아니다. 자신에게는 매일 반복되는 일상 업무여서 심드렁할지 몰라도 누군가에게는 찾고 배우고자 하는 정보일 수 있다. 자신의 일과 경험이 누군가에게는 정말 필요한 정보인지 검토하는 데서 책 기획이 시작된다.

직장인의 책 쓰기 노하우

어떤 주제로 책을 쓰면 좋을까

- 내가 지금 하는 일과 관련된 주제. (전문성)
- 남들이 궁금해할 만한 내용. (호기심)
- 사람들이 잘 모르거나 자주 하는 질문. (문제 해결)
- 다른 사람들이 다루지 않은 분야. (참신함과 경쟁력)

민 차장, 책 내는 데
얼마 들었어?

책을 쓰고 나서 주변 사람들에게 "책 쓰는 데 돈 많이 들지 않나요?" 하는 질문을 많이 받았다. 출판 방식을 잘 몰랐을 때는 나도 책을 내는 데 많은 비용이 들어가는 줄 알았다. 아내에게 나중에 책을 출간할 계획인데, 이에 필요한 여윳돈을 준비해두자고 말하기도 했다. 사실 책을 쓰는 데는 시간과 노력만 있으면 된다. 게다가 저자가 되면 저작권 수입까지 생긴다.

책을 출간하는 방식을 크게 나누면 두 가지다. 자신이 비용을 들여 책을 내는 자비 출판과 출판사가 비용을 들여 책을 만들어주는 기획 출판으로 나눠볼 수 있다.

쉽게 생각하면 기획 출판은 출판사가 저자의 원고를 돈 주고 빌리는 것이다. 작가의 저작물을 이용할 권리를 출판사가 사는 것이다. 출판사는 좋은 원고를 발굴해서 책을 판매하고 이를 통해 이익을 얻고, 저자는 출판사로부터 원고의 사용 대가로 인세를 지급받는다. 출판사는 독자들이 선호하는 콘텐츠를 책으로 만들기 때문에 상업성이 뒷받침되는 콘텐츠를 선호한다.

출판사는 책 한 권을 만들 때 승용차 한 대 값 정도의 비용을 투자한다. 책 한 권이 서점에 나오기 위해 들어가는 편집, 디자인, 제작, 홍보, 마케팅 비용을 합하면 대략 2,000만 원에서 3,000만 원가량이 소요된다. 출판사는 책을 팔아서 이 비용을 감당해야 한다. 그렇기 때문에 출판사는 원고가 상업성이 있는지 면밀히 검토한다. 따라서 팔리지 못할 책을 기획할 가능성은 많지 않다. 냉정하지만 시장 논리로 보면 당연한 이치다.

반면 자비 출판은 저자가 원고를 보내고 출판사에 편집과 디자인을 위한 비용을 지급하면 출간해준다. 전부 그렇지는 않지만, 기획 출판보다 다소 상업성이 떨어질 수 있다. 만약 어떤 교육을 하는데 정해진 수강생이 이미 있거나 꾸준한 수요를 가진 독자가 정해진 경우라면 자비 출판을 통해 책을 내도 좋다. 자비 출판은 아무래도 기획 출판보다는 저자가 받는 인세가 높기 때문이다. 예를 들어, 대학교 강의를 위해 사용할 교재라면 자비 출판하는 것이 유리하다. 정해진 독자인 학생들의 수요가 꾸준히 있으니 판매 리스크가 많이 해소되기 때문이다. 대학교 교재들의 표지나 디자인이

대체로 세련되지 않은 것도 대부분 자비 출판 형태로 진행되기 때문이다.

때에 따라서는 기획 출판과 자비 출판의 요소를 조금씩 섞은 방식을 저자와 협의해 책을 만들기도 한다. 내 책 중에 『부동산 자산 관리 영문 용어 사전』은 1쇄에 대한 원고료는 책으로 받고, 그다음 쇄부터 인세를 받는 방식으로 출판사와 계약했다. 출판사도 책을 출간할 때 발생하는 위험 요소를 줄일 수 있고, 작가 입장에서는 책의 수요가 발생하면 수익이 더 커질 수 있게 합리적인 타협점을 찾은 것이다. 책의 품질만 보자면 아무래도 기획 출판이 좀 더 세련되고 편집이나 디자인에도 신경을 더 많이 쓸 수밖에 없다. 상업성을 바탕으로 팔릴 만한 책이 되도록 철저하게 준비하기 때문이다. 대중들이 좋아하는 책이라고 무조건 좋은 책은 아니다. 하지만 많은 독자가 좋아할 만한 책을 만들어 이윤을 창출하는 것은 출판사의 존재 목적이다. 그런 이유로 출판사는 책에 따라 다양한 방식으로 저자와 계약을 맺는다.

최근에는 실물로 책을 만들지 않고 전자출판을 하기도 한다. 책 값도 줄이고 시간과 공간을 초월해 많은 사람이 읽을 수 있다는 장점이 있다. 전자책으로 만들면 유통이나 배포도 훨씬 간단하고 수월하다. 나도 공식적인 첫 책이 나오기 전에 부동산 관련 친환경인증 자격증인 LEED(Leadership in Energy and Environmental Design)에 대한 해설서를 전자책으로 출간했다. 전자책은 종이 값과 인쇄비가 들지 않아 비용이 훨씬 저렴하다. 이런 전자책만을 전문으로 만들어주는 출판사들도 쉽게 찾아볼 수 있다. 이런 전자책을 독자가 원하면 인쇄해서 종이책으로 만들어주는 POD(Public On Demand) 서비스도 있다. 이처럼 다양한 방식으로 출판할 수 있기 때문에, 저자는 오로지 좋은 콘텐츠만 만들면 된다.

저자가 책을 써서 출판사에서 받는 인세 수입은 어느 정도일까? 일반적으로 책 한 권당 인세는 책값의 10% 내외다. 예를 들어, 책의 정가가 15,000원이라면 저자는 책 한 권이 팔릴 때마다 1,500원을 인세로 받는다. 만일 1쇄를 3,000부 찍는다면 작가가 받는 인세는 450만 원이라는 계산이 나온다. 나아가 베스트셀러가 되어서 3만 부가 팔린다면 인세는 4,500만 원으로 올라간다.

물론 평범한 직장인이 꼭 돈을 벌기 위해 책을 쓰지는 않을 것이다. 그보다는 자신이 가진 노하우를 정리해서 여러 사람과 공유할 목적, 자기 발전을 위한 의도가 더 클 것이다. 그런 좋은 의도로 책을 썼는데, 크든 작든 인세라는 보너스를 받는다면 흐뭇한 일이 아니겠는가.

직장인의 책 쓰기 노하우

책을 출간하는 다양한 방법

- 출판사가 원고를 채택하는 기획 출판.

- 저자가 돈을 들여 책을 만드는 자비 출판.

- 책을 만드는 데 돈이 들지 않는 전자 출판.

- 독자가 원하면 전자책을 종이로 만들어주는 POD 서비스.

책 쓰기
컨설팅의 유혹

책 쓰기에 관한 책들을 찾아보니 이런 책의 저자들은 대부분 책 쓰기를 주제로 한 인터넷 카페나 블로그를 운영하고 있었다. 저자가 직접 운영하는 카페에 가입하면 나와 같은 고민을 하거나 책을 준비하는 사람들을 많이 만날 수 있을 것 같았다. 정보도 교류하고 궁금한 것이 생기면 질문도 할 수 있겠다 싶어 내가 읽어본 책의 저자들이 운영한다는 카페는 모두 가입했다. 그때부터 매일 그 카페들에 들르는 것이 하나의 일과가 되었다. 카페에 올라온 글들을 읽으면서 책을 쓰고 출판하는 데 필요한 정보를 더 풍성하게 얻을 수 있었다.

흥미롭게도 이들 카페는 온라인 활동만 하지 않았다. 책 쓰기 교실, 책 쓰기 컨설팅 또는 개인 코칭 프로그램 등 다양한 이름으로 오프라인 프로그램을 함께 운영할 때가 많았다. 사회 활동의 모든 분야마다, 특히 힘들고 손이 많이 가거나 처음이 중요한 일에는 초심자들의 수고를 덜어주는 서비스 제공자가 있기 마련이다. 전체적으로 살펴보니 인터넷 카페에서 운영하는 코칭 프로그램은 생각보다 다양했다. 일일 특강, 단기 코스, 공저 코스, 일대일 코칭 등 다양한 프로그램이 존재해서 짬을 내기 쉽지 않은 직장인들이 저마다 자기 형편에 맞게 이용할 수 있었다. 단 회원들에게 무료로 공개되는 온라인 카페 활동과는 달리, 이런 오프라인 컨설팅 서비스는 대부분 유료로 운영된다. 방식에 따라 참가비는 천차만별이지만, 어떤 수업은 직장인 입장에서도 결코 만만치 않은 금액을 지급해야 한다.

책을 쓰다 보면 정해놓은 목차에 따라 열심히 쓰지만, 내가 지금 제대로 하는지, 내 글을 다른 사람이 읽어도 충분히 이해할 만한지 의문이 들 때가 있다. 이런 슬럼프를 경험할 무렵 마침 온라인 책 쓰기 카페에서 운영하는 컨설팅 서비스를 알게 되었다. 사람의 마음은 참 심약하다. 일단 이런 서비스가 있다는 사실을 알고 나서는 나 혼자만의 힘으로 책을 쓰겠다는 의지가 점점 약해져갔다.

첫 책 원고 초안을 거의 완성할 무렵이 되자 책 쓰기 컨설팅을 받고 싶어 안달이 날 지경이었다. 출판사에 내가 쓴 원고의 출간을 제안해야 하는 시점이었다. 절차와 방법은 이미 책을 통해 알았지만, 조금 더 쉬운 방법은 없을지 고민했다. 그래서 책 쓰기와 관련해 가장 규모가 큰 온라인 카페 두 곳을 골라서 중점적으로 컨설팅에 관한 정보를 파악했다. 책 쓰기 컨설팅에 참여하면 책 쓰는 일이 어렵지 않다는 홍보 문구는 방황하던 내 마음을 강하게 끌어당겼다. 결국 나는 책 쓰기 카페의 오프라인 상담을 받아보게 되었다.

상담을 받으면서 가장 먼저 놀랐던 것은 책을 쓰는 일이 내 생각과 달리 비즈니스로 체계화되었다는 사실이다. 또한 막연히 예상했던 것보다 훨씬 많은 사람이 책을 쓰고 싶어 한다는 것도 이들 업체를 통해 알았다. 수많은 사람이 카페에 가입했고, 실제로 카페를 통해서 책을 냈다는 후기도 많았다.

하지만 처음에 혹했던 마음과는 달리 책 쓰기 컨설팅에 대해 더많이 알아갈수록 이런 방법으로 책을 내는 게 무슨 의미가 있을지 회의감이 들었다. 다시 원점으로 돌아가 혼자 힘으로 책 쓰는 일을 마무리하기로 마음을 다잡았다.

지금 돌이켜보면 짧은 기간이지만 책 쓰기 컨설팅을 조사한 것은 결과적으로 나쁘지 않은 선택이었다. 조사를 통해 종합적으로 내린 책 쓰기 컨설팅의 장단점을 평가하자면 한마디로 이렇게 말할 수 있다.

"시간이냐 돈이냐의 문제다."

먼저 이런 서비스의 장점을 말해보자. 책을 쓰려고 결심했지만,

사전 지식과 정보가 전혀 없는 사람이 이런 컨설팅을 이용하면 무엇보다도 시간을 아낄 수 있다. 어떤 일을 먼저 경험해본 누군가가 길을 알려준다면 시행착오를 줄일 수 있다. 나는 주위에 책 쓰는 법을 알려주는 사람도 없었고 수업을 위해 돈을 지급하지도 않았기에, 많은 시간을 들여 여러 권의 책을 읽으면서 책 쓰기에 대한 윤곽을 잡아갔다. 윤곽을 잡는 데 적어도 한두 달은 소요되었다. 컨설팅은 분명히 이 시간을 아껴준다. 그런데 나처럼 시간을 들여 책을 읽고 스스로 파악하는 것이 과연 시간 낭비일까? 짧은 시간에 누군가 떠먹여 줘서 쉽게 얻은 지식은 잘 체화되지 않는다. 하나하나 책을 읽어가면서 저자가 되겠다는 결심을 다진 사람은 그 자발성 때문에 누구보다 의지가 뚜렷하다. 아울러 책이 만들어지는 전 과정을 스스로 파악하는 즐거움 또한 매우 크다. 시간의 효율성만으로 재단할 문제는 아니다.

또 다른 장점은 책 쓰기 컨설팅에 참여하면 어느 정도의 강제력과 동기 부여가 가능하다는 사실이다. 혼자서 책을 쓰다 보면 결심이 흐려지거나 게으른 자신과 타협하기도 하는데, 아무래도 누군가 일정을 독촉하거나 때로는 함께 참여한 동료들이 서로 격려하면 동기 부여가 되기도 한다.

다 그렇지는 않지만, 책 쓰기 컨설팅 업체 중에는 자체 출판사를 운영하는 곳도 있다. 이런 업체는 수강생들이 쓴 원고를 회사 보유 출판사를 통해 출간한다. 또 여러 수강생이 쓴 원고를 한 권의 책으로 만들어 공저 형식으로 저자가 될 기회를 얻을 수도 있다. 초보 저자에게는 좋은 안전장치로 보인다. 분명 달콤한 유혹이 아닐수 없다. 하지만 딱 한 발만 더 나아가 생각해보자. 이렇게 책을 내는 것은 '빛 좋은 개살구'이거나 자기만족에 그치는 일일 수 있다.

우리나라에는 활동 중인 단행본 출판사 수가 7,000여 개나 된다고 한다. 내가 쓴 원고를 이 가운데 어느 출판사에서도 받아주지 않는다면, 그건 원고 자체에 문제가 있을 가능성이 대단히 높다는 뜻이다. 원고가 수준 미달이거나, 독자가 이해하기 어렵게 썼다거나 아니면 책의 콘셉트나 전개 방식이 너무 뻔해서 매력이 없다거나 등등 원인은 여러 가지다. 아무튼 제대로 된 상업용 출판물로 독자들 앞에 내놓기에는 아직 부족한 것이다.

직장인이라면 소비자 눈높이의 최소 기준에도 못 미치는 제품을 출시하면 어떤 결과가 발생하는지 누구보다 잘 안다. 그런 제품은 결국 소비자에게 외면당하고 시장에서 퇴출당하며 궁극적으로 그 제품을 내놓은 제조사의 평판과 신뢰마저 깎이고 만다. 출판사가 거절할 수밖에 없는 원고라면, 처음부터 다시 구성하거나 지금까지 기울인 노력보다 훨씬 더 많은 시간과 정성을 들여서 글을 다듬고 내용을 보강해야 한다.

그렇다면 컨설팅 서비스를 이용할 때 단점은 무엇일까? 우선 컨설팅을 받으려면 돈을 지급해야 한다는 점이다. 세상에 공짜는 없는 법이니 책 쓰기 과정을 지도받는 대가로 돈을 내는 것은 당연한데, 액수가 생각보다 훨씬 많다. 내가 책 쓰기 컨설팅 서비스를 받아야겠다는 생각을 떨쳐버린 이유 중 하나도 비용 문제 때문이다. 내가 직접 만나서 상담한 두 업체가 요구한 책 쓰기 과정의 개인 컨설팅 비용은 500만 원에서 1,000만 원 정도였다. 직장인이 책을 쓰려면 아무래도 퇴근 후나 주말 시간을 이용해야 한다. 이는 가족들과 함께할 시간의 일부를 할애해야 한다. 책을 쓴답시고 가족들에게 시간을 내달라고 양해를 구했는데, 거기에 적지 않은 경제적 부담까지 안기는 것은 좀 지나치다고 생각했다. 물론 비용 문제에 대한 판단은 사람마다 다르다. 회사의 고위 임원급 가운데 책을 쓰려는 분들이 종종 이런 컨설팅을 이용한다.

컨설팅 비용만으로 끝나지 않을 때도 있다. 어떤 책 쓰기 카페는 자체 출판사를 통해 책을 출간해주면서 카페 회원끼리 서로 출간한 책을 구매하도록 독려하기도 한다. 이렇게 회원끼리 서로 인터넷 서점 등에서 책을 구입해주면 책 판매 순위도 어느 정도 올라가므로 일종의 홍보 방편이기도 하다. 굳이 색안경을 끼고 볼 필요는 없지만, 가외의 비용이 나가는 것만은 분명하다. 저자는 책을 쓰면 인세라는 형태로 저작권 수입을 얻는데, 초판이 다 팔려도 받는 인세보다 훨씬 많은 비용을 지출해야 한다면 나 같은 월급쟁이에게는 선뜻 내키지 않는 일이다.

그러나 내가 컨설팅 서비스를 포기한 더 큰 이유는 비용 문제 때문이 아니었다. 내가 쓰려고 계획했던 책은 부동산업계의 전문적인 일에 관한 것이다. 책 쓰기 컨설팅의 성과물로 나오는 대부분 책들은 자기계발서나 에세이, 교훈적 내용을 담은 자서전 등이다. 전문성보다는 보편성, 일반적인 용도를 겨냥하는 책 그리고 독자가 특정화되지 않은 책들이다. 나처럼 업무를 기반으로 한 내용을 다룬 책은 이런 컨설팅 업체와 잘 맞지 않았다. 책 전문가라 해도 상업용 부동산업계의 사정까지 다 잘 알지는 못하기 때문이다.

책을 쓸 때 누군가 먼저 경험한 노하우를 전수해 지름길로 가는 것도 좋은 방법이다. 그렇지만 요즘같이 많은 정보를 손쉽게 얻을 수 있는 다양한 채널이 있는데, 스스로 노력하지 않고 너무 쉬운 길만 찾는 것은 바람직하지 않다. 설악산을 오를 때 힘들이지 않고 케이블카로 올라갈 수도 있다. 그런데 산을 오르는 이유가 경치 구경만이 아니라 체력을 키우려는 목적이 있다면, 땀 흘려가며 한 발씩 오른 사람만 그 목적을 달성할 수 있다. 한 권의 저서에만 만족하지 않고, 계속해서 책을 쓰겠다는 의지가 있다면 자신의 힘으로 책 쓰기를 해봐야 한다. 어려움을 겪으면서 스스로 몸에 체득한 노하우는 오랫동안 잊히지 않는다. 책 쓰기가 힘들고 어려울 수 있지만, 혼자 힘으로 원고를 완성하고 투고해 책이 출간되는 기쁨은 누군가의 도움으로 책을 냈을 때와는 차원이 다르다.

직장인의 책 쓰기 노하우 1

책 쓰기 관련 인터넷 카페

- 한국 책 쓰기 성공학 코칭 협회 (http://cafe.naver.com/bookuniversity)

- 성공 책 쓰기 아카데미 (http://cafe.naver.com/successband)

- 김병완 퀀텀 칼리지 (http://cafe.naver.com/collegeofkim)

- 출판 마케팅 협회 (http://cafe.naver.com/cosworldplay)

- 송숙희 빵굽는 타자기 (http://cafe.naver.com/bookcoaching)

직장인의 책 쓰기 노하우 2

책 쓰기 컨설팅의 장점과 단점

장점

- 시행착오를 줄여 시간을 아낄 수 있다.

- 다른 사람과 함께 책을 써서 동기 부여가 쉽다.

- 컨설팅 회사의 출판사를 통해 책을 출간하기도 한다.

단점

- 컨설팅 비용이 발생한다.

- 전문 분야의 책은 컨설팅 범위에 한계가 있을 수 있다.

- 자신의 능력보다는 컨설턴트에 의지할 가능성이 높다.

한 줄씩
써나가는 게 중요

책 쓰는 일에 호기심이 생기면 우선 책 쓰기에 관한 책을 몇 권 읽어볼 것을 추천한다. 전문가의 노하우를 언제든 배울 수 있다는 장점이 있다. 문장력을 높이거나 좋은 글을 쓸 수 있게 도와주는 책들도 많지만, 말 그대로 한 권의 저서를 내는 전 과정을 다루는 책을 먼저 살펴볼 필요가 있다. 글쓰기와 책 쓰기는 차원이 다르기 때문이다. 글이 모여 책이 되지만, 일기를 매일 쓴다고 해서 책이 되지는 않는다. 이를테면 글쓰기는 소규모 전투에, 책을 내는 일은 전쟁에 비유할 수 있다. 전투에서는 개인의 기량과 약간의 훈련으로 승리할 수 있지만, 전쟁에 이기려면 전체 판세를 읽는 눈과 전략이 있어야 한다. 책 쓰기의 세계를 알려주는 책을 몇 권 읽고 나니 나처럼 평범한 사람도 충분히 책에 도전할 수 있겠다는 자신감이 생겼다. 책과 나 사이에 스스로 세워놓은 높은 장벽이 무너지는 느낌이었다.

또 이런 책을 읽으면, 독서 시장에서 어떤 책이 잘 팔리고 어떤 식으로 원고를 쓰고 투고하는지 대략적인 방법을 짐작할 수 있다. 원고 작성부터 하나의 책이 만들어지기까지 과정에 대해 백지나 다름없던 나에게 책의 전반적 구성과 흐름을 짧은 시간 안에 습득할 수 있게 도와주었다. 그뿐만 아니라 이런 책은 책 쓰기에 대한 강한 호기심을 심어주었다. 취업 준비를 할 때 이력서나 자기소개서 쓰는 법에 대한 책을 찾아보듯, 책 쓰기 책 몇 권을 찾아 가벼운 마음으로 읽어보자.

남의 말에 쉽게 휘둘리는 사람을 가리켜 '귀가 얇다'고 한다. 책을 쓰려면 이를 역으로 이용해보자. 책 쓰기 책들을 읽고 그 내용에 충분히 귀가 얇아져도 좋다. 계속해서 여러 권 읽다 보면 나도 책을 쓸 수 있다는 자신감이 점차 고양된다. 직장인에게는 처음 시작할 때 '한번 해볼 만하겠는걸' 하는 자신감이 필요하다. 왜냐하면 직장인은 직장과 집안을 돌보다가 지쳐 에너지가 금세 고갈되기 때문이다. 그래서 처음에 책 쓰기에 관한 책을 집중적으로 읽으면서 전략적으로 자신의 책 쓰기에 대한 자신감을 가져야 한다. 그렇지 않으면 여러 가지 유혹이 많은 직장인은 책 쓰기를 중도에 포기하고 만다.

책 쓰기에 관한 책들을 통해 대략적인 윤곽과 책을 준비하는 과정을 파악한 다음 가벼운 마음으로 글쓰기 기법을 알려주는 책을 읽는다. 책 쓰기 책에서는 책을 쓰고 구성하는 법이나 좋은 제목을 찾는 법 등을 충분히 알려주지만, 글을 잘 쓰는 법까지 다루지는 않는다. 비유하자면 건강의 원리 전반을 다루는 책이 있고, 조깅하는 법처럼 좀 더 구체적으로 건강을 지키는 방법을 알려주는 책이 따로 있는 것과 같다. 책 쓰기 책과 글쓰기 책은 얼핏 보면 비슷해 보이지만, 애초에 목적과 효용이 다르다. 좋은 문장을 쓰려면 글쓰기에 대한 책을 별도로 보면서 공부하는 것이 효과적이다. 그러나 한번 운동한다고 체력이 하루아침에 좋아지지 않듯이 글쓰기는 아주 오랜 노력 끝에 천천히 향상됨을 명심하자.

나는 책 쓰기에 관한 책과 글쓰기에 관한 책을 읽은 다음 독자의 관심을 끌거나 머릿속에 강한 인상을 남기는 방법도 배우고 싶어졌다. 이것은 글솜씨 문제이기도 하지만, 인간의 심리나 인지 과정과 연관된 문제다. 여기에는 마케팅이나 심리학 관련서가 많은 도움을 준다. 마케팅 서적은 어떻게 하면 대중(소비자)의 관심을 끌고 내 주장을 받아들이게 설득력을 높일 수 있는지에 대한 구체적 방법을 다룬다. 심리학서는 좀 더 근원적인데, 왜 사람들이 특정한 조건에서 특정한 반응을 하는지 인간의 속성과 욕구를 이해하게 해준다. 바로 활용할 수 있는 기법이나 방법만 알고 싶으면 마케팅 책들로도 충분하지만, 원리를 파악해 자유롭게 응용하고 싶다면 심리학서도 읽어야 한다.

우리가 텔레비전에서 보는 광고에만 카피가 필요한 것이 아니다. 따지고 보면 이 책의 장별 제목, 각 꼭지 제목도 각각의 카피인 셈이다. 가장 짧은 글로 저자가 의도하는 바를 분명히 알리고 독자의 호기심과 관심을 촉발하는 것, 이것이 광고 카피가 아니겠는가. 나는 광고 마케팅 관련 책들을 통해 사람들에게 흥미를 끌 수 있는 제목이나 문구를 생각하는 데 도움을 받았다. 또한 심리학 관련서들을 통해 사람의 기본적인 호기심과 관심에 대한 이해가 높아졌다. 이런 지식은 당연히 글 쓸 주제를 정하고 콘셉트를 구체화하는 데 직간접적으로 큰 도움이 되었다.

이렇게 책을 통해서 책을 쓰는 방법과 기술들을 충분히 접했지만, 결국 글쓰기 실력을 늘리려면 스스로 꾸준히 써보는 수밖에 없다. 아무리 눈으로 읽어봐도 한 번 써보지 않으면 글쓰기 실력은 늘지 않는다. 우리가 눈으로만 영어를 공부했기 때문에 외국인과 이야기할 때 제대로 대화하지 못하는 것과 같은 이치다. 직접 말로 회화 연습을 해야 막상 외국인을 만났을 때 자연스럽게 입이 열리는 법이다.

책을 쓰다가 가장 먼저 느끼는 어려움이 바로 글쓰기에 대한 장벽인데, 이를 대수롭지 않게 생각해야 끝까지 책을 쓸 수 있다. 무엇보다 중요한 것은 자신의 글이 부족하더라도 조금씩 써가면서 실력을 늘려가야 한다는 점이다. 회사원이 책을 쓰고자 할 때는 대체로 관련 분야의 전문성을 바탕으로 하기 때문에, 글솜씨보다는 책의 콘셉트나 담겨진 노하우와 정보가 훨씬 더 중요하다. 글을 잘 써야 한다는 부담을 덜어내고 누구나 이해할 수 있도록 쉽게 쓰겠다고 생각하는 편이 낫다.

여기까지 읽다 보면 해야 할 일이 너무 많아 보인다. 그렇지만 너무 겁먹지 말자. 앞에서도 이야기했듯이 일단 쓰기 시작하면서 막힐 때마다 하나씩 풀어가면 된다.

책을 준비하기 위해서 학원에 갈 수도 있고, 일대일 특강을 받을 수도 있다. 얼마간 도움이 될 것이다. 그러나 비용이 많이 들고 오가는 시간도 만만치 않다. 그렇게 부담스럽게 시작할 이유가 없다. 좋은 책 몇 권을 선택해 읽으면서 전체를 파악하고 자신감을 갖고, 다음 단계로 쓰기 시작하면서 막힐 때마다 또 좋은 표현을 구사하고 싶을 때마다 그와 관련된 책을 하나씩 찾아 읽으라는 것이다. 책은 책을 낳는다. 시중에 있는 책으로도 충분하다. 여러분의 책 쓰기에 가장 좋은 선생은 역시 책이다. 물론 이 책은 그중에서도 직장인 처지에 가장 잘 맞는 맞춤 도우미다.

직장인의 책 쓰기 노하우 1

책 쓰기에 직접적으로 도움 되는 책들

- 『마흔, 당신의 책을 써라』 (김태광)
- 『내 인생의 첫 책 쓰기』 (오병곤, 홍승완)
- 『임정섭의 글쓰기 훈련소』 (임정섭)
- 『당신의 책을 가져라』, 『책 쓰기의 모든 것』 (송숙희)
- 『회장님의 글쓰기』 (강원국)
- 『윤태영의 글쓰기 노트』 (윤태영)
- 『직장인을 위한 글쓰기의 모든 것』 (사이토 다카시)
- 『책을 내고 싶은 사람들의 교과서』 (요시다 히로시)

직장인의 책 쓰기 노하우 2

책 쓰기에 간접적으로 도움 되는 책들

- 『카피책』 (정철)
- 『카피 한 줄』 (조셉 슈거맨)
- 『뇌를 움직이는 메모』 (사카토 켄지)
- 『제목 만들기 12가지 법칙』 (나카야마 마코토)

직장인을 위한 생산적 독서법

직장인이 책 쓰기를 하려면 독서는 필수다. 독서를 통해 책에 들어갈 아이디어를 찾아내기도 하고 때에 따라서는 그 속의 내용을 인용하기도 한다. 다른 작가들이 쓴 경쟁 도서를 찾아서 비교하는 일도 해야 한다. 이렇게 책을 쓰다 보면 자연스럽게 책을 가까이할 수밖에 없다.

그럼에도 많은 이가 책 읽을 시간이 없다고 하소연한다. 실은 마음의 여유가 없는 것인지도 모른다. 지금까지 책을 잘 읽지 않았다고 해도 좋다. 책을 쓰기 시작한다면 새로운 습관으로 책 읽기를 자연스럽게 체득하면 된다. 독서가 중요하다고 하지만, 책 읽기가 부담스러워서는 안 된다. 각자 상황에 맞게 즐겁게 책 읽는 방법을 찾을 수 있으면 충분하다.

도서관을 내 집 드나들듯이

책 읽기에 재미를 붙이려면 우선 책이 가까이 있어야 한다. 나는 지금도 매주 가까운 도서관에서 마음에 드는 책을 한꺼번에 여러 권씩 빌려온다. 도서관 대출은 회원증을 만들면 누구나 이용할 수 있고 돈이 들어가는 일도 아니다. 요즘에는 모바일 회원증으로, 휴대폰 앱으로 편리하게 사용할 수 있다. 예약도 되고 반납 연기도 가능해서 매우 편리하다. 산책 삼아 아이와 함께 휴일에 도서관에 들러 이것저것 내키는 대로 골라온다. 막상 빌려왔는데 몇 페이지 읽어보니 내 관심사가 아니거나 잘 맞지 않는다 싶으면 바로 덮어버린다. 그래도 네 권의 책이 또 남아 있다. 다섯 권 가운데 단 하나만 흥미를 자극해도 얼마나 남는 장사인가.

내가 책을 세 권 저술하는 동안 몸담았던 직장은 여의도 IFC 국제금융센터에 있었다. 이 빌딩 지하에는 영풍문고가 입점해 있다. 지나고 보니 이 또한 결과적으로 나에게 행운이었다. 점심을 먹고 나서 20~30분 남으면 종종 서점으로 향했다. 서점에는 항상 관심을 끄는 새로운 책들이 진열되어 있어 매장을 한 바퀴 둘러보기만 해도 새로운 아이디어가 샘솟곤 했다. 덕분에 나는 신간을 자주 접하고 한두 권씩 사서 틈나는 대로 읽었다. 점차 독서는 내 생활의 일부가 되었다. 나는 사람을 만날 때도 가급적이면 약속 장소를 서점으로 잡는다. 약속 시간보다 여유 있게 일찍 나가 기다리면서 이 책 저 책 집어 들어 저자 머리말이나 첫 장을 읽어보곤 한다. 이런 식으로 일주일에 한두 번 서점에 가서 내 관심 분야를 계속 주시하다 보면 여러 가지 좋은 점이 많다. 경쟁 도서로 어떤 책이 새로 나왔고, 최근에는 어떤 주제나 저자가 인기를 끄는지 출판 시장의 흐름을 대략적이나마 파악하게 된다. 또 어떤 책이 좋은 책인지 책을 보는 안목도 생긴다.

뭐니 뭐니 해도 책을 가까이하는 가장 좋은 방법은 항상 가방에 책을 넣고 다니는 것이다. 가방에 책이 있으면 출퇴근 시간이나 잠깐 남는 자투리 시간을 이용해 언제나 책을 꺼내서 읽을 수 있다. 굳이 독서 시간을 따로 내지 않더라도 이렇게 읽으면 일주일에 한 권 정도는 충분히 읽을 수 있다.

책을 읽어야 할 '필요'의 발견

책을 읽는 것도 중요하지만 그런 습관을 지속하는 게 더 중요하다. 그러기 위해서는 책을 통해 원하는 정보를 찾고 해결하면서 재미를 붙여가는 것이 좋다. 나는 내 홈페이지나 블로그를 만들 때 관련 책들을 찾아 읽어봤다. 그렇게 책을 읽으면서 아이디어를 얻고 필요한 방법과 지식을 배운다. 그렇게 필요에 의해 책을 읽기 시작하면 매우 유용하고, 지루하지 않아서 계속 찾아 읽게 된다. 물론 빠르고 쉽게 찾아야 할 정보들은 인터넷을 활용하지만, 깊이 있는 정보는 책을 따라가지 못한다.

예를 들어, 직장 생활을 하면서 누구나 한 번쯤은 어떻게 하면 보고서나 제안서를 잘 쓸 수 있는지 고민해봤을 것이다. 서점에 가면 보고서 쓰는 데 도움이 되는 책들이 무척 많다. 이런 책을 한 권 골라 읽어가면서 자신의 보고서 쓰는 방법을 되짚어보고 좀 더 나은 방법을 익혀나간다면, 독서는 단순한 취미가 아니라 매우 실용적이고 업무에 직접 도움을 주는 행위가 된다. 처음에는 이렇게 실용적인 책으로 시작하는 것이 책을 자연스럽게 가까이하는 방법이기도 하다. 이런 책들은 독서와 직장에서 업무 능력 향상이라는 두 마리 토끼를 한꺼번에 잡을 수 있게 해준다. 거기다 책을 쓰는 데 필요한 배경지식까지 얻을 수 있다면 독서를 하지 않을 이유가 없다.

꼬리에 꼬리를 무는 책 읽기

독서가 습관이 되지 못한 직장인들은 읽을 책을 고르기조차 어렵다. 나도 처음에는 책 고르기가 무척 어려웠다. 그래도 자기계발서를 좋아해서 그런 책 중에 부담 없이 끌리는 책부터 읽기 시작했다. 처음에는 무조건 흥미나 관심사 위주로 책을 골랐다. 베스트셀러나 양서라고 다 자신에게 맞지는 않기 때문이다. 무슨 일이든 즐거워야 오래할 수 있고 습관이 된다. 꼬리에 꼬리를 무는 책 읽기를 추천하고 싶다. 책을 읽으면서 그 책 안에 인용된 책이나 참고문헌 중에서 마음에 드는 제목을 메모했다가 나중에 찾아 읽는 방식이다. 책에 인용될 만한 책이면 어느 정도 검증된 책이라고 봐도 된다. 이런 식으로 책을 읽는 과정에서 꼬리를 물고 더 찾아 읽을 만한 책을 정리해보자. 그러면 다음번에 읽어야 할 책을 따로 고민하지 않아도 된다. 읽고 싶은 책이 늘어갈수록 자연스럽게 독서 시간도 늘어난다.

책에 대한 흥미를 높이는 방법은 무수히 많을 텐데, 그 가운데 내가 종종 쓰는 방법은 책의 저자에 대해서 알아보는 것이다. 많은 저자가 블로그나 홈페이지를 운영하기도 한다. 책 한 권을 읽는 데서 끝나지 않고, 저자의 블로그나 홈페이지를 방문

나도 회사 다니는 동안 책 한 권 써볼까

해서 책에서 찾지 못한 추가 정보와 최신 읽을거리를 읽다 보면 작가의 생각을 조금 더 깊게 이해할 수 있다. 요즘은 작가들이 했던 강연이나 연구한 자료를 홈페이지에 공개할 때가 많다. 나는 책을 읽다가 작가 소개란에 블로그나 홈페이지가 있으면 한 번쯤은 꼭 방문해본다. 그렇게 작가에 대해 좀 더 알아가다 보면 같은 책을 읽더라도 더 재미를 느낄 수 있다. 활자로 만난 저자를 동영상 강의로 보는 것도 색다른 느낌을 준다. 책을 읽으면서 저자의 실제 모습을 보고 나면 더 몰입해서 책을 읽을 수 있다. 영상을 통해 저자의 태도나 말의 뉘앙스를 알게 되기 때문이다. TED나 세바시처럼 저자를 초청하는 강연을 찾아보는 것도 손쉬운 방법 중 하나다.

저자와 교류하기

조금 더 나아가서 직간접적으로 작가와 교류해보는 것도 좋다. 저자 강연회나 강의에 참여한다든가 궁금한 점이나 책 읽은 소감을 정리해 저자에게 이메일을 보내는 방법이다. 한번은 EBS PD인 김민태 작가의 『나는 고작 한번 해봤을 뿐이다』라는 책을 읽고 궁금한 점을 적어 저자에게 이메일을 보냈다. 답변을 크게 기대하지는 않았는데, 얼마 지나지 않아서 답장이 왔다. 내가 읽은 책의 저자와 직접 서신을 교류한다는 것은 멋진 일이다. 생각해보라. 감동적인 영화를 한 편 보고 나서 그 영화를 만든 감독과 이메일로 소감을 주고받는다면 얼마나 흥미롭겠는가. 김민태 PD와는 이메일을 주고받은 것을 계기로 친분도 쌓고 페이스북 친구도 맺었다. 내 책을 내면서 책 제목에 대한 의견을 구하기도 했다. 작가와 인터넷을 통해 대화하는 기회를 만들다 보면 독서는 더욱 친근하고 즐거운 일이 된다.

『돈 버는 부동산에는 공식이 있다』를 쓴 민경남 작가도 직장에 다니면서 책을 썼는데, 같은 업계에서 일했기 때문에 사적으로도 친한 사이다. 그는 자신이 읽은 책의 저자를 만나 사인을 받는 독특한 취미를 가졌다. 지금까지 모은 사인본도 많지만, 앞으로도 계속 모을 생각이라고 한다. 책을 읽고 좀 더 적극적으로 저자와 교류하면서 본인의 지식도 쌓고 인맥도 넓힐 수 있으니 직장인에게는 굉장히 신선하고 좋은 방법이다. 게다가 책을 쓰는 저자들과 대화하다 보면 다양하면서도 핵심적인 정보를 종종 얻을 수 있다. 아무래도 한 권의 저서를 쓰다 보면 그 분야의 핵심을 꿰뚫는 눈이 생기기 마련이다.

직장인이 책 쓸 시간도 없는데 책까지 읽어야 한다면 너무 부담스럽다. 많은 유명 저자가 한 권의 책을 쓰려면 그보다 열 배, 스무 배 이상의 책을 읽어야 한다고 강조한다. 틀린 말이 아니다. 그러나 직장인이 이렇게 접근했다가는 제풀에 지쳐 나가떨어진다. 책을 쓰면서 동시에 읽어가는 방법이 좋다. 학생이라면 학교에서 공부를 먼저 하고 사회에 나가 경험을 쌓는다. 직장인은 그 반대다. 실천 활동을 하면서 공부를 병행해야 효과를 볼 수 있다.

또한 직장인은 책 읽을 절대 시간이 부족하므로, 무리하게 처음부터 하루 한 시간씩 책을 읽겠다거나, 일주일에 하루는 독서만 하겠다는 식으로 계획을 세우지 않는 것이 좋다. 우선 최대한 자투리 시간이나 의미 없이 흘려보내는 시간을 이용한다. 그래야만 부담이 덜하다. 책을 억지로 읽기보다 필요에 따라 읽는다. 그렇게 어느덧 조금씩 쌓여 나도 모르게 습관이 되게 하는 것이 중요하다. 처음 책을 접할 때가 어렵지 차곡차곡 책 읽는 시간이 쌓이다 보면 책을 멀리하기가 오히려 더 힘든 일이 될 것이다.

책을 쓰면
달라진다

내 이름의 책을
갖는다는 것

호칭에 따라 그 사람이 어떤 일을 하는지 지위가 어떤지 대략 확인할 수 있다. 전문 직종에 종사하는 사람일수록 호칭이 많다. 예를 들어 강씨 성을 가진 의사라면 '닥터 강, 강 박사' 등으로 불린다. 병원을 개업했으면 강 원장이라는 호칭도 따른다. 직장인은 대개 직급이 호칭이 된다. 특별한 일을 하지 않으면 다른 호칭이 별로 붙지 않는다. 나는 회사에서 '민 차장'으로 불리는데, 거래처나 업무상 아는 사람들도 대부분 이렇게 부른다. 일반 직장인은 세상을 살아가면서 여러 호칭을 갖는다는 게 쉽지 않다. 승진해야 겨우 호칭이 바뀐다. 그런데 책을 내고 나니 내게 붙는 호칭이 매우 다양해졌다.

책을 낸 이후 내가 들어본 호칭은 다음과 같다. 저자, 작가, 선생님, 강사님, 교수님, 멘토님 등이다. 이전에 한 번도 들어보지 못했거나 나한테 어울린다고 생각하지 않았던 호칭이다. 이처럼 여러 호칭으로 불리게 되면 처음에는 매우 어색하지만, 시간이 지나면서 점차 자존감도 높아지고 호칭에 맞게 행동하게 된다. 첫 책을 내자마자 나는 회사에서 당장 전문가로 대우받았다. 그전까지는 평범한 직원이었는데, 책을 낸 뒤에는 다른 부서 사람까지 찾아와서 업무와 관련한 질문을 하곤 했다. 아무래도 책을 썼다고 하니 더 신뢰가 가는 모양이었다. 신문의 새 책 소개란에 내 이름이 '저자 민성식'으로 올라가거나 인터넷 방송에서 내가 '민성식 작가' 또는 '민성식 선생님'으로 소개되는 것을 보면서 지인들도 '민 차장'보다는 '작가', '저자' 등으로 부를 때가 많다. 확실히 예전과 다른 부러운 시선이 따라온다.

내가 다니던 전 직장은 40여 명 정도가 근무하는 외국계 회사로 사장도 외국인이었다. 규모가 아주 큰 편은 아니지만, 임원도 아닌 사람이 사장과 독대하는 일은 흔하지 않았다. 그런데 내가 책을 썼다고 하니 사장은 나를 따로 불러서 이렇게 말했다.

"미스터 민, 한글로 쓴 책을 내가 충분히 이해할 수는 없지만, 나랑 함께 일했던 직원이 책을 낸 경우는 처음이야. 나중에 미국 본사로 돌아가면 한국에서 이렇게 훌륭한 직원과 함께 일했다고 자랑할 거라네." 책을 쓰기 전에는 생각도 못 했던 일이다.

호칭이 달라지면 대접도 달라진다. 부동산업계 취업서 『부동산 직업의 세계와 취업의 모든 것』을 쓰고 나서는 부산에 있는 한 대학교에서 강연 요청을 해왔다. 이 학교에서 받은 환대를 지금도 잊을 수 없다. KTX를 타고 부산역에 내리자, 이미 학교에서 준비한 차량이 기다렸다. 덕분에 택시를 잡을 필요도 없이 편하게 학교까지 이동했다. 학교에 도착하자 10여 년 이상 연배가 많은 교수들이 나를 '선생님' 또는 '교수님' 등으로 부르면서 특강에 응해주어 감사하다는 인사를 여러 번 했다. 담당 교수 한 분은 강의 시작 전에 다과가 준비된 대기실로 안내해 학교와 학생들의 상황도 들려주면서 처음 오는 곳이 낯설지 않게 세심하게 배려해주었다.

이런 대접까지 생각도 못 한 나는 얼떨떨해하면서 강연장에 들어섰는데, 강연장 뒤편에는 내 책 제목이 큼지막이 적힌 플래카드가 걸려 있었다. 교수님은 강의를 기다리는 학생들에게 서울에서 귀한 시간을 내서 오신 부동산 전문가, 저자 민성식 선생님의 취업 강의라고 소개해주었다. 심지어 취재를 위해 지역 신문사 기자도 나와 있었다. 그런 화기애애한 분위기 속에서 100여 명이 빼곡히 참석한 취업 특강이 진행되었다. 서울로 돌아가는 길이 무척이나 뿌듯했다.

이 학교와 맺은 인연은 지금까지도 계속된다. 행사를 주관했던 교수님과 종종 통화하기도 하고 부동산업계에 취업 자리가 나면 연락을 드려 학생들에게 취업 기회를 제공하기도 했다. 그중 한 졸업생이 취업에 성공해 더욱더 좋은 관계가 만들어졌다. 교수님께서는 통화할 때마다 내 안부를 물으셨고, 부산에 쉬러 내려오면 좋은 별장에 모실 테니 반드시 들려달라고 당부하곤 한다. 책을 통해 새로운 호칭도 얻고 소중한 인연도 이어간 값진 경험이다.

자신의 이름으로 된 책을 갖는다는 것은 물론 쉬운 일이 아니다. 많은 준비와 노력이 필요하다. 그러나 그런 준비와 노력만큼 충분한 보상이 따르는 것이 책이다. 한국사회는 학문과 지식을 숭상하는 풍토가 여전하다. '배운 사람'이라는 말에는 다분히 인격적 존중의 의미까지 담겨 있다. 직장에서도 같은 조건이라면 석박사 학위를 취득한 고학력자가 더 존중받고 대우받는다. 이런 대우에는 오랜 기간 공부하고 논문을 쓴 것에 대한 보상이 담겨 있다. 책을 한 권 쓰는 일에는 논문을 쓰는 것 이상의 노력이 들어간다. 저자가 되면 고학력자 부럽지 않은 대우를 받을 수 있다. 저자가 된다는 것은 그만큼 배우고 노력했다는 것을 증명하고, 자신을 세상에 알리는 훌륭한 방법이다.

직장인은 누구나 호칭과 승진에 매우 민감하다. 진급 시즌만 되면 누군가는 웃고 누군가는 운다. 진급자가 쏘는 술 한 잔에 부러

움과 아쉬움을 달래는 사람들이 반드시 생겨난다. 열심히, 성실하게, 능력을 발휘해서 일하는 사람이 진급하는 게 당연하지만, 인사고과에는 능력이나 노력과는 다른 기준이 작용한다. 그렇지만 책을 쓰는 일은 오롯이 자신의 노력과 능력에 달린 일이다. 과장에서 차장으로, 차장에서 부상으로 승진하는 것은 절반 이상 상사의 평가에 달렸지만, 책을 쓰면 언제든 '저자'라는 자리로 진급할 수 있다. 그것도 내가 원하는 시기에, 내 일정에 맞춰서. 저자로 진급하기 위해서는 사내 정치도 필요 없고 진급 시험도 필요 없다. 단지책 한 권만 있으면 된다. 회사 조직 안에서만 통하는 호칭과 직급을 넘어 세상 어디에서나 통용되고 인정받는 저자라는 직위로 진급할 준비를 해보자. 생각만 해도 멋진 일 아닌가!

직장인의 책 쓰기 노하우

책을 쓰면 달라지는 것

- 그 분야에 관한 전문가로 존중받는다.
- 작가, 저자, 교수님, 선생님 같은 다양한 호칭을 얻는다.
- 사람들의 시선이 달라진다.
- 고학력자에 버금가는 대우를 받는다.
- 책을 쓸 수 있는 노하우를 갖게 된다.

나도 회사 다니는 동안 책 한 권 써볼까

학위나 자격증보다 값진 저서 한 권

나는 대학교에서는 무역학을 전공했는데 취업을 준비하는 과정에서 우연히 부동산 자산관리라는 새로운 영역에 흥미를 느껴 업계에 발을 들였다. 그러니까 부동산 학과 출신은 아니다. 물론 내게는 성실함과 가능성이라는 훌륭한 무기가 있었지만, 업무 배경지식에서는 부동산 관련 학위나 자격증을 가진 사람들과 차이가 날 수밖에 없었다. 신입사원 시절 남들은 잘 아는 부동산 용어가 나에게는 암호 같았다. 그렇다고 물어보는 것은 부끄러운 일이라, 남몰래 단어들을 열심히 찾아 공부했다.

부동산 지식과 업무 경험이 부족하다 보니 입사 후 반년 정도는 매일같이 야근했다. 회사 동료의 태반은 부동산 관련 학과 출신이어서 학연 등으로 한 다리 건너면 다 연결되었다. 나는 그런 연도 없다 보니 회식이나 저녁 모임 자리에서 이방인처럼 소외감을 느끼기도 했다.

하루하루 변화하는 부동산업계에서 살아남으려면, 새로운 지식과 정보의 습득이 필요했다. 비전공자로서 부족함을 느끼면서 학문적인 목마름이 생겼고, 야간 대학원 진학을 심각하게 고려했다. 그래서 야간 부동산 대학원 몇 곳에 지원했지만, 짧은 업계 경력과 아직 젊은 나이 때문인지 합격하지 못했다.

전화위복이라고나 할까, 대학원에 가지 못한 것이 결과적으로 나에게는 득이 되었다. 대학원을 다녔으면 책 쓸 생각은 하지 못했을 것이다. 학교에 다니지 않으니 시간적 여유가 생겼다. 등록금 낼 돈으로 대신 더 많은 책을 사서 읽고 독학으로 공부해 여러 자격증도 취득했다. 그러한 시간이 쌓여 이렇게 책을 쓰게 된 셈이다. 업무의 전문성을 높이고 싶은 갈증과 부족함은 책을 쓰면서 대부분 해소되었다. 게다가 투입 비용 대비 효과도 고려하지 않을 수 없다. 만약 대학원에 진학했다면 학기당 500만 원 정도의 등록금과 추가로 과외 활동 비용을 지출했을 것이다. 대략 따져봐도 학위 하나를 더 받기 위해 적어도 3,000만 원 이상의 비용과 2년이라는 긴 시간을 투입해야 한다. 하지만 내 주변을 살펴봐도 이 정도 투자해 성공적으로 비용을 회수한 사람은 별로 없는 듯하다. 그보다는 자기만족에 그칠 때가 더 많아 보였다.

몇 권의 저서를 낸 지금은 고학력자가 크게 부럽지 않다. 저자라는 타이틀은 나에게 고학력자에 버금가는 값어치를 충분히 제공해주었다. 뉴스를 보면 고학력 빈곤층에 대한 이야기가 종종 나온다. 정규직 일자리가 보장되지 않고 강사료도 매우 얄팍한 대학교 시간 강사에 대한 이야기나 고학력자들도 취업이 쉽지 않아 공무원 시험에 대거 몰려든다거나 국내에 일자리가 없어 해외 취업을 노린다는 소식들이다. 나는 책을 내고서 학력에 대한 콤플렉스를 해소했다. 스펙 경쟁으로 너도나도 학력이 올라가는 학력 인플레이션 상황에서는 남들보다 오랜 기간 공부했다고 해서 세상에서 충분히 인정받거나 대우받지 못한다. 직장 생활을 하면서 스스로 노력해 책을 쓰는 쪽이 더 현명하다고 생각한다. 생활도 안정시키고 자신의 노력을 인정받을 수 있으며 무엇보다 업무 지식이 체계화되고 자신감이 생긴다.

책을 쓰려면 글을 쓰려는 주제나 해당 분야를 집중적으로 연구하지 않을 수 없다. 누가 시켜서 하는 게 아니라 자연스럽게 자기 주도적인 공부가 된다. 그런 과정에서 얻어지는 지식과 노하우는 대학원 진학 못지않게 가치가 높다. 게다가 책을 쓰는 것은 한 번에 그치지 않는다. 일단 책 쓰는 노하우를 익히면 앞으로 살아가면서 경험하고 일하고 공부한 것들이 모두 책을 쓰는 소재이며 주요한 콘텐츠가 된다. 그렇게 계속해서 책을 쓸 수 있게 된다. 평생직장이 사라진 시대에 이만큼 든든한 능력과 자격증도 드물다. 이제 나는 '직장인 책 쓰기'라는 어디에도 없는 나만의 전공을 갖게 되었다.

회사 일을 하다 보면 알게 모르게 학연으로 맺어지는 모임이 많다. 특히 내가 일하는 업계는 학연을 통한 선후배 모임도 많고, 이런 네트워크를 비즈니스로 활용하는 일도 비일비재하다. 직장 초년 시절에 나는 남들처럼 부동산 학연이 없음을 아쉬워했지만, 지금은 책을 통해서 더 다양하고 많은 분야의 사람들과 연결되었다. 내 책을 읽은 독자들이 나에게 학연을 넘어서는 더 큰 네트워크를 만들어주었다. 책을 내는 과정에서 출판사 사람들을 만난다. 또 출간 후 인터뷰를 하면서 기자를 비롯해 언론 종사자들도 알게 된다. 책을 쓴 저자들끼리의 만남도 자연스럽다. 전 같으면 만날 일이 별로 없었던 다른 분야 전문가들도 쉽게 연결된다. 책 한 권으로 대학교 동문 네트워크와는 비할 수 없는 다양하고 풍부한 관계가 형성되는 것이다.

책은
나를 위해 일한다

직장인이 책을 갖는다는 것은 여러 면에서 남들과 차별화할 수 있는 장점이 있다. 그만큼 저서 한 권이 갖는 위력과 파급효과가 크다. 우선 책이 있으면 인터넷 포털 사이트에서 내 이름이 검색된다. 만약 책이 베스트셀러가 되거나 해당 분야 전문가로 인정받아 뉴스 검색이나 인터뷰 자료가 많아지면 포털 사이트에 인물 등록도 가능해진다. 원하면 검색 사이트에 내 프로필도 올릴 수 있다. 내 지인들이 나를 처음 만나는 사람에게 소개할 때 "이분 인터넷 치면 나오는 유명한 사람이야" 하고 농담할 때가 종종 있다. 매우 유쾌한 경험이다.

직장인이라면 이력서에 자신의 저서를 추가해서 남들과 차별화된 경력을 어필할 수 있다. 나도 이직하면서 제출한 경력 기술서에 내 책들을 추가했다. 면접자 중에 책을 쓴 사람이 거의 없다 보니 면접관들과 자연스럽게 더 많은 대화를 나눌 수 있었다. 경쟁자들보다 더 많은 관심을 받았고, 좋은 경력으로 인정받을 수 있었다. 꼭 책 때문만은 아니겠지만, 성공적인 이직에 도움이 된 것만은 사실이다.

책을 쓰면 자연스럽게 전문가로 인정받는다. 만약 내가 책을 쓰지 않았다면 평범한 직장인으로 강의, 기고, 신문이나 잡지사 인터뷰 등은 꿈도 꾸지 못했을 것이다. 책을 발판으로 전문가로서 인정받고 회사 업무 이외의 다양한 일을 할 수 있었다.

『한국 부자들의 오피스 빌딩 투자법』이라는 상업용 부동산 책을 처음 쓰고 나서 책에서 충분히 다루지 못한 내용도 많았다. 원고 분량이 많았지만 전문적이라 책에는 담지 못했다. 첫 책이라 내가 하고 싶은 말을 다 담아내지 못한 아쉬움이 남았다. 그래서 상업용 부동산업계에 관심 있는 사람들에게 책에서 못다 한 또 다른 실무 지식을 전해주고 싶어 오프라인 강의를 개설했다. 강의 경험이나 경력이 없었음에도 집 근처 문화센터 신규 강의 개설을 신청했는데, 의외로 쉽게 받아들여졌다. 물론 저서가 있기에 가능한 일이다. 그렇게 해서 12주짜리 상업용 부동산 자산관리 강의를 문화센터에서 진행했다. 3개월이라는 긴 과정의 수업이었지만, 책 덕분에 무사히 강의를 이끌어갔다. 처음 개설되는 주제의 강의였음에도 수강

정원이 다 모집되어 강의료도 적잖이 받을 수 있어 뿌듯했다.

부동산 분야 취업서인 『부동산 직업의 세계와 취업의 모든 것』은 부동산업계 취업 준비생에게는 필독서가 되었다. 자연스럽게 부동산업계에 신입사원으로 첫걸음을 내딛는 사람들은 내 이름을 한 번쯤 듣게 된다. 취업 강의 중에 만난 어떤 학생은 부동산 취업 준비생이면 내 이름을 대부분 다 안다고 귀띔해주기도 했다.

게다가 신문이나 잡지 인터뷰도 하고 오프라인 강의도 하면서 부동산업계에서 계속해서 내 이름을 알릴 수 있다. 주변 사람들이 나를 다른 사람들에게 소개할 때도 책의 저자라면서 칭찬하며 소개해준다. 가끔은 내 책의 독자들을 직접 만날 때도 있다. 처음에는 조금 어색하지만, 책이라는 공감대가 있어 곧 친근해진다. 이렇게 책 한 권으로 정말 다양한 혜택을 누렸다.

책은 지금도 나를 위해 일한다. 온라인과 오프라인을 가리지 않고 밤낮으로 나를 대신해 홍보 활동도 하고 판매되어 이익도 준다. 내 저서는 나의 개인 비서이자 매니저인 셈이다. 기업에서는 사장이나 고위 임원 정도 되어야 비서를 둘 수 있다. 그러나 말단사원도 저서가 있으면 자기 비서가 하나 생기는 셈이다. 책이 있어 인터뷰, 강연, 개인 홍보, 사람과의 연결이나 만남 등이 종횡으로 계속 이어진다. 매니저를 둔 연예인, 비서의 보좌를 받는 CEO를 부러워할 필요가 없다. 평범한 직장인인 당신도 가능한 일이다.

직장인의 책 쓰기 노하우

직장인이 저서를 가지면 좋은 점

• 인터넷에 인물 등록이 되고 검색이 된다.

• 남들과 다른 나만의 경력을 보여줄 수 있다.

• 강의, 강연, 인터뷰 등으로 색다른 경험을 할 수 있다.

• 해당 분야에서 자신의 이름을 알리는 데 큰 도움이 된다.

나를 변화시키는
지름길

요즘은 모든 게 빨리 돌아간다. 스마트폰의 알람을 듣고 아침을 시작하고 회사에 가면 쉴 새 없이 이어지는 회의와 업무 일정이 시간 단위로 정해져 있다. 회의나 보고를 하면서 업무 시간을 다 보내고 나면 정작 해야 할 일이 남아 야근하는 날이 비일비재하다. 매일 그렇게 무리하게 일하다 보면 모든 에너지가 소진되어 의욕이나 열정이 없어지는 이른바 번아웃 증후군에 빠지기도 한다. 나도 사회생활을 시작하고 결혼하면서 나만의 시간을 갖고 뭔가를 생각하는 일이 점점 더 어색해졌다. 혼자 있는 시간이 많이 없어졌을 뿐만 아니라 모든 결정을 누군가와 상의해야 하는 환경 때문이다. 그렇게 살아가다 책을 쓰기로 마음먹으면서 생각할 계기와 시간을 만들 수 있었다.

책을 쓰다 보면 자연스럽게 생각하게 된다. 글감과 어떻게 구성할지 아이디어를 떠올리다 보면 생각이란 걸 하게 된다. 예를 들어, 지하철로 출퇴근하는 시간에 다음 책을 쓰기 위해 적어놓은 목차를 보면서 나름대로 생각에 잠겨 볼 수 있다. 가끔은 공책과 볼펜을 꺼내서 다음에 쓸 원고의 주제를 생각하면서 제목이나 글감을 메모해본다. 그냥 잠을 자거나 음악을 들으며 보낼 수 있는 출퇴근 시간을 글쓰기를 통해 생각하는 시간으로 바꿀 수 있다. 거창하지는 않지만, 휴대폰 같은 전자기기의 방해 없이 온전히 생각에 잠길 수 있는 시간이다.

나도 바쁘게 살다 보니 무언가 생각한다는 것의 중요함을 잊어버릴 때가 많았다. 회사에서는 대부분 주어진 일을 하다 보니 주도적으로 생각하는 일이 별로 없었다. 내 생각과 의도보다는 남의 의견을 듣고 처리하는 데 더 익숙해졌다. 책을 쓰기로 마음먹으면서 변화가 생겼다. 책의 주제를 생각해보고 글로 표현하는 연습을 하면서 스스로 생각할 시간을 갖게 되었다. 내가 생각하는 것을 다른 사람들이 더 쉽게 이해할 수 있게 표현하려면 어떻게 쓰는 게 좋을까? 그런 질문에 답하기 위해 생각하는 시간을 갖는 것만으로 나를 성장시키는 에너지가 충전되는 느낌이 들었다. 예전 같으면 떠올리지 못했던 일들을 생각하고 그보다 한발 앞서 일어날 일들을 예측하면서 글쓰기가 나에게는 새로운 도전이 되었다. 누가 시킨

일도 아니지만, 스스로 잘해보려는 노력 자체가 나에게는 성장이라고 할 만하다.

또 책을 쓰려고 노력하는 것만으로도 자신을 성장시킬 수 있다. 나는 책을 쓰기 시작하면서 평상시에 무관심했던 일들도 관점을 바꿔 다시 한 번 관찰하고 생각해보려고 노력한다. 일상의 일들이 책의 소재가 될 수 있다는 사실을 깨달았기 때문이다. 또 새로운 생각을 하면서 다양한 아이디어를 찾아내려고 노력하기도 한다. 좋은 글감을 찾는 게 책 쓰기의 밑바탕이 되기 때문에 좋은 소재를 발굴하려고 동분서주한다. 그뿐만 아니라, 내가 가졌던 고정관념이나 나쁜 버릇도 고치려 애쓰게 된다. 좋지 못한 글쓰기 버릇을 고치려 노력하고, 직장에서 그동안 해보지 못한 다양한 일을 시도하려 노력하게 된다. 그렇게 글쓰기는 나를 조금씩 바꿔가면서 성장의 밑거름이 되었다. 책을 쓰지 않았다면 경험하지 못할 소중한 일들이다.

처음에 부동산 책을 쓰면서 겪었던 어려운 점 하나가 있었다. 실무에서는 자신 있게 처리하던 손쉬운 일들이었지만, 이를 글로 표현하고 설명하는 게 생각처럼 쉽지 않았다. 나름대로 부동산 관련 전문지식을 갖고 있다고 자신했는데, 글쓰기를 하면서 그 점을 반성했다. 사람은 항상 겸손해야 하고 자신에게 부끄럽지 않게 자기계발을 더 많이 해야겠다고 느꼈다. 또 글쓰기를 하면서 지금껏 배운 지식을 과연 내가 제대로 알았는지 돌아보는 계기가 되었다. 그냥 어설프게 많이 알았다는 사실을 나 자신에게 들킨 것 같아 마음이 편하지 않았다. 그 뒤로 어떤 일을 할 때 남들이 충분히 이해할 수 있게 설명하려고 열심히 공부하고 준비했다. 글쓰기를 하면서 바뀐 모습 중 하나다.

운동을 통해 몸의 체력을 키우는 것처럼 내면의 체력인 생각하는 능력을 길러주는 게 글쓰기이다. 이 능력이 함양되면 직장인은 얼마든지 또 다른 꿈을 꾸어볼 수 있다.

내 안에 잠든
재능을 깨운다

책을 쓰면 나도 잘 몰랐던 내 안에 숨겨진 재능을 발견할 기회를 만날 수 있다. 무엇보다 책을 쓴다는 것 자체가 하나의 재능이다. 책을 집필하는 과정에서 많은 어려움이 있고 부단한 노력도 필요하다. 그렇게 책 하나를 완성하면 다음 책을 쓸 수 있는 능력을 얻는다. 책을 완성하는 것만으로 숨겨진 재능 한 가지를 찾은 셈이다. 전문 작가나 교수들만이 책을 쓰는 게 아니라 평범한 회사원인 나도 책을 쓸 수 있는 기술을 터득한 것이다. 비록 책 한 권이지만 이제 어엿한 작가로 데뷔해서 앞으로 책을 쓸 발판도 마련되었다. 이뿐 아니라 책을 쓰면 미처 발견하지 못했던 재능을 시험하는 기회가 자연스럽게 찾아온다.

세 번째 책『부동산 직업의 세계와 취업의 모든 것』은 그동안 인식하지 못했던 나의 장점을 찾아주었다. 책 제목처럼 부동산 관련 분야 취업 책으로 독자들이 취업이나 직업과 관련된 이메일을 보내면서 상담 요청을 하는 일이 많다. 처음에는 독자들과 교류하는 것 자체가 즐거웠다. 시간이 지나면서 고민하는 분들과 이야기를 나누고 조언해주는 일에 만족감을 느꼈다. 다른 사람들이 하는 말에 공감을 잘해주고 조금이라도 뭔가 도움을 주고 싶어졌다. 내 성격이나 태도에 그런 면이 있다는 점을 책을 출간하고 다양한 사람들과 만나면서 알게 되었다. 이 또한 나에게는 새로운 재능의 발견이었다.

잘 알지도 못하는 사람들과 상담하는 모습을 보며 아내는 너무 오지랖 넓게 남의 일에 관여한다고 했다. 주변에서는 시시콜콜 남의 이야기를 들어주는 게 귀찮지 않냐며 나중에 괜히 잘못되면 좋은 소리 못 들을 수 있다는 말을 하기도 한다. 하지만 나는 남의 이야기를 잘 듣고 공감해주는 능력도 앞으로 살아가는 데 분명 도움이 될 것이라 믿는다. 그렇게 나이도 다르고 직위도 다른 다양한 사람들과 만남을 통해 지금껏 살아오면서 몰랐던 나의 또 다른 면을 발견할 수 있었다. 원래 내성적인 성격이라고 생각했는데, 그렇지 않은 면도 있다는 사실을 잘 알게 되었다. 책을 쓰고 여러 활동을 하게 된 지금은 전혀 모르는 사람을 만나도 불편하거나 어색하지 않다. 많은 사람을 만나다 보니 성격이 변했다고 여길 수 있지만, 본래 내 안에 숨어 있던 성격을 찾은 것일지도 모른다.

　내가 책을 통해 찾아낸 나의 또 다른 모습은 실패나 큰 충격이 있어도 크게 동요하지 않는 성격이 있다는 점이다. 다른 사람들과 비교해서 감정에 크게 휘둘리지 않았다. 나는 첫 번째 원고를 마무리하고 출간 계약을 하면서, 이제 작가가 될 수 있다는 기대에 부풀어 있었다. 하지만 그런 꿈은 얼마 가지 않아 출간 계약을 해지하면서 깨져버렸다. 그런 실패와 좌절이 있었지만, 크게 개의치 않고 다른 방법을 찾아 나섰다. 원고가 다 완성되지 못했지만 어느 정도 다듬어져 있으니 다른 출판사를 찾아 새롭게 시작하면 된다고 가볍게 생각했다. 충격을 받고 실망하거나 좌절할 만한 일이었지만, 그냥 담담하게 받아들였다. 이 또한 책을 쓰는 새로운 일에 도전하면서 알게 된 나의 또 다른 모습이었다.

　책을 쓰고 나서 강의나 강연을 통해서도 나의 새로운 모습을 발견했다. 평소 남들 앞에 서는 것을 그다지 좋아하지 않는 편이었다. 게다가 살아오면서 특별히 나설 만한 일도 없었다. 그렇지만 책을 쓰고 강의나 강연을 하면서 내 성격도 변하는 것을 느꼈다. 사람들과 눈을 마주치는 게 두려운 게 아니라 오히려 내가 아는 지식을 공유할 수 있어 즐겁고 뿌듯했다. 물론 강연이나 강의를 들으러 오신 분들에게 도움을 드리고 싶은 마음에 부끄럽고 민망할 겨를이 없었다. 처음에는 내가 남들 앞에 서는 게 과연 괜찮을까 생각도 했다. 하지만 한 번이 어렵지 여러 번 하다 보면 좋아지리라 생각하면서 무작정 시작했다. 이제는 많은 사람에게 내가 아는 것을 나눠주는 즐거움도 있고, 큰 부담을 느끼지 않는다. 무대 공포증처럼 많은 사람 앞에서도 떨리지 않는다는 사실을 알게 된 것은 나에게는 새로운 재능의 발견이나 마찬가지다.

이처럼 책을 쓰고 나면 내가 모르던 새로운 모습을 찾거나 확인할 일들이 많이 생긴다. 나처럼 평소 없었던 재능도 책을 통해서 만들어갈 수도 있다. 물론 재능을 타고나면 좋겠지만, 없다면 후천적으로 연습을 통해 만들어갈 수도 있다. 책을 쓰고 외부 활동을 하면서 소극적인 성격을 적극적으로 개선하는 것도 좋다. 몇 번 하다 보면 그것도 한 가지 재능이 된다.

책을 내기 전에는 나도 평범한 직장인으로서, 현재 직장을 잘 다녀 생활을 안정시키는 게 핵심이라고 생각했다. 회사가 문을 닫는다거나, 회사에서 퇴직하면 모든 게 흔들릴 거라는 불안이 항상 있었다. 지금은 다르다. 회사 생활만으로는 경험하지 못했던 일을 하면서 자신감이 생겼고 얼마든지 홀로서기가 가능하다고 생각한다. '내 안에 잠든 거인을 깨우는 날'이 여러분에게도 오기를 바란다.

책과 함께
제2의 인생을 열다

회사의 정년은 짧고 인생은 길다. 이제 평생직장의 개념은 사라진
지 오래다. 어떤 사람들은 그나마 공무원이라도 되어서 정년을 보
장받으려 한다. 그렇게 정년을 채우고 나도 문제다. 평균 수명이 늘
어난 만큼 퇴직 후에도 뭔가 할 일이 필요해졌다. 대부분 직장인에
게 은퇴는 느긋하게 쉬면서 여유 있게 인생을 즐길 수 있겠다는 생
각보다 두려움이라는 감정을 느끼게 한다. 그나마 돈을 적게 받더
라도 은퇴한 후에 회사에서 하던 일과 관련된 일을 할 수 있다면
운이 좋은 편이다.

　책 쓰기는 훌륭한 은퇴 준비 가운데 하나다. 세 가지 점에서 그렇
다. 첫째, 경제적인 면, 둘째, 자신의 잠재력 계발과 가능성의 발견,
셋째, 사회활동 참여 기회의 제공이란 점에서 매우 유리하다. 하나

씩 설명해보자.

책 쓰기가 경제적으로 아주 유용한 수입원이 되기는 쉽지 않다. 그러나 은퇴 후에는 작더라도 꾸준한 수입원의 창출이 매우 중요하다. 회사 중역까지 거친 사람들이 월 100만 원도 채 못 받는 아파트 경비를 하려는 이유도 지속적인 수입이 그만큼 중요하기 때문이다. 글쓰기는 나이가 들어도 지속할 수 있는 부업이다. 특별히 투자해야 할 자본금이나 부대비용이 거의 없으니 위험이 없는 개인 사업이나 마찬가지다. 요즘은 컴퓨터 한 대와 시간만 있으면 글쓰기 준비는 끝이다. 게다가 글쓰기의 소재는 나이가 들어갈수록 인생 경험과 함께 더욱 풍부해진다. 뒤에서 설명하겠지만 2차 콘텐츠 활용으로 콘텐츠 자체의 수입을 늘릴 수도 있다.

지식 창업으로 만드는 제품은 대부분 무형 콘텐츠다. 요즘은 이런 콘텐츠를 유통하는 데 비용이 거의 들지 않는다. 과학 기술의 발달과 지식 소비자들이 늘어남에 따라 소재만 좋다면 이를 홍보하는 데 더없이 좋은 환경이다. 하루 사이에 일반인들도 연예인 못지않은 관심과 대중의 호응을 받을 수 있는 세상이다. 유튜버나 아프리카TV 등에서 VJ로 활동하는 일반인 중에는 웬만한 연예인만큼 인기가 있는 사람들도 꽤 많다. 이들이 벌어들이는 수입은 그 인지도에 비례하여 높다는 뉴스도 심심치 않게 접할 수 있다. 이외에도 팟캐스트 채널을 운영하는 사람들도 많아졌다. 자기가 가진 콘텐츠를 활용해 팟캐스트를 만들고 광고 수익으로 돈을 버는 형태가 전형적인 사업 유형이다. 요즘에는 특별한 기술이 없어도 내가 쓴 책을 주제로 누구나 팟캐스트를 만들 수 있다.

앞으로 책을 기반으로 한 지식 창업의 영역은 더욱 다양해질 것이다. 세상이 급변함에 따라 새롭게 배워야 하는 게 많아진 세상이다. 그걸 가르쳐줘야 하고 또 누군가는 정리해줄 전문가가 필요하다. 그런 틈을 지식 창업자들이 채워 나간다. 따라서 퇴직과 은퇴 준비를 위해 위험 부담이 적은 지식 창업의 토대가 될 수 있는 책을 쓰는 것은 현명한 투자가 될 것이다.

두 번째로 자신의 잠재력 계발이란 면을 살펴보자. 능력이 늘어나면 그만큼 가능성이 커진다. 선택지가 넓어지는 것이다. 나는 책을 쓰고 나서 자연스럽게 독자들과 만나거나 이메일로 연락을 주고받는 일이 잦아졌다. 대부분 부동산 분야에 관한 취업이나 진로에 대한 고민 또는 이직에 대한 상담 요청을 하는 내용이다. 그렇게 다양한 사람들을 만나고 고민을 듣다 보니 부동산 분야에 대한 직업 컨설팅 또는 커리어 코칭 등도 흥미로워 보였다. 내가 은퇴하면 제2의 직업으로 도전할 만한 새로운 분야라고 생각했다. 이렇게 은퇴 후 새로운 직업에 대한 가능성을 엿보게 되었다. 부동산 취업에 관한 책을 쓰다 보니 전에는 생각하지도 못했던 것을 보곤 한다.

또 부동산 분야에서 일하는 사람들에게 이직에 도움을 주면서 헤드헌팅 비즈니스를 해도 좋을 것 같다. 나도 회사를 몇 차례 옮기면서 헤드헌터를 통해 이직을 준비했지만, 만족스럽지 못한 서비스를 종종 경험했다. 단순히 지원자와 회사를 연결만 해주는 메신저 역할을 할 뿐 그 과정에서 지원자의 성격이나 능력 등을 정확하게 파악하고 진심으로 조언해주는 컨설턴트를 만나기가 힘들었다. 헤드헌터가 부동산 분야를 잘 몰라 지원자에게 상세한 조언을 하지 못했을 수도 있다. 만약 내가 이직 컨설턴트를 한다면 부동산 업계의 경험을 바탕으로 이직이나 전직에 대해 진심으로 도움을 줄 수 있을 것이다. 게다가『부동산 직업의 세계와 취업의 모든 것』덕분에 취업을 준비하는 학생들과도 꾸준하게 교류한다. 자연스럽게 시간이 지나고 나면 그 친구들이 부동산업계에 들어올 것이고, 나중에 나를 아는 사람이 많아지면 다른 컨설턴트보다 더 나은 서비스를 제공할 수도 있다. 물론 내가 지금 이 비즈니스를 은퇴나 창업 대안으로 심각하게 고민하는 것은 아지만, 그만큼 내 앞에 다양한 선택지가 생겼다는 것이다.

마지막으로 경제적인 면과는 좀 거리가 있을지 모르나, 어쩌면 경제 이상으로 중요한 점이다. 즉 책을 통해 지속해서 사회 참여를 할 수 있다는 점이다. 명예퇴직하고 가족들에게 그 사실을 알리기가 어려워 출근 차림으로 등산하러 갔다는 이야기는 쓸쓸하지만,

많은 직장인이 언젠가 맞게 되는 현실이기도 하다. 퇴사가 공포인 첫 번째 이유는 수입이 끊어진다는 경제적 불안감에 있지만, 그에 못지않게 퇴직 후의 삶에 아무 계획이 없어서이다. 경제적 동기를 떠나서도 책은 은퇴 후 삶에 매우 소중한 기회를 제공한다.

은퇴자들은 회사원으로 오랜 조직 생활을 한 경험을 누군가에게 조언해주는 사회 공헌 활동에 참여하기를 원한다. 요즘은 퇴직자들이 멘토로서 사회에 진출할 후배들에게 컨설팅이나 교육을 해주는 프로그램들에서 활동한다. 책을 쓴 경험과 노하우만 있다면 다른 경쟁자들보다 훨씬 우위에 서서 이런 활동을 할 수도 있다. 만약 경제적 여유가 있다면 금전적 보상이 없더라도 이런 일을 통해 보람차게 사회봉사 활동을 할 수 있을 것이다. 내가 누군가에게 도움이 된다고 느낄 수 있다면, 은퇴나 퇴직으로 인한 상실감을 어느 정도 극복하게 해줄 것이다.

나도 지식 나눔의 일환으로 학생들에게 무료 강의를 할 때 더 큰 보람과 성취감을 느낀다. 그렇게 인연이 맺어진 사람들과 이메일이나 SNS를 통해 지속적으로 교류하는 게 무척 소중하다고 생각한다. 나도 시간이 흘러 은퇴 시기가 다가왔을 때, 지금처럼 활동할 수 있다면 큰 위안이 될 것 같다. 이런 활동은 앞으로 더욱더 공급이 늘어날 것이다. 노령 인구 증가 때문이다. 같은 경력과 경험을 가진 사람이라도 책을 쓴 저자라면, 훨씬 사회 참여가 쉽다는 점은 두말할 필요가 없다. 직장을 떠나도 내가 평생 할 수 있는 일이 있어야 한다. 해야 할 일이 없는 것처럼 무기력해지고 견디기 힘든 일도 없다.

　노후 대비를 위해 차곡차곡 연금 저축을 들듯이 자신의 삶과 업무 경험을 차근차근 책으로 정리해보자. 책은 당신에게 많은 가능성과 기회를 준다. 직장이라는 울타리를 벗어난 이후 당신을 보살펴줄 수 있는 것은, 옛 회사의 명함이 아니라 당신의 이름이 적힌 저서다.

자, 이제
첫 꼭지를 써볼까

자기 주변에서
주제를 찾자

컴퓨터의 워드프로세서 화면을 열고 막상 글을 쓰려면 막막하기만
하다. 흰 화면 위에 깜박거리는 커서는 두렵기까지 하다. 어떤 주제
로 어디서부터 시작해야 할지 눈앞이 캄캄해진다. 나도 책을 써야
겠다고 결심하고 무슨 이야기를 책으로 써야 할지 고민과 생각을
많이 했다. 매일 출근해서 직장에서 하는 일이 결국 다른 사람들과
차별화할 수 있고, 나의 전문성을 보여줄 수 있는 고유한 영역이므
로, 내가 하는 일을 주제로 책을 써보기로 했다는 사실을 이미 여
러 차례 이야기했다.

도대체 사람들은 어떤 주제로 자기 책을 정하는지 넓게 살펴보
자. 누구나 나름대로 한 분야 이상에 전문성을 갖고 있다. 하다못해
백수도 전문성이라는 관점에서 접근한다면, 충분히 저자가 될 수

있다. 백수로서 잘 지내는 방법이라든지 백수 생활을 탈출하는 방법 등 자신만의 관점으로 주제를 선택해서 책을 쓸 수 있기 때문이다. 『백수라서 다행이다』(박한규, 인더북)는 백수생활을 경험으로 수많은 예비 백수와 중년 백수들에게 전하는 경고와 격려 메시지를 책으로 엮었다. 이외에도 청년 백수들의 자립에 관한 이야기를 엮은 『청년백수 자립에 관한 보고서』(류시성·송혜경 등저, 북드라망)라는 책도 있다.

해리 포터 시리즈로 유명한 조앤 롤링도 어릴 적부터 동화를 쓰며 작가의 꿈을 키워갔다. 이혼, 실업자, 우울증 같은 어려움을 극복하고 결국에는 유례없이 큰 성공을 거두었다. 아동 도서는 성공할 수 없다는 선입견 속에서 출간된 시리즈의 첫 번째 책인 『해리 포터와 마법사의 돌』은 초판이 고작 500부였다고 한다. 자기가 좋아하는 동화를 자신의 경험과 상상력을 바탕으로 시작했던 책이 그녀의 인생을 완전히 바꿔놓았다.

나이가 많고 경험이 풍부하다면 책을 쓸 수 있는 콘텐츠 또한 많을 것이다. 물론 젊은 사람도 책을 쓰지 못할 이유는 없다. 신입 직장인도 충분히 책을 쓸 수 있다. 입사 지원하는 법, 새내기 입장에서 직장 생활 등 관점을 바꾸면 공감할 만한 이야기를 다양하게 들려줄 수 있다. 그 나이에 바라보는 관점 또는 젊은 시각으로 동년배에게 공감을 끌어낼 특정한 주제를 써볼 수도 있다. 요즘 유행하는 독립출판물들은 20, 30대의 젊은 저자들이 갓 사회생활을 하면서 느낀 부조리나 고된 경험, 실수담 등을 재치 있게 풀어낸 에세이들이 많다.

최근에는 한 가지 분야에 전문성을 갖고 블로그를 꾸준히 운영하는 블로거들이 책을 많이 낸다. 출판사에서도 책으로 쓸 만한 콘텐츠를 발굴하려고 이른바 파워 블로거들에 주목한다. 어떤 한 분야에 몰두하는 이른바 마니아나 덕후라고 불리는 사람들이 가진 콘텐츠가 책의 소재로 채택된다.

어떤 주제라도 그것을 찾는 사람, 즉 독자가 있을 가능성이 있다면 그것을 책의 소재로 삼으면 된다.『메모 습관의 힘』(신정철, 토네이도)의 저자 정철 씨도 메모와 노트 습관에 관한 글을 블로그에 올리면서 유명세를 치른 사례다. 그 내용을 정리해 이 책을 출간했고, 베스트셀러가 되었다.

그러니 책을 쓴다는 것을 너무 어렵게 생각하지 말고 편하게 생각해보자. 내 주변에서 책의 소재와 주제를 충분히 찾아낼 수 있다. 만약 내가 가진 전문성을 아직 찾지 못했다면, 남들이 연구한 주제를 일반인이 이해하기 쉽게 풀어 쓰고, 보기 쉽게 정리만 해도 좋은 책이 될 수 있다. 실제로 출간된 책들을 살펴보면, 여러 정보들을 읽고 정리해 작가 특유의 통찰력으로 새로운 이론이나 생각을 제시하는 책들도 많다.

책의 소재를 찾을 때, 가장 손쉬운 방법은 필요를 먼저 생각하는 것이다. 내가 불편을 겪었던 일이나 남들이 어렵다고 했던 일들을 떠올려보자. 그런 어려움을 해결하는 데 도움을 준다면 좋은 주제가 될 수 있다. 대중의 필요성을 생각하자는 것이다. 취업이나 면접, 직장 생활의 처세를 다루는 책 등이 그런 종류다. 책을 통해 사람들이 궁금해하는 점이나 필요한 정보를 제공하면 된다.

회사 업무에서 소재를 찾고자 하면 직장 상사나 동료들을 인터뷰해보거나 동종 업계에서 유명한 사람들을 찾아 조사하는 것도 하나의 방법이다. 그들이 겪은 어려움과 이를 헤쳐 나간 이야기 속에서 책의 소재와 에피소드로 사용할 만한 사례를 충분히 찾아낼 수 있다. 나도 『부동산 직업의 세계와 취업의 모든 것』이라는 부동산업계 취업서를 쓸 때 이메일 인터뷰를 활용했다. 업계 선후배나 동료들에게 부동산업계에 지원하는 후배들에 대한 조언이나 면접 시 가상 질문 등을 이메일을 보내 조사했다. 회신을 받은 내용을 바탕으로 책을 구성하고, 또 그 내용을 글감으로도 활용했다.

다른 방법으로는 대상 주제를 선정하고 각종 통계, 사례, 설문 같은 객관적 정보를 취합하고 그런 주제에 대해 자신의 의견이나 생각을 책으로 정리하는 것이다. 내가 만든 정보는 아니지만 산재한 여러 정보를 취합하고 정리해 다른 사람들에게 새로운 관점을 제시하고 주제를 생각해보게 할 수 있다. 실제로 책을 쓰다 보면 다른 책이나 논문, 학술지 등을 인용한다. 흩어진 자료를 한곳에 모으는 것만으로도 충분한 가치가 있다. 요즘 같은 정보의 홍수 시대에는 내가 원하는 정보만을 골라주기를 바라는 사람이 많다. 이런 흐름에 맞춰 특정 독자의 구미에 맞는 콘텐츠를 외부에서 가져오거나 모아놓는 식으로 정보를 새가공해주고 골라주는 데 특화한 언론사도 생겨났다. 이를 큐레이션 미디어라고 한다. 이와 유사하게 어떤 정보를 모아서 독자들에게 제공할지를 먼저 떠올려보면 그것이 책의 주제가 된다.

또 쉽게 생각해볼 수 있는 것은 자신이 겪은 일을 책으로 만들어보는 것이다. 해외여행을 다녀온 뒤에 그 경험을 바탕으로 여행 책자나 에세이를 써볼 수도 있다. 실제로 서점에 나가 보면 이전에는 책을 써본 적이 없던 많은 사람이 자신의 여행기를 책으로 펴냈다. 수험생을 둔 학부모라면 입시나 시험을 주제로 어떻게 자녀의 시험을 준비하고 합격을 도왔는지 책으로 정리할 수도 있다. 직접 자녀를 교육하면서 겪은 노하우를 콘셉트로 잡을 수도 있다. 명문대학교 보내는 법이나 차별화된 자녀 교육법에 대한 실제 경험도 충분치 책으로 쓸 만한 좋은 이야깃거리다. 예를 들면, 영어 공부에 대한 학습법을 주제로 한 책들은 서점가에 가보면 수없이 많다. 저자가 영어 공부를 한 방식을 설명하는 책들이 심심치 않게 베스트셀러에 오른다. 아무래도 영어책을 찾는 독자는 대체로 초보 수준인데, 효과적인 영어 공부법에 대한 경험담은 그들에게 관심을 끌 만하다. 게다가 남의 이야기가 아닌 진정성 있는 자신의 이야기라면, 독자들이 좋아할 만한 콘텐츠의 기본 요소를 갖춘 것이다.

내가 부동산을 주제로 선정한 것은 내가 종사하는 상업용 부동산 분야에 대해 일반인들이 잘 모른다는 점 때문이었다. 부동산 분야 책 중에서 경매나 공매 등에 관련된 것은 서점에서 심심찮게 찾아볼 수 있다. 하지만 오피스 빌딩이나 호텔, 창고 등 부동산 전문 투자자나 기관 투자자가 관리하는 상업용 부동산을 다룬 책들은 생각보다 너무 부족했다. 그런 틈새를 노려 책을 준비하면 충분한 승산이 있어 보였다. 물론 분야가 생소한 만큼 책 수요가 많지 않을 가능성도 있다. 먼저 시작하면 시장을 개척하는 선구자가 될 수도 있지만, 상업성은 담보하지 못할 수도 있다. 따라서 주제를 잘 선정하되 일반인도 관심을 가질 만한 이야기인지 냉정하게 판단해야 한다. 상업성이 없는 책을 출판사에서 출간할 리 없기 때문이다.

그렇다고 다른 사람들이 나의 책에 대해서 어떻게 생각할지 미리 걱정하거나 고민하지는 말자. 반대로 어떤 주제에 더 많은 호기심을 가질지 긍정적인 면을 생각해보자. 누구나 살아가면서 다른 사람들이 관심을 가질 만한 흥미로운 자기만의 이야기가 있다. 그리고 자신의 직업이라는 훌륭한 소재가 있다. 그런 경험과 느낌을 배경으로 '내가 하고 싶은 이야기가 무엇인가'에 대한 결론을 내려보

라. 이것이 주제다. 책의 주제를 잘 잡는다면, 이제 책 쓰기의 방향이 분명해진다.

직장인의 책 쓰기 노하우

내가 쓸 책의 주제를 정하는 법

• 가장 익숙한 자신의 업무, 생활에서 찾아낸다.

• 평소 불편하고 어렵게 느낀 문제를 해결한다는 관점으로 접근해본다.

• 흩어져 있는 정보들을 취합하고 정리하면서 정해간다.

• 남들이 흔히 경험하지 못하는 경험과 지식은 좋은 주제가 된다.

• 대중적 필요성이 존재하는 사안을 주제로 정한다.

회사에서 쉽게
글감 찾는 법

'등잔 밑이 어둡다'라는 말이 있다. 직장인은 책의 소재를 찾아 멀리 갈 필요가 없다. 우선 가까운 회사부터 둘러보자. 직장인이 책을 쓴다고 결심했을 때, 가장 먼저 막히는 부분이 글의 소재나 글감이다. 도대체 무슨 이야기를 글로 써야 할지 막막하기만 하다. 그렇다고 온종일 회사에서 책을 쓴다고 딴생각하면서 시간을 보낼 수도 없다. 직장인이 자신의 일을 주제로 책을 쓸 때, 최대 장점은 업무시간에도 충분히 소재를 발굴할 수 있다는 점이다. 글의 소재를 찾으려고 다른 곳을 헤맬 필요가 없다. 잘 찾아보면 회사에도 아이디어가 넘쳐나기 때문이다.

그렇다면 어디에서부터 시작해야 할까. 가장 쉽게 할 수 있는 일은 지난 이메일을 뒤지는 것이다. 직장인마다 이메일을 정리하는 방식이 다르겠지만, 이를 활용하면 글의 소재를 쉽게 찾아낼 수 있다. 먼저 지나간 업무 내용을 하나씩 살펴보면서 내가 매일 했던 일들이 어떤 흐름으로 진행되는지 살펴본다. 일할 때는 정신없이 읽었던 이메일 안에 반짝이는 아이디어가 숨어 있다. 지난 이메일들 안에서 반복적으로 생겨나는 패턴을 찾아보자. 공통적인 흐름을 추려냈다면, 이는 회사에서 내가 하는 일을 처리하는 하나의 매뉴얼인 셈이다. 만약 큰 흐름의 내용이라면 처리 순서에 따라 정리해보자. 이를 활용하면 책의 목차를 만들 수 있다.

부동산 업무 중에는 부동산에 대한 투자 타당성을 분석하고 매입 의사를 결정하는 과정이 있다. 예를 들어, 상업용 부동산은 투자 규모가 크기 때문에 거래가 성사되기 어렵다. 여러 해 동안 투자 검토를 위해 관계자들과 주고받은 이메일을 찾아보면, 업무의 패턴을 발견할 수 있다. 매입 초기에는 무슨 검토를 하고 매매가 성사되었을 때는 어떤 일을 하는지 구체적인 과정이 이메일에 고스란히 적혀 있다. 이 내용만 정리해도 '상업용 부동산 투자 절차법'이라는 주제로 목차를 만들 수 있다. 그냥 처음부터 맨 마지막 절차를 순서대로 정리하기만 하면 된다. 몇 차례 오고간 이메일을 읽다 보면 어떤 문제가 발생했고 이를 처리하는 과정이 어떻게 진행되었는지 한눈에 알 수 있다. 책으로 따지면 한 꼭지의 흐름이나 마찬가지다. 게다가 현업에서 발생한 문제들은 살아 있는 에피소드나 사례로 활용할 수 있다. 또 이메일에서 중요한 키워드만 뽑아내도 흥미로운 주제를 발견할 수 있다. 반대로 좋은 소재가 될 만한 키워드로 이메일을 검색해서 관련 이메일을 읽어보는 것도 좋다. 키워드와 연관된 이메일 속에서 내 책에 활용할 주제의 실마리를 찾아낼 수 있다.

요즘 회사 업무에서 이메일은 공식적인 문서로 통용된다. 이메일은 부서 간에 주고받기도 하고 회사 간에 보내기도 한다. 그 속의 내용은 대부분 문제가 발생했거나 논쟁이 될 만한 내용이 담겨 있을 가능성이 높다. 그만큼 내가 하는 일 가운데 중요하고 핵심적인 소재들일 확률이 높다는 뜻이다. 지금은 해결되었지만, 당시에는 중요했던 이메일들을 시간이 지나고 나서 한 발짝 물러나서 읽어보자. 아마 지금 하는 일의 본질과 흐름을 확인하는 데 유용할 것이다. 그것을 정리해서 책의 소재로 활용하면 된다.

다른 방법으로는 내 컴퓨터의 폴더를 뒤져보는 일이다. 컴퓨터 폴더를 업무별 카테고리나 순서대로 정리했다면, 그 흐름을 바로 책의 목차로 활용할 수 있다. 내가 하는 부동산 업무는 보통 FM(Facility Management 시설관리), LM(Leasing Management 임대관리), PM(Property Management 부동산관리), AM(Asset Management 자산관리)의 카테고리와 정해진 순서와 흐름에 따라 업무 처리를 한다. 내 첫 책의 초고도 부동산업계의 업무 분담과 각각의 역할에 따라 목차를 구성했다. 이런 식으로 접근하면 직장인의 책 쓰기 목차는 식은 죽 먹기나 다름없다. 어떤 직장인이라도 일상적인 업무를 5~6개 정도의 카테고리로 정리할 만한 능력은 있다. 이를 유기적으로 연결하면 충분히 책 한 권의 목차를 만들 수 있다. 내가 과연 책을 쓸 수 있을지 하는 의구심만 버리면 누구나 쉽게 책의 소재를 찾을 수 있다.

또 직장에서 찾을 수 있는 책의 소재로 회의 자료를 들 수 있다. 주간이나 월간 단위로 직장에서는 회의를 한다. 대부분 회의 자료는 한곳에 모아 공유한다. 틈틈이 이런 자료를 살펴보자. 시간이 지난 회의 자료라도 업무 흐름과 중요한 이슈를 파악하는 데 매우 유용하다. 직장인이라면 누구나 한 번쯤 회의 자료를 작성해봤을 것이다. 장황하지 않고 간결하게 부서에서 일어난 일들을 정리해야 한다. 그것도 한눈에 파악할 수 있게 한다. 책도 마찬가지로 흐름을 관통하는 몇 가지 콘셉트만 있으면 된다. 회사에서 일어난 일을 시간에 따라 정리한 회의 자료는 직장인의 글쓰기 소재를 쉽게 찾을 수 있는 전자 문서 창고나 마찬가지다. 게다가 내가 일하는 부서뿐만 아니라 다른 부서에서 일어나는 일들도 동시에 살펴볼 수 있다. 넓은 시각에서 회사 전체의 업무를 볼 수 있어서 더욱 유용하다. 평소 임원들이나 회의를 위해 관심 있게 보는 문서를 책 쓰기에 활용할 수 있다.

앞서 설명한 것들이 소소한 주제여서 만족스럽지 못하다면, 큰 그림을 볼 수 있는 자료를 찾아보자. 회사의 존재 목적은 이윤 창출이다. 솔직히 돈을 벌지 못하면 회사가 존재할 이유가 없다. 어떤 회사든 돈을 벌기 위해서는 기본적으로 영업을 해야 한다. 이를 위해 회사는 제안서나 기획서를 만든다. 어쩌면 회사에서 가장 정제된 모든 노하우가 이런 종류의 문서에 집약된다. 상대방을 설득하기 위해 우리 회사의 장점이 무엇인지 어필하려면, 그 속에 녹아 있는 정보는 엄청난 에너지를 함축해야 한다. 내가 하는 일을 책으로 쓰려는 직장인이라면, 제안서나 기획서를 찾아 읽어보자. 물론 전문 용어나 업계 사람들만 아는 단어들로 가득 차 있겠지만, 이를 적절하게 가공하면 책의 소재로 활용하는 데 더없이 좋은 자료가 된다.

이런 종류의 자료에서 글감을 찾는 것도 중요하지만, 문서 안의 표현도 주의 깊게 살펴보자. 영업 대상에 따라 중요한 기획서나 제안서의 작성을 외부 업체에 맡기기도 한다. 사진 한 장뿐만 아니라 그 안에 들어간 홍보 문구 하나도 전문가가 세심하게 검토한다. 문서 안에 있는 문장의 표현이나 카피 등을 잘 살펴보는 것은 글쓰기에 도움이 된다. 쉽게 쓴 글 같지만, 전문가가 여러 번 고심 끝에 다듬은 표현이니 주의 깊게 살펴보자. 더 나가서 만약 내가 책을 쓴다면, 어떻게 활용할 수 있을지 생각하는 데 도움이 된다.

직장인은 회사 업무에 충실해야 한다. 나는 책을 쓰는 일이 회사 업무와 관계가 없다거나 해를 끼친다고 생각하지 않는다. 더욱이 지금의 업무를 책으로 쓰는 일은 개인의 능력을 높여준다. 회사에서 만들어진 문서나 자료를 다시 보는 것도 결국 회사에 도움이 된다. 만약 재직자 교육이 없는 회사라면 더더욱 그렇다. 개인의 업무 능력을 향상해 회사 매출에 도움이 된다면, 회사도 나쁠 게 없다. 오히려 권장해야 마땅하다. 직장인은 이렇게 회사 내부의 자료를 찾아보고 지난 자료를 곱씹어보는 것만으로 글쓰기의 소재를 찾을 수 있다. 아울러 업무 능력까지 향상된다. 그러니 글을 쓸 만한 아이디어가 잘 떠오르지 않는다면, 지금 당장 내 컴퓨터를 뒤져보자. 그 속에 내가 찾던 글감이 분명히 있다.

한 권의 책이 되려면
얼마나 써야 하나

처음 책을 쓸 때 궁금한 점이 하나 있다. 바로 써야 할 원고 분량이다. "도대체 얼마나 써야 한 권의 책이 되는 거죠?" 이런 질문을 흔히 받는다. 나도 처음에는 시중에서 파는 단행본 한 권 분량이 A4 용지로는 몇 매나 써야 하는지 도대체 알 길이 없었다.

우선 쉽게 생각하자. 회사에서 보고서나 제안서를 만들 때를 떠올려보자. 딱히 정해진 분량이 없다. 보고 형태나 제안 목적 등에 따라 구성이 달라지고 분량도 정해진다. 상사가 미리 '이 정도 분량으로 씁시다' 하고 정해주지도 않는다. 우선 기획하고 구상하면서 글을 쓴다. 초안이 완성되면 보완하고 삭제하면서 적정 분량의 보고서나 제안서가 만들어진다. 책도 마찬가지다. 처음부터 분량에 신경 쓰다 보면 부담스럽기 때문에, 먼저 책을 통해 말하고 싶은 내용을 자유롭게 구상하는 것이 바람직하다.

그래도 책의 분량이 궁금하다면 일단 가까운 서점에 나가보자. 서가에 진열된 책들을 보면 그야말로 천차만별이다. 100여 쪽 내외의 얇은 책부터 700쪽이 넘어가는 책까지 책의 분량은 다양하다. 사실 책의 분량은 딱히 정해진 것이 없다. 그냥 저자가 원하는 만큼 쓰면, 그것이 그 책에 알맞은 분량이다. 괜히 적정 분량을 맞춘답시고 억지로 원고를 늘리고 줄이다가는 정작 전하고자 했던 핵심적인 내용을 제대로 전달하지 못할 수 있다.

2017년 『출판연감』에는 그해 발간된 신간의 평균 면수가 297쪽이라고 나와 있다. 평균이 그렇다는 것만 참고로 알면 된다. 만약 참고하고 싶으면 자신이 쓰려는 분야의 일반 단행본 책의 목차와 페이지 수를 확인해보자. 내가 만일 여행기를 한 권 쓴다고 치자. 독자들의 반응이 좋은 책을 하나 들고서 목차를 살펴보면 아, 이런 종류의 책에는 여행 정보, 여행 준비 과정, 여행에서 느낀 것 등이 어떻게 목차로 잡히는지 파악할 수 있다. 이 정도가 기본이라 생각하고 거기에 자신만의 노하우나 정보를 더 집어넣는다면, 전체 목차의 얼개가 잡힌다.

출간되는 책들을 살펴보면 보통 4~5개 장(또는 부)으로 구성된다. 각 장의 구성은 책의 내용에 따라 독립적일 수도 있고, 순서에 따라 흐름을 갖기도 한다. 대개 앞장에서 독자의 호기심을 끌 만한 주제를 배치해 왜 이 책을 쓰게 되었는지를 설명한다. 먼저 책에서 말하고자 하는 문제를 제기한다. 다음으로 그 주제에 대한 해법과 대안을 제시하는 장으로 중심을 구성한다. 맨 마지막 장은 전체 내용을 정리하는 형태로 마무리를 하는 게 일반적인 구조다.

장이라고 하든 부라고 하든, 영어로 챕터(chapter) 또는 파트(part)라고 하든, 이 큰 구분 단위는 집에 비유하면 방에 해당한다. 보통 주택에는 안방, 거실, 아이들 방, 화장실, 주방 등이 필수적이다. 각 방은 용도가 서로 다르다. 책도 마찬가지다. 내용별로, 글의 목적별로 크게 구분되는 장을 배치하는 게 목차를 짜는 핵심이다.

각 장 아래로는 다시 8~10개 정도의 소제목으로 구분되는 글이 수록된다. 하나의 소주제를 가진 이 작은 단위의 글을 보통 '꼭지'라고 부른다. 신문으로 보면 주제에 따라 논지를 완결적으로 펼쳐 내는 하나의 칼럼과 같다. 내가 쓴 『부동산 직업의 세계와 취업의 모든 것』을 예로 살펴보자. 책의 첫 장은 '부동산업계를 알면 취업이 보인다'라는 장이다. 업계 전반을 개론적으로 이야기하면서, 취업 관련 사항을 큰 틀에서 설명하는 장이다. 이 장에는 총 10개의 꼭지가 있다. '부동산 취업 시장은 내일도 맑음', '부동산 직종에 공인중개사가 전부다?', '부동산업계의 4가지 업무 분류' 등의 글이다. 제일 첫 꼭지는 장기적으로 부동산 취업 시장의 전망이 좋다는 점을 이야기한다. 이 꼭지에서 그 점을 집중해서 전달한다. 한 꼭지에서 두세 마리 토끼를 잡으려 하다가는 다 놓치고 만다. 장별로 꼭지 수가 비슷한 게 가장 좋겠지만, 꼭 기계적으로 맞출 필요는 없다.

이렇게 보면 하나의 책은 4~5개의 장, 다시 그 아래 장마다 8~10개의 꼭지로 구성된다. 결국 책 한 권을 쓰려면 보통 40~60개 정도의 꼭지를 써야 한다. 이처럼 장과 그 아래 구성되는 꼭지를 정리하면 책의 목차가 완성된다. 이제는 순서에 따라 글을 써 내려가면 된다. 목차를 정리하면 자신이 써야 할 꼭지 수가 나온다. 만일 내가 40꼭지로 구성되는 책을 쓸 계획이고, 한 꼭지마다 한 글이나 워드 같은 문서 작성 프로그램으로 일정한 분량씩을 집필한다면, 글의 전체 분량도 대략 계산해볼 수 있다. 원고는 보통 맑은 고딕이나 바탕체 등 기본적으로 많이 쓰는 폰트를 사용한다. 글자 크기는 보통 10~11포인트로 작성한다. 이런 기준으로 계산했을 때, 한 꼭지당 A4 용지 2장 정도 길이로 글을 쓰면 된다. 다시 말하지만 이것도 정해진 규칙은 없다. 내가 글을 써보니 한 꼭지를 그 정도에서 마무리하는 게 가장 쓰기 편했다는 점을 이야기하는 것이다. 독자도 한 꼭지가 지나치게 길면 읽다가 쉽게 지친다. 보통 책 한 권 분량이 나오려면 40~60꼭지 정도는 써야 한다는 계산이 나온다. 이것은 A4 용지 기준으로 80~120장 정도 되는 분량이다.

원고 분량에 대해서는 이 정도만 알면 충분하다. 그런데 책을 제작해야 하는 출판사에서는 분량을 아주 정확하게 계산한다. 출판사는 200자 원고지 매수로 좀 더 정확하게 분량을 파악한다. 한글 프로그램에서 10포인트 글씨로 A4 용지 한 장을 꽉 채워서 글을 쓰면 200자 원고지로는 7~8.5장 정도가 나온다. 띄어쓰기나 문단별 행갈이 등에 따라 조금씩 차이가 난다. 한글에서 '파일→문서 정보→문서 통계'를 눌러보면 내가 쓴 원고가 글자 수로 총 몇 자인지, 200자 원고지로는 몇 장인지까지 다 계산해준다. 아주 일반적인 실용 정보서들은 출간된 책을 기준으로 250쪽 내외 분량이 가장 만들기도 편하고 모양도 좋게 나온다고 한다. 인문사회서는 이보다 좀 분량이 많아 300쪽 내외가 흔하다. 에세이 종류는 매우 다양하다. 직장인이 쓰는 책이 실용서나 자기계발서가 가장 많다고 보면, 책으로 250쪽, 200자 원고지 분량으로는 800매, A4 용지 기준으로는 약 100매 정도가 이 분야 책들의 평균이 아닐까 싶다.

글을 쓸 때 일정한 규칙이나 기준이 있는 것은 아니지만, 기획 출판으로 출간된 책들의 분량은 대체로 이렇다. 기획 출판이란, 출판사와 저자가 먼저 책의 주제, 주요 내용, 독자 대상 등을 논의하여 결정한 뒤 원고를 써서 책을 만드는 것을 말한다. 이런 방식으로 작업을 하면, 독자의 취향과 수요를 잘 아는 출판사의 분석과 기획이 처음부터 개입하기 때문에 책의 성공 가능성이 커진다. 아직 책을 낸 적 없는 초보 작가는 출판사와 이러한 진지한 기획 출판 협의를 하기 어렵다. 그 때문에 일단 스스로 목차를 짜고 원고를 써나가

기 시작하는 것이다. 물론 초보 작가라 하더라도 일정한 수준 이상
의 원고가 준비되면 출판사에 보내서 그때부터 협의하기도 한다.

저자가 미리 분량을 계획한다고 하더라도 글을 쓰다 보면 분량
이 늘어나기도 하고 때로는 부족할 때도 있다. 어쨌든 처음에는 분
량에 대한 부담을 갖지 말고, 각 꼭지에서 내가 강조하는 내용을
정확하게 담아내면서 초고를 완성하는 편이 낫다. 어차피 나중에
원고를 편집하거나 교정 및 교열을 하면서 독자들에게 효과적으로
전달될 수 있도록 여러 차례 다듬기 때문이다.

직장인의 책 쓰기 노하우

책 한 권 분량은 어느 정도일까?

- 4~5개 장으로 구성.
- 장 아래 8~10개 정도의 꼭지로 정리한다.
- 글자 크기 10~11포인트로, A4 용지 100~120매 정도로 쓴다.

좋은 목차는
책의 튼튼한 뼈대가 된다

책의 뼈대인 목차를 작성하면 절반은 완성한 것이나 마찬가지다. 책의 흐름을 요약한 목차가 완성되면 이를 토대로 살을 붙이면서 한 권의 책이 만들어진다. 나중에 초고를 다 쓰고 출판사에 투고하면 편집자가 자세히 살펴보는 부분이 목차다. 따라서 내 책이 출판사의 선택을 받느냐 마느냐는 목차를 얼마나 짜임새 있게 구성하느냐에 달려 있다.

책의 제목만큼이나 목차는 책의 성공에 큰 비중을 차지한다. 독자들은 책 제목이나 표지에 이끌려 책을 집어 든 후에는 대개 저자 소개와 목차를 펼쳐 대략적인 내용을 살펴보면서 자신에게 필요한 책인지 따져본다. 따라서 목차만 봐도 책 내용을 짐작할 수 있게 흥미롭고 구체적으로 구성해야 한다.

처음 책을 쓸 때 목차를 잡는 일은 쉽지 않다. 하고 싶은 말은 많은데 어떤 순서에 따라 논리적으로 설명해야 독자들이 쉽게 책의 내용을 이해할 수 있을지를 생각해야 한다. 한눈에 들어오는 간결한 목차를 만들려면 많이 고민해야 한다. 나도 처음 책을 준비할 때 가장 공을 많이 들인 부분이 목차를 만드는 일이었다. 어느 정도 밑그림이 그려지면 경쟁 도서를 조사하고 비교하는 일이 필수다. 이미 출간된 책들은 저자와 출판사가 많은 노력을 기울여 최선이라 여기는 목차를 완성했을 것이기에 신간을 참고하면 큰 도움이 된다. 똑같이 모방해서는 안 되지만, 어떤 흐름과 전개를 사용하고 제목 스타일은 어떤지 참고할 필요가 있다. 이렇게 경쟁 도서 목차를 비교하면서 기존 책과 다르게 차별화할 수 있는 점을 떠올려보자. 경쟁 도서는 직접 서점에 나가 살펴봐도 되고, 인터넷 검색으로도 쉽게 찾아볼 수 있다. 대부분 책은 온라인 서점이나 검색 사이트에 책 목차를 공개한다. 이런 책들의 제목과 목차들을 따로 정리해 내가 만든 목차와 비교하면서 수정하면 초보 직장인 작가도 좋은 목차를 꾸밀 수 있다. 나는 엑셀을 켜놓고 스프레드시트마다 경쟁 도서 목차를 복사해서 구성을 살펴보곤 했다. 한 개의 파일에서 여러 책의 목차를 한꺼번에 비교할 때 편리하다.

나는 목차를 잡을 때 가장 흥미로울 만한 주제를 먼저 생각한다. 그리고 점점 곁가지를 붙여가는 방식으로 자유롭게 제목들을 적는다. 내용이 겹치거나 중복되는 것들은 한곳으로 모아가면서 목차를 정리한다. 그런 식으로 자유롭게 내용을 생각하면서 최대한 많은 아이디어를 모은다. 주제가 유치하거나 이상하더라도 나중에 삭제하면 되니까 우선은 편안하게 브레인스토밍에 집중한다. 무엇보다도 목차의 역할은 독자들이 봤을 때 책의 본문 내용을 궁금하게 하는 것이다. 따라서 구성에도 신경을 많이 써야 한다. 대부분 독자는 순서에 따라 첫 부분을 많이 읽는 경향이 있다. 따라서 책의 장 중에서 가장 흥미롭거나 새로운 주제를 앞쪽에 배치해 책을 끝까지 읽어갈 수 있게 구성하는 것이 좋은 방법이다.

책의 종류에 따라 어떤 것은 흐름에 따라 처음부터 읽어야 하는 책도 있다. 반면 어떤 책은 흥미로운 주제만 따로 골라 읽어도 된다. 맥킨지의 'MECE(Mutually Exclusive and Collectively Exhaustive: 서로 중복되지 않으면서 배타적이고 누락됨이 없도록 하는 것) 개념을 머릿속에 두고 목차를 구성하면 좋다. 그러면 책의 내용을 충분히 설명하면서 내가 하고자 하는 이야기를 잘 담을 수 있는 좋은 목차를 만들 수 있다.

나는 목차를 잡을 때 워크플로이(Workflowy)라는 애플리케이션을 주로 사용한다. 큰 주제를 잡고 나면 틈틈이 생각나는 아이디어를 키워드 중심으로 메모해둔다. 그리고 시간이 지난 뒤에 키워드를 중심으로 흥미를 끌 수 있는 문장을 만들어 목차를 완성해간다. 이렇게 아이디어 단위로 메모하고 순서에 맞게 배열하면 한 권의 책을 쓸 수 있는 목차가 완성된다. 이 책도 어느 날 문득 떠오른 직장인이 책을 쓸 때 가이드가 있으면 좋겠다는 아이디어를 메모하면서 쓰기 시작했다. 그 이후에 출판사 편집장에게 정리한 목차를 보여드렸고, 기획해봐도 좋을 것 같다는 의견을 듣고 출간을 진행했다.

1단계 :

우선 워크플로이를 사용해 제목과 몇 개의 파트로 구성할지 순서를 정한다. 그리고 언제 아이디어를 생각했는지 처음 구상했던 날짜를 적는다. 보통 책들의 구성으로 프롤로그와 에필로그 사이에 파트(Part)를 구분해 몇 단계로 구성할지 큰 틀을 잡는다. 그리고 마지막에는 즉흥적으로 생각난 아이디어들을 정리하거나 나중에 구성하면서 각 파트로 집어넣거나 삭제할 내용을 배치한다. 워크플

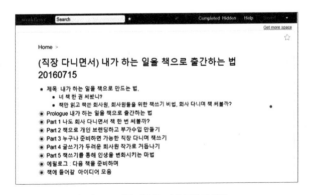

워크플로이를 이용한 1단계 목차 구성법.

로이는 위에서 보는 것처럼 문장을 각 단계에 따라 들여쓰기와 내어쓰기를 하면서 상위와 하위 단계를 구분한다. 순서도 드래그앤드롭으로 움직이면서 자유롭게 바꿀 수 있어 편리하다.

2단계 :

제목과 목차를 잡고 나면 각 파트 하위 단계에 들어갈 꼭지의 제목을 먼저 정한다. 각 꼭지에 들어갈 소제목을 주제에 맞게 써 내려간다. 이때는 중복되는 내용이 있다 하더라도 아이디어를 최대한 많이 생각하기 위해 일부러 고치거나 수정하지 않는다. 이런 작업

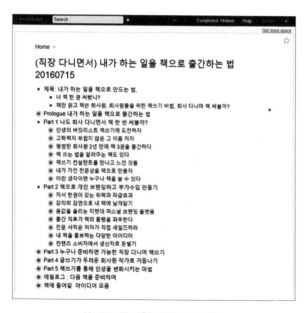

워크플로이를 이용한 2단계 목차 구성법.

은 나중에 해도 충분하니 우선 책을 구성하는 꼭지를 생각하는 데 집중한다.

이런 아이디어 정리는 지하철을 타고 출퇴근하는 시간이나 쉬는 시간에 충분히 할 수 있다. 게다가 워크플로이는 휴대폰 앱과 웹사이트가 실시간으로 연동되기 때문에 언제든 좋은 글감이 생각날 때마다 쉽게 정리할 수 있어 유용하다.

3단계 :

마지막으로 앞서 정해진 꼭지의 하위 내용을 구상하는 단계다. 글의 구성을 임의로 간단하게 서론, 본론, 결론으로 정한다. 그리고 단계별로 쓰고자 하는 글감이 떠오르는 순서대로 적어 내려간다. 키워드 중심의 짧은 단어나 간단한 문장으로 정리된 내용을 순서에 맞게 다듬는다.

워크플로이를 이용하면 책의 구성과 꼭지 순서를 편하게 정리할 수 있다. 직장인 예비 저자가 책을 쓸 때 훌륭한 도구다. 그뿐만 아니라 업무상 아이디어가 생각날 때도 신속한 메모가 가능하다. 이 애플리케이션은 책을 쓰기 위해 추천했지만, 업무 중이나 일상생활에도 활용도가 높다. 프로그램이 복잡하지 않아 실행 속도가 빠르고 실시간 저장되어 매우 편리하다.

목차를 완성했으면 책을 쓸 전체 계획을 수립한 것과 같다. 이제는 차례차례 본문을 써나가는 일만 남았다. 목차가 완성되면 언제까지 초고를 완성하겠다는 일정을 계획해보자. 그 뒤에는 일정에 맞춰 구체적인 실행 목표까지 잡을 수 있다. 예를 들어, 한 달 단위로 각 파트의 초고를 완성한다고 잡고 주 단위로 몇 개의 꼭지를 작성하겠다는 식으로 세부 실행 계획을 짠다. 그런 식으로 책을 완성하는 과정에서 내가 지금 어디쯤 있는지 확인하고 스스로 격려하면서 다음 단계로 향한다. 목차라는 큰 밑그림을 그렸으면, 그다

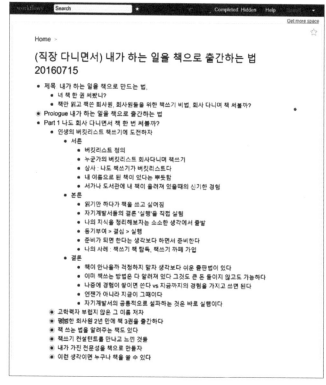

워크플로이를 이용한 3단계 목차 구성법.

음에는 내용을 구성할 좋은 콘텐츠를 정리해서 글로 표현하는 일만 남는다.

직장인의 책 쓰기 노하우

좋은 목차를 만드는 법

- 목차만 읽어도 책의 내용을 짐작할 수 있게 한다.
- 경쟁 도서의 목차 구성을 살펴본다.
- 자유롭게 구상하고 MECE 원리에 따라 배열한다.
- 독자의 흥미를 끌 만한 주제는 앞장에 위치시킨다.

길을 잃으면
다시 지도를 본다

장과 꼭지를 정리한 목차가 완성되면 각자 글쓰기 성향에 따라 처음부터 순서대로 써도 되고, 좋은 아이디어가 떠오르는 꼭지부터 글을 써도 좋다. 글을 쓰는 데 정해진 규칙은 없거니와 저자 본인이 좋은 글을 쓸 수 있는 시간과 장소에 따라 자유롭게 쓰면 된다. 나 같은 경우는 먼저 전체 목차가 완성되면 쉽게 쓸 수 있는 꼭지부터 먼저 채워간다. 글을 쓰는 데 큰 부담이 없고 조금씩 원고가 완성되는 것을 보면 성취감도 느낄 수 있어서 좋다. 써지지 않는 글을 애써 부여잡고 고민하지 말자. 마음 가는 것부터 편하게 써보자. 그렇게 하나씩 퍼즐을 맞추듯 글을 써나가면 부담을 덜고 초고를 완성해갈 수 있다. 쉬운 퍼즐부터 맞추가면 가장 어려운 퍼즐이 자연스럽게 맞춰지듯, 풀어가는 것도 한 가지 요령이다.

지금까지 설명으로 한 권의 책을 완성하려면 어떻게 얼마나 써야 하는지 대략적인 기준을 세울 수 있다. 무엇보다도 책 쓰기에 성공하려면, 흐름을 놓치지 않고 지속해서 글을 써야 한다. 또 초보 저자는 완벽한 글을 쓴다는 생각보다 초고를 완성하는 데 초점을 맞춰야 한다. 가능하면 조금씩이라도 매일 원고를 쓰는 게 좋다. 그래야 감을 잃지 않고 흐름을 타서 글쓰기가 수월해진다. 평일 짧은 시간을 활용하는 것 못지않게 주말에 연속해서 집중하는 시간을 확보해야 책 쓰기의 생산성이 더욱 높아진다. 개인적인 리듬에 맞춰 하루 중 활용할 수 있는 시간을 짐작해서 그날 써볼 수 있는 원고를 정하는 것도 방법이다. 예를 들어, 오늘 퇴근 후에는 1시간 정도 여유가 있으니 짧은 분량의 원고에 먼저 손을 댄다. 반면 내용이 많고 생각을 이어가야 할 꼭지는 주말이나 휴일 등 시간적 여유가 있을 때 집중해서 작업한다. 글을 쓸 때 이런 리듬도 중요하다. 그러니 본인만의 방식을 잘 찾는 것이 효과적인 글쓰기 요령이다.

초보 작가에게 한 권의 책을 꾸밀 원고를 완성하는 것은 처음 가는 산을 등산하는 것과 같다. 그럴 때 정상이 어딘지 알 수 있게 미리 지도를 숙지하면 산을 오를 때 큰 힘이 된다. 목차가 바로 책을 쓰는 사람의 지도다. 초심자는 수시로 길을 잃을 수 있는데, 절대 당황할 필요가 없다. 그럴 때마다 목차, 즉 지도를 다시 들여다보면 된다.

책 쓰기도 시작할 때부터 언제쯤 완성할지 자신만의 로드맵을 가지고 시작해야 한다. 직장을 다니면서 책을 쓰다 보면 규칙적인 시간 확보가 어렵기 때문에 계획이 필요하다. 비록 일정이 조금 바뀌더라도 책을 완성하는 데 미리 준비한 지도를 따라가다 보면 어느덧 목적지에 도착한다. 책을 쓰겠다고 다짐했으면 이제는 실천만 남았다. 결심을 실행으로 옮기는 사람은 아마도 10%가 되지 않을 것이다. 하지만 그 10% 안에 일단 들어간 사람은 자신의 책을 가질 확률이 50%는 된다. 시작은 했으니 완성하거나 미완성하거나 둘 중 하나이기 때문이다.

직장인의 책 쓰기 노하우

나에게 힘을 주는 글쓰기 명언 모음

- "모든 초고는 걸레다." (어니스트 헤밍웨이)

- "구체적일수록 보편적인 글이 나온다." (낸시 헤일)

- "작가란 기본적으로 스토리텔러다. 학자나 인류의 구원자가 아닌." (아이작 싱어)

- "달이 빛난다고 말하지 말고 깨진 유리조각에 반짝이는 한 줄기 빛을 보여줘라." (안톤 체호프)

- "당신 앞의 누군가에게 이야기한다고 상상하고, 그가 지루해 떠나지 않게 하라." (제임스 패터슨)

- "당신만이 전할 수 있는 이야기를 써라. 당신보다 더 똑똑하고 우수한 작가들은 많다." (닐 게이먼)

- "무엇이든 짧게 써라. 그러면 읽힐 것이다." (조지프 퓰리처)

- "짧은 단어를 쓸 수 있을 때는 절대 긴 단어를 쓰지 않는다. 빼도 지장이 없는 단어가 있으면 반드시 뺀다. 능동태를 쓸 수 있는데도 수동태를 쓰는 경우는 절대 없도록 한다." (조지 오웰)

- "지옥으로 가는 길은 부사로 덮여 있다." (스티븐 킹)

- "글에서 '매우,' '무척' 같은 단어만 빼면 좋은 글이 완성된다." (마크 트웨인)

- "최고의 글쓰기는 고쳐쓰기다." (E. B. 화이트)

- "생각나는 대로 휘갈겨 쓴 후, 절반으로 줄이고, 제대로 다듬어라." (찰스 다윈)

데드라인의 마법,
마감일을 정하라

책을 쓸 결심을 하고 주제까지 정했다면, 그다음에 할 일은 원고를 완성하기 위한 계획을 세우는 것이다. 데드라인, 즉 마감일을 설정한다. 나는 언제까지 책에 대한 목차와 내용에 대한 구상을 완료할지, 그리고 초고는 언제까지 마무리할지 구체적 목표와 날짜를 잡았다. 마지막으로 달력에 표기하고 뒤로 날짜를 세어보면서 얼마만큼 시간이 남아 있는지 대략 추산해보았다. 다섯 개 챕터로 이뤄진 책을 5개월 안에 쓴다고 결정했다면, 당연히 적어도 한 달에 한 챕터씩은 써야 한다. 이렇게 목표를 세우고 세분화하면 처음에 높은 벽처럼 보였던 책 쓰기 목표가 도전 가능한 수준으로 다가온다. 진행 계획을 세우고 나면 동기 부여도 되고 실행 가능성을 더 높일 수 있다.

직장인은 누구나 데드라인을 지키는 DNA를 갖고 있다. 직장 생활을 하면서 이런 연습은 충분히 해왔다. 회사 일을 하다 보면 기한이 정해진 요청을 상사에게서 자주 받는다. 그 기술을 책 쓰기에 응용하기만 하면 된다.

"민 차상, 이번 주까지 부동산 운영 보고서 부탁해. 월요일에 대표님 보고야."

말이 떨어지는 순간부터 남은 시간이 정해진다. 그러면 어찌 되든 정해진 일정에 내 몸을 맞추기 시작한다. 책 쓰기도 기한이 정해진 보고서라고 생각해보자. 직장인은 마감이 정해지면 어떤 일이든 해낸다. 그게 대한민국 직장인이다.

나도 원고를 매일 쓰려 하는데, 어떤 날은 시간도 많고 아이디어도 잘 떠올라 하루에 몇 꼭지를 완성하기도 하지만 전혀 그렇지 못한 날도 있다. 몇 줄 못 쓰더라도 지속하는 것이 중요하다. 부득이 책을 쓸 시간을 내지 못하거나 개인 일정 등으로 바쁠 때는 머릿속으로 어떻게 쓰면 좋을지 구상 정도만 해도 좋다. 미리 생각하면 책을 쓸 때 글감이 쉽게 떠올라 원고 쓰기가 수월해진다. 초고의 완성도를 떠나 최대한 단기간에 마무리해야 중간에 포기하지 않는다. 흐름이 끊어지면 계속 뒤로 미루다가 결국 포기하게 된다.

글쓰기 로드맵을 세우고 중간중간 자신에게 상을 주는 것도 책 쓰기를 지속하는 좋은 방법이다. 예를 들어, 5개 장으로 이루어진 책이라면, 한 장을 마칠 때마다 좋아하는 음식을 먹는다든지, 가족들과 주말에 가까운 곳으로 놀러 간다든지 하면서 목표 성취에 대해 작은 보상을 하는 것이다. 그렇게 또 다음 목표를 정하고 그것을 이뤘을 때 나름의 상을 줘서 동기 부여를 하는 식이다. 그러면 눈에 불을 켜고 열심히 하게 된다. 나도 이런 방법으로 자칫 지루할 수 있는 혼자만의 책 쓰기를 이어갔다. 더운 여름날 남들이 휴가를 갈 때도 원고를 완성한 다음에 더 좋은 곳으로 놀러 갈 것이라고 상상하면서 힘든 시간을 위로하며 보냈다. 또 한 장을 마무리하거나 목표한 일정을 소화하면 가까운 근교로 가족들과 바람을 쐬러 갔다. 목표를 달성했을 때, 보상이 있다면 책 쓰는 일에 활력을 불어넣을 수 있다.

나는 책을 쓸 때 책의 큰 뼈대인 목차를 먼저 잡고 세부적으로 들어갈 내용을 구성한다. 그리고 책으로 쓸 제목에 날짜를 적어둔다. 이 책도 처음 구상한 것은 2016년 7월 15일이다. 초고 집필을 시작하기 전에 틈틈이 아이디어를 구상했다. 2017년 3월에 『부동산 직업의 세계와 취업의 모든 것』을 출간하고 한동안 홍보 활동에 집중했고, 그해 6월부터 초고를 준비하기 시작했다. 초고는 같은 해 11월 말에 마무리되었다. 초고 완성 후 아이디어 수정과 퇴고의 과정이 있었지만, 초고를 완성하는 데 그리 긴 시간이 걸리지는 않았다. 초고가 완료되고 시간이 지났지만 이후의 시간은 원고를 다

듣고 출판사와 협의하고 보완하는 과정으로, 실제로 투입된 시간은 초고 완성 때보다는 적었다.

총 5개 파트의 구성으로 34개 꼭지가 있는 초고였다. 원고 분량은 A4 용지로 90매 분량이었다. 물론 그 뒤에 내용을 보강하면서 구성과 분량은 조금 늘어났다. 한 꼭지 분량은 A4 용지로 대략 2장 내외였다. 6개월이면 약 30주이니 대략 일주일에 1꼭지 이상을 써서 초고를 완성한 셈이다. 글을 한꺼번에 몰아서 쓰려는 욕심을 버리고 한발씩 나아간다는 마음으로 여유 있게 임해야 부담이 없다.

직장인의 책 쓰기 노하우

초고를 완성하는 방법

- 글솜씨에 신경 쓰지 말고 초고 완성에 목표를 둔다.
- 문장 하나보다는 꼭지 하나를 완성하는 데 초점을 둔다.
- 목차 순서와 관계없이 쓰고 싶은 순서대로 쓴다.
- 조금씩이라도 양에 상관없이 시간 나는 대로 글을 써나간다.
- 초고를 쓰면서 출간기획서의 투고를 함께 준비한다.
- 내 책이 출간되었을 때를 상상한다.

중학생도
이해할 수 있게 쓴다

초보 저자가 책을 쓸 때 가장 흔하게 범하는 실수는 무엇일까? 바로 자기만족만을 위해 글을 쓰는 경우다. 책을 내는 이유는 내가 읽기 위해서가 아니라 독자, 즉 남들이 읽게 하기 위해서다. 불특정 다수의 독자가 알고 싶어 하는 내용을 이해하기 쉽게 써야 한다. 아주 상식적인 사항이라 굳이 설명할 필요도 없다. 그런데 많은 초보 저자가 자신이 만족스럽고 혼자만 이해할 수 있는 글을 쓰는 우를 범한다. 이 실수가 책 전체를 관통하고 끝내 고쳐지지 않으면, 그 책은 결국 실패하고 만다. 책을 쓰면서 느끼겠지만 쉽게 쓰는 게 가장 어렵다.

직장인이라면 한 번쯤 자기소개서를 써봤을 것이다. 인사팀이 아니더라도 신입사원들이나 경력 사원들의 자기소개서를 종종 볼 기회도 있다. 사회생활의 첫 관문을 통과하기 위한 자기소개서에도 합격 요령이 있다. 그런 노하우가 책 쓰기에도 그대로 적용된다. 가장 대표적인 자기소개서 작성 노하우 두 가지를 살펴보자. 첫째, 자기소개서는 내가 하고 싶은 말보다 지원한 회사가 듣고 싶은 이야기를 써야 한다. 대부분 탈락하는 자기소개서를 보면 자기가 자랑하고 싶은 어학연수나 봉사활동, 인턴 활동 등으로 가득 차 있다. 그런 경험을 바탕으로 회사에 어떻게 기여할 수 있는지에 대한 내용은 없다. 자기소개서를 작성한 지원자는 만족스러워할지 몰라도, 인사담당자에게 별 감흥 없는 글을 쓰면 소용이 없다. 회사는 이 사람이 어떤 능력이 있고 성장 가능성은 있는지를 궁금해한다. 자신이 인사 담당자라면 어떤 말을 듣고 싶어 할지 입장을 바꿔 생각하면서 자기소개서를 써야 한다. 책 쓰기도 마찬가지다. 독자들이 무엇을 원하는지 깊게 고민해봐야 한다.

　합격하는 자기소개서를 위한 두 번째 노하우는 자신만의 특별한 이야기를 직무 능력과 연관시키는 방법이다. 평범한 사실이나 정보를 무덤덤하게 나열하기보다는 생생한 자신만의 이야기를 섞으면 매력적인 자기소개서가 된다. 특히 직접 겪은 이야기는 누구도 흉내 내지 못하는 강점으로 작용한다. 특별한 경험을 바탕으로 내가 회사의 어떤 직무에 어떻게 구체적으로 이바지할 수 있을지 기술하는 게 좋다. 책을 쓸 때도 내가 겪은 일이 사례로 들어가 하나

　나도 회사 다니는 동안 책 한 권 써볼까

의 스토리가 되면 독자들이 편하게 받아들인다. 책을 읽으면서 마치 내 이야기처럼 공감하고 받아들일 수 있다.

나는 책을 쓸 때 나름대로 몇 가지 기준을 지키려고 노력한다. 첫 번째 기준이 바로 저자가 아닌 독자 입장에서 글을 쓴다는 원칙이다. 처음에 나도 부동산 관련 서적을 집필하면서 매일같이 사용해서 내게는 너무도 익숙한 업계 용어를 그대로 원고에 사용했다. 결국 편집자가 업계에 종사하지 않는 사람들이 읽어도 이해할 수 있게 고쳐 달라고 요청했다. 나한테는 쉬운 용어가 다른 사람에게는 난생처음 들어보는 어려운 전문 용어일 수 있다. 책을 쓸 때는 어휘를 중학생 정도 수준에 맞추는 게 바람직하다. 대부분 사람이 적어도 고등학교 이상을 마치는 상황에서, 너무 낮춰 잡는 것이 아니냐고 생각할 수 있겠으나 실상은 그렇지 않다. 예컨대 '피오르'란 단어를 독자께서는 기억하시는지? 바로 답이 나오는 사람은 중고등학교를 졸업한 지 얼마 되지 않았거나 학창 시절에 상당히 공부를 잘했던 사람이다. 빙하가 깎여 만들어진 협곡을 따라 만들어진 만(灣)을 피오르(fiord)라고 한다. 틀림없이 중학교 지리 시간에 배웠던 단어이지만 학교를 졸업하고 사회생활을 하면서 거의 접하거나 쓸 일이 없다 보니, 언뜻 들어도 생각나지 않는다. 중학교 때 배운 단어도 이럴진대 하물며, 특정 업계에서만 쓰는 용어라면 더 말할 필요도 없다. 단어를 예로 들었지만, 단어만이 아니라 문장 전체를 중학생도 충분히 이해할 수 있게 글을 쓰는 것이 대중 저서의 기본이다. 전문 용어를 써서 설명하는 것은 저자에게는 어렵지 않다. 하지만 불특정 다수의 독자 누구나 쉽게 읽을 수 있게 쓰는 일은 생각보다 쉽지 않다. 그래서 항상 글을 쓸 때면 자신보다는 독자가 이해할 만한 글인지 따져보는 습관을 들여야 한다.

내가 글을 쓸 때 되뇌는 또 하나의 기준은 책의 내용을 구성할 때 자신의 경험을 될 수 있는 한 많이 풀어놓는 것이다. 책 속에 스토리가 들어가서 독자의 공감을 얻을 수 있는 글을 쓰려고 노력한다. 책에는 저자의 주장을 뒷받침하는 여러 가지 사례가 들어간다. 때로는 다른 책의 내용을 인용하기도 한다. 이런 근거 자료는 결국 저자의 경험이 바탕이 된 신뢰도 높은 스토리와 잘 어우러져야 한다. 남의 사례만 잔뜩 들어가면 곤란하다. 나만의 이야기가 살아 있어야 좋은 책이 될 수 있다. 이런 생생한 스토리가 많다면, 다른 사람은 들려줄 수 없는 나만의 노하우가 될 수 있다.

퇴고의 힘,
글쓰기의 연금술

평범한 직장인이 글쓰기에 큰 소질이 없는 것은 당연하다. 나도 처음에 책을 쓰려 했을 때 글쓰기 능력이 있어서 시작한 것은 아니다. 글솜씨는 둘째치고 일단 정해진 목차를 완성해야겠다는 생각뿐이었다. 그저 순서를 정해놓고 시간이 날 때마다 계속 글을 써내려갔다. 직장인인 우리가 노벨 문학상을 노리는 것은 아니니, 절대 문장력 때문에 책 쓰는 일을 포기할 필요가 없다.

나는 간혹 PC에 저장된 내 첫 책의 초고를 꺼내 읽어본다. 다시 읽어보면 앞뒤가 안 맞는 글도 많고 문장은 장황하고 거칠며 표현도 단조롭다. 어떤 글은 퇴근 후에 졸면서 써서 그런지 맥락이 맞지 않는다. 중언부언 엉망이다. 그래도 전반적으로 전하려는 주제가 명확하고 희소성이 있는 콘텐츠를 담았기에 책을 출간할 수 있었다. 결국 직장인 책 쓰기의 핵심은 글솜씨보다 전달하려는 콘텐츠다. 만약 내가 중간에 계속 글을 수정했다면 초고를 완성하는 시기가 많이 늦어졌을 것이다. 그런 시간이 무한정 길어지면, 작업을 포기할 가능성도 커진다. 어찌 보면 출간을 목표로 무작정 써 내려갔기에 글쓰기에 크게 소질이 없던 나도 책 쓰기를 끝낼 수 있었다.

 직장에 다니며 책을 쓴다면 나처럼 자신이 일하는 분야가 주제일 것이다. 본인의 경험을 담은 자기계발서나 실용서를 목표로 한다면, 글쓰기의 부담이 한결 덜하다. 이런 종류의 책은 소설이나 시 같은 문학 작품의 유려한 문장보다는 흥미롭거나 독자의 필요성을 채워줄 수 있는 콘텐츠가 우선이기 때문이다. 사람이면 누구나 살아오면서 자신만의 극적인 일이 있다. 남들에게 말할 만한 나름대로 역경을 이겨낸 경험이 있다. 이런 이야기 하나하나가 자신만의 좋은 콘텐츠다. 만약 에피소드들이 지금 쓰는 주제와 연관된다면 독자들의 공감을 자아내는 좋은 사례가 된다.
 『부동산 직업의 세계와 취업의 모든 것』을 읽은 직장 후배 하나는 그 책에서 제일 인상적인 부분이 내가 대학에서 학사경고를 3번이나 받았던 장면이라고 말했다. 학창 시절에 성적도 형편없고 남들에게 내세울 만한 게 없었던 사람이 나름대로 노력해 부동산 업계에서 전문가로 인정받은 사실이 흥미로웠던 모양이다. 이처럼 꼭 잘되거나 성공한 이야기만 독자에게 도움이 되는 것은 아니다.

어떤 면에서는 실패하고 엉성했던 모습에서 독자는 공감을 얻기도 한다. 다른 사람에게 희망을 주거나 무엇인가를 할 수 있다는 믿음을 주는 경험은 책의 좋은 소재가 된다. 사실 잘 팔리는 책, 읽으면 재미있는 책에는 이런 요소가 많이 들어 있다. 가난하게 살다가 부자가 된 이야기가 흥미롭지, 부자가 더 큰 부자가 되는 전개는 이목을 끌지 못하는 것과 같은 이치다.

책을 준비하다 보면 자연스럽게 좀 더 나은 글쓰기를 갈망하게 된다. 어떻게 하면 끌리는 목차와 내용으로 쓸 수 있을지 계속 고민하는 과정에서 소질이 좀 부족하더라도 스스로 노력하고 개발하다 보면 실력이 조금씩 향상된다. 나도 책을 쓰기 시작하면서 당연히 글쓰기에 더 힘을 쏟았다. 책 쓰는 방법을 알려주는 책에 이어서 글쓰기에 관한 책들을 열심히 읽기 시작했다. 좋은 글을 쓰는 방법을 다룬 책에서 학습한 사항들은 책을 쓸 때 바로바로 응용하고 연습했다. 이렇게 책을 쓰면서 글쓰기 책을 함께 읽으면 원고 쓰는 일이 한결 수월해진다. 책에서 읽었던 내용을 직접 적용해서 글을 써보면 놀랍게도 답답하던 글쓰기가 한결 흥미로워진다. 볼링이나 테니스를 무작정 치다가 교본을 보고 나면 얼른 적용해보고 싶은 마음과 같다. 아직도 나는 글솜씨가 많이 부족하다. 하지만 처음 시작할 때와는 비교할 수 없을 정도로 나아졌다. 앞으로 더 많이 쓸수록 글솜씨도 더 나아질 것이라고 믿는다. 평범한 직장인이 처음부터 깔끔한 문장을 구사하기는 어렵다. 어떤 일이든 어느 정도 시간을 투자해야 좀 더 높은 경지에 오를 수 있다. 처음에 책을 쓸 때는 초보 저자로서 글쓰기가 어렵겠지만, 문장력과 표현력의 부족이 직장인의 책 쓰기를 좌절시킬 만한 이유는 아니다. 게다가 좋은 글쓰기에서 최대의 무기는 재능이나 글솜씨보다는 '퇴고'다. 초고보다 좋은 글로 변신할 기회는 얼마든지 있다. 따라서 직장인 저자가 되려면 글솜씨에 대한 걱정은 일단 뒤로하고 묵묵히 써나가는 게 우선이다.

시작하는 단계에서는, 화려하고 멋진 글을 쓰기보다는 내 생각과 의견을 간단명료하게 전달할 수준이면 된다. 그 정도가 처음 글쓰기를 시작하는 직장인이 가지면 되는 자세다.

직장인의 책 쓰기 노하우

글솜씨가 걱정되는 직장인 저자를 위한 조언

- 글솜씨보다는 명확한 주제와 희소성 있는 콘텐츠 위주로 글을 쓰자.
- 매번 글을 고치려 하지 말고 초고를 완성한 후에 퇴고하자.
- 매끄러운 문장을 쓰려 하지 말고 자신의 경험을 잘 전달하자.
- 나중에 편집 과정에서 글을 다듬을 기회가 있다.
- 독자들이 좋아할 만한 문구나 문장들을 연구하자.

글이 쉽게 써지는
글쓰기 템플릿

처음 책을 쓰려 했을 때 어려웠던 것 중 하나는 글을 어떻게 시작하고 무엇에 대해 쓸지를 정하는 일이었다. 말 그대로 무슨 주제를 갖고 어떤 방식으로 이야기를 풀어갈지 결정해야만 했다. 그런 걱정에 글쓰기 책들도 여러 권 읽어보면서 고민도 많이 했다. 글을 잘 쓰는 것보다는 어떻게 글을 구성하면 좋을지 먼저 생각했다. 그러다 나만의 글쓰기 템플릿을 만들면 글쓰기가 편할 것 같았다. 마치 붕어빵을 만들 때 붕어빵 틀이 있으면 편리한 것과 같다. 한마디로 글을 시작하기 편한 구조를 미리 만들어야겠다고 생각했다. 글의 구조가 정형화되면 형식보다는 내용에 집중할 수 있기 때문에 글쓰기가 좀 더 쉬워질 것 같았다. 나는 글을 쓰다 보면 말하려던 주제를 벗어나는 일이 많았다. 내가 쓰는 글이지만 도대체 무슨 말을 하려 했는지 논지를 잊어버렸던 적이 종종 있었다. 글의 구성 방향과 흐름에 대한 기준이 필요했다. 글을 구성할 내용만 찾아 정리하면 미리 맞춰 놓은 구조에 따라 생각나는 대로 글을 쓰면 부담이 덜할 듯했다. 그래서 글의 형식을 구성하는 법, 글을 잘 쓰는 법, 좋은 문장 만드는 법 등을 찾아서 정리했다. 그 가운데 내 마음에 드는 것들만 추려서 나만의 글쓰기 템플릿을 만들었다.

모든 글을 정해진 형식으로 쓸 수는 없다. 그렇지만 책의 목차를 잡고 나서 각 꼭지 글의 구조를 구체화할 때 활용할 수 있다. 물론 원고를 다듬는 퇴고 과정에서도 유용하다. 무엇보다도 템플릿이나 매뉴얼은 일정한 틀이 있어 다른 길로 새지 않게 해준다. 처음 생각했던 방향으로 갈 수 있는 길잡이가 된다. 비교하자면 창업할 때 프랜차이즈를 선택하는 것과 같다. 매뉴얼이 있어 순서대로 따라하기만 해도 제품이 완성되는 것처럼 글쓰기도 기준이 있으면 마음의 부담이 덜하다. 처음에는 매뉴얼에 따라 글을 쓰지만 계속하다 보면 조금씩 변형하기도 하고, 실력이 향상되면 구성을 조금씩 바꿔가며 응용할 수도 있다.

이렇게 나만의 글쓰기 템플릿이 있으면 글을 쓸 때 편리하다. 무엇보다 자신만의 아이디어를 찾는 방법과 생각을 표현하는 방식을 만드는 데 의미가 있다. 템플릿을 토대로 글을 쓰고 나만의 생각을 확장하는 연습을 하다 보면 사고가 깊어지고 다양해지는 것을 체감한다. 처음엔 누구나 글감을 정리하면서 이렇게 빈약한 내용으로 어떻게 책을 쓸까 의문이 생긴다. 하지만 템플릿은 글을 쉽게 쓰기 위한 시작점으로 기본적인 구성을 하고 계속해서 하나씩 아이디어를 더해가다 보면 글이 풍성해진다. 처음엔 만들기 번거롭겠지만, 나만의 템플릿이 있다면 글을 쓰는 데 좋은 안내자가 되어 줄 것이다.

아래는 내가 책이나 인터넷을 통해 찾은 자료를 조합해서 목차와 아이디어를 구성하기 쉽게 만든 나만의 글쓰기 템플릿이다. 여러분도 글쓰기를 할 때 기준이 될 만한 자기만의 템플릿을 만들어 보자. 나름의 원칙과 기준을 세워 활용하면 글쓰기에 대한 부담을 조금 줄일 수 있다.

나만의 글쓰기 템플릿 만들기

1. 제목

제목은 독자들이 책을 고를 때 가장 먼저 보는 곳이다. 따라서 제목만으로 글의 내용이 충분히 전달되어야 한다. 무엇보다도 독자의 호기심과 시선을 끄는 매력적인 제목이어야 한다. 제목을 읽었을 때 발음하기 편하고, 대구 형태나 운율이 맞춰져 기억하기 쉬운 제목이면 좋다.

2. 글을 쓰는 기준

글을 쓰기 전에 누가 읽을지 먼저 생각해본다. 만약 글 속에 전문적인 내용이 포함되더라도 독자와 공감대를 형성할 수 있게 친절한 글을 쓴다. 만약 쉽게 독자를 이해시키기 어려울 것 같다면, 부연 설명이나 간단한 수식을 활용해 설명한다. 장황하게 설명하지 말고 머릿속에 그려질 수 있게 묘사하는 글이 좋다. 문장 형식은 짧은 단문이 좋다. 그리고 한 문장에는 한 가지 생각만 담아낸다.

3. 글쓰기 논리와 전개 방법

1) 상황 → 전개 → 질문 → 답변

서두에 글을 쓰게 된 상황을 먼저 설명한다. 그리고 이를 조금 더 확장해 글의 주제를 전개해간다. 다음으로 독자들이 궁금해하는 질문을 던져 관심을 증폭한다. 결론으로 답변을 제시해줌으로써 문제를 해결해주는 순서로 글의 논리를 이어간다.

2) 규칙 → 사례 → 결과 해석

일반적으로 많이 통용되는 규칙이나 법칙을 소개하고 이를 설명한다. 이런 규칙이나 법칙과 관련된 실제 사례나 예시를 들어 독자들이 머릿속에서 그려볼 수 있게 설명한다. 다음으로 이런 사례들이 어떤 결과로 이어졌고, 어떤 의미를 갖는지에 대한 본인만의 통찰력으로 의견을 제시한다.

3) 왜(Why) → 무엇을(What) → 어떻게(How) → 만약(IF)

: 『기획의 정석』 중 4MAT 참조

글의 서두에 제안하게 된 배경을 소개한다. 다음으로는 제안에 대한 구체적 내용과 설명을 한다. 다음으로 제안을 실천할 수 있는 구체적 실행방안을 알려준다. 글의 마무리는 이렇게 실행했을 때, 어떤 효과가 나타나고 장단점은 무엇이 있을지 설명한다.

4) 주제 → 핵심 메시지 → 이야기 순서 → 단락 요약

글을 쓰기 전에 주제를 먼저 설정한다. 그다음에 주제를 뒷받침할 핵심 메시지를 생각나는 순서대로 우선 작성한다. 이 핵심 메시지를 갖고 이야기를 풀어나갈 순서를 정한다. 순서에 맞춰 단락을 요약해가면서 내용에 살을 붙여간다.

5) 개요(Overview) → 왜(Why) → 이야기(Story) → 성공철학(Philosophy of success)

주제에 대한 전체적 설명을 글의 서두에 배치해 공감대를 형성한다. 그리고 이 주제가 왜 필요한지 독자에게 설명한다. 다음으로 내가 실제로 겪었던 나만의 이야기를 들려준다. 내가 겪은 경험을 통해 어떤 성공철학이 있었는지 설명한다.

4. 서론

글의 시작 부분으로 문제와 주제를 충분히 설명한다. 흥미와 관심을 끄는 질문을 통해 독자의 궁금증을 유발하고 본론으로 넘어가기 전에 독자의 관심을 끌 만한 소재를 소개한다. 일반적으로 사람들이 관심을 두는 아래와 같은 소재로 이야기를 이끌어간다. 무엇보다도 저자의 생각과 지식, 경험이 녹아 있는 글을 쓴다.

1) 호기심을 가질 만한 사건이나 질문.

2) 고통을 받았던 일.

3) 공감할 만한 이야기.

4) 이득이 될 만한 이야기.

5) 화두 제시.

6) 증명된 자료의 인용.

7) 놀랄 만한 사실.

8) 저자의 에피소드.

5. 본론

1꼭지에는 1주제가 원칙이다. 해당 주제를 명확히 하고 그에 부합하는 사례 하나를 소개한다. 서론에서는 다소 광범위하게 설명했다면, 본론에서는 조금 더 자세하게 설명한다. 아래와 같은 방법으로 독자들이 쉽게 이해할 수 있도록 글을 전개해간다.

1) 실행하는 법 및 절차를 소개한다. (Step by Step)

2) 구체적인 사례 연구를 소개한다. (Case Study)

3) 해야 할 것과 하지 말아야 할 것을 정리한다. (Do and Don't)

4) 장점과 단점을 소개한다. (Pros and Cons)

이외에 통계, 뉴스 자료, 인용, 각색, 정의, 비유, 명언 등을 사용해 글을 풍성하게 한다.

6. 결론

결론 부분에서는 앞서 설명한 주제를 요약한다. 그리고 전체적으로 내 생각을 정리하고 표현한다. 끝으로 말하고자 하는 핵심을 다시 한 번 강조한다.

글을 풍성하게 해주는
에피소드 찾기

책에는 저자의 생각과 경험 그리고 의견이 충분히 들어가야 한다. 독자는 결국 저자의 이야기를 듣고 싶어 한다. 흥미로운 경험과 재치 넘치는 아이디어가 있다면, 그만큼 글감이 많아진다. 책에서 사용할 만한 콘텐츠가 풍부해진다는 뜻이다. 그렇다고 일방적으로 내 생각과 의견이 옳다고 말하기는 곤란하다. 그래서 저자의 주장과 논리를 뒷받침할 만한 근거 자료를 찾아 보완하면서 콘텐츠의 신뢰도를 높여야 한다.

저자의 주장과 의견을 뒷받침할 때, 저명한 저자가 쓴 책의 내용을 인용하기도 한다. 보통 유명인의 격언이나 명언을 많이 활용한다. 그런 방법으로 독자들에게 책의 신뢰도를 높일 수 있다. 부차적으로 책 내용이 탄탄해지고 읽을거리가 풍성해지는 효과가 있다.

그런데 어떤 책은 본인의 이야기와 생각은 별로 없고, 남의 책 내용이나 다른 사람의 경험, 노하우만 인용하거나 발췌할 때가 많다. 책이 아니라 그냥 읽을거리를 편집한 잡지라는 느낌이 들 정도다. 콘텐츠를 풍성하게 하려고 다른 사람의 이야기를 빌려올 때는 주객이 전도되지 않는 선에서 적정하게 외부 콘텐츠 비율을 조절해야 한다. 내 책인데 남의 이야기만 많이 담는다면, 원래 책을 쓰려는 의도와도 맞지 않는다.

다음은 자신만의 고유한 경험이나 노하우로 다양한 사례를 보여주는 방법이다. 저자가 직접 경험한 에피소드만큼 책을 더욱 풍성하게 하는 콘텐츠는 없다. 지식이나 이론을 아무리 잘 설명하고 전달하려 노력해도 저자의 경험과 실전지식을 이야기로 풀어낸 것을 이길 수는 없다. 직접 겪은 산지식을 바탕으로 새로운 관점에서 이야기를 들려줘야만 다른 책과 차별화한 장점이 생긴다. 독자들은 저자의 이야기를 읽고 싶어 한다.

이렇게 본인의 경험과 신뢰도 높은 다른 사람의 이야기가 적절히 조화를 이룬다면, 읽고 싶은 콘텐츠가 된다. 나도 책에 들어갈 사례를 찾으려고 다양한 책을 읽어보며 부단히 노력했다. 도서관에서 부동산 관련 도서들을 찾아 읽고, 서점에 가면 최근의 트렌드를 살피기 위해서 경쟁 도서들을 훑어봤다. 어떻게 저자가 이야기를 풀어갔는지 자세히 살펴보곤 했다. 내 책의 경쟁 도서 중에는 저자가 직접 부동산에 투자하거나 관리하면서 겪었던 실제 사례가 들어간 책들이 인기가 많았다. 특히 부동산 투자로 어떻게 돈을 벌었는지 실전 경험이 바탕이 된 책들 가운데 베스트셀러가 많았다. 사실 독자들은 책을 읽으면서 나도 따라 하면 저자처럼 될 수 있으리라는 바람에 책을 사기도 한다. 물론 저자는 그렇게 책을 내기까지 많은 경험과 지식을 쌓았을 것이다. 그런 저자만의 노하우를 독자가 알기 쉽게 써 내려가면 독자도 마치 저자가 된 것처럼 몰입하게 된다. 그런 방법 중 하나가 스토리텔링 형태로 풀어낸 저자의 경험이나 에피소드를 활용하는 것이다.

나는 평소 핸드폰 메모장 앱이나 작은 노트를 가방에 넣고 다니며 책에 들어갈 만한 에피소드나 사례들을 모은다. 특히 부동산 관련 일을 하다 보니 평소 업무 중에서 사례로 들어갈 만한 내용이 생각보다 많았다. 매일 평범한 일상들이 책에서는 중요한 소재나 이야깃거리가 되었다. 그렇게 책을 쓰면서 내가 하는 일을 더 열심히 하게 만드는 원동력이 되었다. 이렇게 모은 자료는 책에 활용하기도 하고, 내가 운영하는 블로그와 홈페이지에 글을 쓰는 데 중요한 소재가 되었다.

책을 쓰다 보니 예전에는 생각하지 못했던 관점에서 주변을 바라보게 된다. 평소 같으면 그냥 지나쳤을 일들도 책의 소재가 될수 있을지 유심히 관찰한다. 이렇게 평범한 일상 속에서도 에피소드나 소재가 될 만한 무언가를 찾아내려고 노력한다. 책 한 권을 읽어도 인용할 만한 인상 깊은 문구는 다시 한 번 읽거나 메모한다. 콘텐츠는 하루아침에 만들어지지 않는다. 평소에 늘 관심을 갖고 좋은 이야깃거리를 궁리하고 모아가면 아이디어와 글의 소재가 꾸준히 쌓인다. 차곡차곡 모은 재료들은 지금 당장 사용할 수도 있고, 시간이 지나 다시 보면 또 다른 영감을 일으키는 계기가 된다.

직장인의 책 쓰기 노하우

좋은 콘텐츠를 찾아내는 법

- 평소 자신이 겪은 일 중에서 소재가 될 만한 에피소드나 노하우를 찾아본다.
- 유명인의 격언, 명언 또는 글을 책에 인용한다.
- 평소 지나치던 일들을 책의 소재와 관련해 새로운 시각으로 관찰한다.
- 좋은 아이디어가 떠오를 때 바로 메모할 도구를 갖고 다닌다.
- 주변 사람들과 대화 도중 재미있었던 이야기나 주제를 메모한다.

독자의 마음을 사로잡는
제목 짓기

책에서 제목만큼 중요한 것은 없다. 제목이 흥미로워야 독자를 유혹할 수 있다. 아무리 좋은 내용을 담았더라도 독자의 눈에 띄지 않으면 말짱 헛수고다. 그래서 제목만 보고도 책의 내용을 짐작하고 독자의 이목을 끌기 위해 저자와 출판사는 고민을 거듭한다.

잘 지은 제목으로 베스트셀러가 되었다는 일화는 주변에서 쉽게 찾아볼 수 있다. 『칭찬은 고래도 춤추게 한다』의 사례를 살펴보자. 이 책은 번역서로 원서의 영어 제목은 '*Whale Done! The Power of Positive Relationships*'이다. 'Well done(잘했어, 훌륭했어!)'이라는 칭찬을 'Whale(고래) done'으로, 유사한 발음을 활용하여 지은 제목이다. 물론 영어가 모국어인 사람들에게는 재치 있고 쉽게 와 닿는 제목이다.

처음 국내에 출간했을 때 책 제목은 'You Excellent!'였다. 독자들은 이 제목에 특별히 반응하지 않았다. 미국에서 크게 인기를 끈 책이었지만, 국내 독자들에게 아무런 감흥을 주지 못했다. 아쉽게 생각한 출판사는 지금의 제목으로 바꿔 다시 시장에 내놓았다. 그 뒤로 독자들이 반응하기 시작했다. 같은 내용의 책을 제목만 바꿨을 뿐인데 시장의 결과는 180도 달라졌다.

제목 이야기를 한 김에 내 책들의 제목도 한번 살펴보았다. 내 첫 책의 제목은 『한국 부자들의 오피스 빌딩 투자법』이다. 편집자와 함께 논의해 결정했지만, 냉정하게 돌이켜보면 책 제목이 적절하지 못했다. 이 책은 투자에 관한 내용도 일부 다루었지만, 주된 콘셉트는 오피스 빌딩의 투자 운영과 자산관리를 어떻게 하는지 실무적으로 살펴보는 것이다. 지금껏 부동산 관련 책들은 대부분 주거용 부동산인 아파트나 오피스텔을 다루고, 관리보다는 부동산 투자나 내 집 마련을 위한 주택 구매에 초점을 맞추었다. 나는 주거용 부동산이 아닌 상업용 부동산이 어떻게 기관 투자자나 해외 투자자들에 의해 전문적으로 투자되고 관리되는지를 알려주고 싶었다. 즉 이전의 부동산 투자 책들과는 포인트가 상당히 달랐다.

목적과 의도는 그랬지만, 부동산 분야의 책이고 독자들에게 익숙한 키워드가 '투자'여서 제목 선정 과정에서 당시 트렌드이거나 부동산 책에서 많이 사용하는 표현들이 들어갔다. 거기에다 내가 생각하는 키워드인 '오피스 빌딩'이라는 단어가 꼭 들어가야 한다고 했다. 그렇게 만들어진 제목이 '한국 부자들의 오피스 빌딩 투자법'이다. 어딘지 모르게 의도와는 맞지 않는 제목이다. 어떻게 보면 책의 내용을 잘 드러내기보다는 독자가 관심을 끌 만한 문구를 내세웠다가 오히려 책의 본래 의도를 제대로 드러내지 못했다.

또 하나의 문제점은 '오피스 빌딩'이라는 용어다. 오피스 빌딩이란 사무용으로 지어진 빌딩을 말한다. 오피스텔은 주 용도가 업무시설이지만, 일부 주거 용도가 포함된다. 내가 말하고자 했던 100% 업무 용도의 오피스와는 다른 부동산이다. 그런데 일반인들은 대체로 오피스 빌딩을 오피스텔과 비슷한 단어로 받아들였다. 실제로 어떤 독자들은 필자에게 오피스텔 투자를 질문하기도 했다. 일부러 오피스 빌딩이라는 단어를 구분해 사용했지만, 이쪽 업계의 내용을 잘 몰랐던 독자들에게는 오히려 혼동을 줬다. 저자 중심이 아니라 일반인들의 관점에서 생각해야 한다는 기본적인 원칙을 놓쳤다. 이래저래 이 제목은 아쉬움이 남는다. 처음부터 일반 투자자보다는 상업용 부동산 투자나 자산관리 업계에 취업하거나 이직하려는 사람들과 업계 실무자들의 눈에 들어오는 제목이어야 했다. 책의 제목이 얼마나 중요한지 책을 낸 뒤에야 깨달았다.

세 번째 저술한 책의 제목은 『부동산 직업의 세계와 취업의 모든 것』이다. 이 책은 제목 그대로 부동산 직업과 취업을 다룬 책이다.

책 제목이 다소 긴 단점은 있지만, 지금까지 부동산 분야 취업서가 전혀 없었고 취업 이야기를 하려면 먼저 부동산 직업에 대한 기초 이해가 필수라는 점에 착안해 편집자가 제안해준 제목이다. 이 책은 직업 관점에서 부동산 분야에 입문하는 사람들을 독자 대상으로 삼았다. 책에 담긴 내용을 충분히 전달하는 적절한 제목이라고 생각한다.

그렇다고 해서 이 제목이 단번에 결정된 것은 아니다. 맨 처음에 이 책의 원고를 기획하면서 내가 잡았던 가제목은 '취업을 위한 부동산 새내기 핸드북'이었다. 출판사에 원고가 넘어가고 편집 과정이 한창 마무리될 무렵이면 제목을 저자와 함께 논의하기 시작한다. 당시 검토한 주요 제목안들은 다음과 같다.

1. 투자와 평생 직업 겸비하는 부동산업에서 내 일을 찾다

- '내 일'이 'My job'과 'Tomorow'의 뜻을 함께 담아 내가 가장 선호한 제목안이었다. '투자'라는 키워드가 또 독자를 혼동하게 할 여지가 있어 최종 탈락했다. 대신 책 홍보 카피 문구에 사용하기로 했다.

2. 은퇴 걱정 없는 평생 직업, 부동산업계 취업 어때?

- 은퇴라는 단어가 포함되어 독자 타깃 연령대가 너무 올라간다는 이유로 제외되었다.

3. 취업에서 투자까지 부동산업에서 평생 직업 찾아볼래?

- '찾아볼래?'라는 권유형 제목이 쉽고 친근감을 준다는 의견과 다소 장난스러운 느낌을 준다는 의견이 갈려 제목 후보에서 탈락했다.

4. 평생 직업 찾는 당신을 위한 부동산 취업의 세계

- 직업의 안정성이 없는 시대라 '평생 직업'이라는 키워드가 독자에게 매력적일 수 있다는 의견이 있었다.

5. 은퇴 없는 평생 직업 부동산업계 취업 길잡이

- 무난하지만 너무 많이 들어본 제목 같다는 의견이 많았다.

6. 투자와 평생 직업 겸비하는 부동산 취업, 자격증 길잡이

- 부동산 자격증을 따려는 수요까지 겨냥할 수 있다는 의미에서 나온 제목안. 실제로 본문 내용에서 자격증에 관해서도 설명한다. 그러나 직업, 취업, 자격증 같은 키워드가 너무 많아 오히려 번잡한 느낌을 준다는 측면에서 최종 탈락하였다.

7. 자산관리 시대의 총아 부동산 전문직 취업과 자격증의 모든 것

- 부동산 관련 직종은 직업으로서 매력도 있지만, 관련 직업에 종사하지 않는다고 해도 지식을 알아두면 자산관리에 큰 도움이

된다. 우리나라 가계자산의 3분의 2 이상이 부동산 자산이기 때문이다. 이런 점에서 '자산관리'라는 키워드를 제목에 넣는 것도 신중하게 고려했다. 그러나 역시 제목이 너무 길어지고 키워드가 많아서 집중되지 않는다는 점 때문에 최종 제목으로 채택되지 못했다.

위에 열거한 후보 제목안들은 마지막까지 치열하게 경합을 벌인 안들이다. 초기에 나온 제목안까지 합하면 수십 가지의 제목을 놓고 출판사와 함께 많은 고민을 했다.

일주일 이상 논의한 끝에 현재의 제목이 최종적으로 결정된 이유는 다음과 같다. 부동산 분야의 직업 안내서로 첫 책이고, 기본서로 오래 자리 잡게 하려면 스탠더드한 제목이 가장 어울린다는 의견이 다수였다. 톡톡 튀는 제목은 눈길을 끌 수는 있으나 경박하다는 인상을 준다. 또 후발주자로 다른 책이 나오면 아무래도 기본서 느낌을 주는 책이 생명력이 더 길다는 점도 고려했다. 제목 전체가 너무 길기 때문에 '평생직장 찾는 당신을 위한'은 부제목 형식으로 올리고 제목은 '부동산 직업의 세계와 취업의 모든 것'에 집중했다.

타깃 독자가 분명해 시장이 아주 넓지는 않지만, 매년 취업 지망생을 중심으로 꾸준한 수요가 기대되었다. 스테디셀러로 자리 잡을 수 있는 콘셉트로 정하자는 데 출판사와 의견을 모으기까지 상당한 공이 들었다. 고생은 심했지만 판단은 그르지 않았다. 책 발매

후 대학생들과 취업생들 사이에서 알음알음 입소문을 통해 꾸준히 관심 받는 책이 되었다.

이처럼 제목은 책의 성패를 좌우할 수 있기 때문에 고민을 많이 해야 한다. 책 제목도 잘 지어야 하지만, 각 꼭지 제목도 하나하나 신경 써야 한다. 그래서 책 한 권을 쓰다 보면 제목 짓는 연습을 많이 하게 된다. 책 제목을 따로 지을 수도 있지만, 각 꼭지에서 잘 지어진 것을 활용하기도 한다. 워낙 중요한 요소라 원고를 수정하는 과정에서 본문뿐만 아니라 각 장의 제목도 더 매력적으로 보이게 계속 고쳐가야 한다. 나는 머릿속에 먼저 떠오른 제목을 정해놓는다. 그다음 그 속의 단어를 더하거나 빼면서 다양하게 변형한다. 그리고 소리 내어 읽어보면서 말의 운율을 살펴보고 좋은 어감인지 느껴보면서 제목을 만드는 연습을 자주 해본다.

제목은 일상생활 언어를 사용한 문장보다는 압축적이고 인상적인 표현을 주로 쓰기 마련이다. 이런 문장은 그냥 앉아서 고민한다고 나오지 않는다. 그래서 마케팅이나 광고 카피에 대한 책들을 많이 찾아 읽었다. 광고를 만들 때는 짧은 시간에 소비자들에게 제품을 각인시키는 다양한 카피를 연구한다. 책 제목도 이와 유사해서 도움이 될 것 같았다. 서점의 다양한 책들 가운데 스치듯 지나치는 독자의 눈을 사로잡을 만한 제목이어야 하는 점이 광고 카피와 닮았다. 그래서 카피를 쓰듯 책의 제목을 써보며 연습을 꾸준히 했다.

또 신문의 헤드라인이나 온라인 블로그에서 조회 수가 높은 글의 제목도 참고하면서, 내가 쓰는 글에 적용해 제목을 지어보기도 했다. 물론 블로그에는 글 내용과 무관한 이른바 '낚시성' 제목도 많지만, 어떤 방식으로 독자의 관심을 끌 수 있는지 공부하려면 신문과 블로그 포스팅 제목만 한 게 없다.

잘 지은 책 제목 하나가 책의 운명을 바꿀 수 있다. 스스로 만족할 만한 제목을 만드는 법을 평상시에 자주 훈련해보자. 혹시 수십만 부가 팔릴 만한 베스트셀러 제목을 찾아낼지도 모른다는 긍정적인 마음으로 말이다.

직장인의 책 쓰기 노하우

좋은 제목을 찾는 아이디어

- 마케팅 관련 카피책을 읽어본다.
- 서점에 나가 베스트셀러의 제목을 살펴본다.
- 신문의 헤드라인 제목을 참고한다.
- 온라인에서 조회 수가 높은 블로그 포스팅의 제목을 참고한다.

마케팅과 심리학을 활용한 흥미로운 글쓰기

좋은 목차나 제목을 만들기 위해 글쓰기 책뿐만 아니라 마케팅이나 심리학 분야의 책들도 가끔 찾아 읽었다. 독자들이 선호할 만한 내용과 그들의 심리를 미리 파악하기 위해서였다. 마케팅이나 심리학이 글쓰기와 무슨 관계냐고 의아하게 생각할지도 모르겠다. 하지만 책의 제목이나 목차를 구성할 때, 사람의 심리와 마케팅에서 사용하는 기법을 응용하면 새롭고 신선한 아이디어를 떠올리는 데 도움이 된다.

예를 들어, 심리학책의 고전인 로버트 차일디니의 『설득의 심리학』에 소개된 설득의 법칙 중에서 몇 가지를 활용해 목차나 제목에 적용할 수 있다. 차일디니는 상호성의 법칙, 일관성의 법칙, 사회적 증거의 법칙, 호감의 법칙, 권위의 법칙, 희귀성의 법칙 이렇게 6가지 설득의 법칙이 실제 생활에서 많은 부분에 영향을 준다고 설명한다. 그중 제목에 활용할 수 있는 몇 가지 방법을 예를 들어보자.

1. 사회적 증거의 법칙

어떤 일의 옳고 그름을 결정할 때 얼마나 많은 사람이 행동을 같이하느냐에 따라 결정된다는 법칙이다. 다시 말해, 대다수 사람의 행동을 따라 하려는 심리적 경향을 말한다. 사회적 증거에 따라 행동하면 실수가 줄어들고 다수의 행동이 올바르다고 인정되기 때문에, 이 법칙을 대다수 사람이 따르게 된다. '가장 많이 팔린' 또는 '무섭게 성장하는' 같은 광고 카피가 사회적 증거 기법을 이용한 카피다.

그래서 부동산과 관련 제목을 짓더라도 사회적 증거 기법을 활용해 다른 사람은 다 하니 여러분도 하라는 식의 제목을 만들 수 있다. 또는 이미 많은 사람이 한다는 뉘앙스의 제목으로도 활용할 수 있다.

전 : 부동산 투자를 배워보자.

후 : 부동산 투자 당신만 모르고 있다.

2. 호감의 법칙

좋아하는 사람이 어떤 부탁을 하면 거절하기 어렵고, 주변 지인을 통해 물건 판매를 제안받으면 쉽게 뿌리치기가 어렵다. 이처럼 같은 집단 소속이거나 외모에 호감이 가는 사람에게 긍정적으로 반응하는 경향이 있는데, 이를 호감의 법칙이라고 한다. 이런 호감의 법칙은 신체적 매력뿐만 아니라 유사성의 요소가 있어도 효과를 발휘할 수 있다. 비슷한 옷차림새이거나 같은 취미나 배경 같은 공통 요소만 있어도 호감의 법칙을 활용할 수가 있다. 또 사람은 근본적으로 칭찬하는 사람을 좋아한다는 사실도 호감의 법칙의 범주에 들어간다.

제목도 책에 관심을 가질 만한 사람들과 연관 지어 호감을 얻을 수 있게 지어보자. 책을 선택한 독자의 탁월한 안목을 칭찬하는 식으로 제목에 활용할 수 있다.

전 : 부동산 자산관리 회사 선택법

후 : 동문들이 말하는 부동산 자산관리 회사 선택법

3. 권위의 법칙

사람들은 보통 권위자들의 명령에 복종하려는 경향이 있다는 법칙이다. 권위를 담은 직함에는 박사나 대학교수, 전문가 등이 있다. 또 흰색 가운의 의사, 초록색 군복의 군인, 파란색 제목의 경찰관 등이 옷차림에 의한 권위를 나타낸다. 무의식중에 직함이나 차림새로 인한 권위를 거부하기 어렵다는 게 권위의 법칙의 핵심이다.

권위의 법칙을 응용해 부동산 전문가나 대학교수 또는 유명 저자의 직함이나 신분을 활용한 제목을 만들 수 있다.

전 : 아파트 투자 어디가 좋을까?
후 : 부동산 투자전문가가 말하는 아파트 투자법

4. 희귀성의 법칙

사람은 희귀성에 약한 모습을 보인다는 법칙이다. 골동품의 가치라든지 상품의 물량이 부족하기 때문에 곧 소진된다고 말하는 것 등이 희귀성 법칙의 대표 사례다. 한정 판매 전략과 유사하게 시간이 얼마 남지 않았다는 마감 전략도 희귀성 법칙의 한예로 들 수 있다. 희귀성의 법칙은 쉽게 얻을 수 없는 게 상대적으로 높은 가치가 있다는 인식이 잠재되어 있다. 이용 가능성이 줄어들면 이미 누리던 자유가 상실된다. 이를 견디지 못해 선택하는 심리적 성향을 근거로 한다.

따라서 책의 제목에 한정 판매 전략이나 마감 전략 등을 활용하면 본문을 더 궁금하게 만들 수 있다. 이런 풍류의 제목은 생활 속에서 자주 사용되어 진부할 수도 있지만, 효과는 충분히 검증된 기법이다. 홈쇼핑 방송에서 이런 방식의 판매법을 계속해서 사용하는 것을 보면, 그 이유를 충분히 이해할 수 있다.

전 : 부동산 자산관리 어떻게 할 것인가?

후 : 마지막으로 공개되는 부동산 자산관리 비법

심리학과 마케팅을 활용한 글쓰기 연습을 해두면 회사에서 제안서나 보고서를 쓸 때도 도움이 된다. 영업할 회사를 미리 연구하거나 상사가 어떤 스타일이나 표현을 좋아할지 알아보고 한 번에 통과하는 문서를 쓸 확률이 높다. 마케팅과 심리학은 사람의 기본적이고 원초적인 부분을 다룬다. 즉 누구나 공감할 만한 게 무엇인지 잘 알려준다. 시간을 내서 깊이 있게 연구하지는 않더라도, 기본적인 지식만으로도 책을 쓸 때 다양하게 활용할 수 있다. 마케팅과 심리학을 알고 나면 직장인의 글쓰기가 한결 수월하고 흥미로워진다.

직장인 맞춤형
글쓰기 전략

책 쓴다고
회사에 알리지 마라!

직장인이 책을 출간하면 주변 사람들에게 많은 관심을 받는다. 전업 작가도 아니고 회사에 적을 두고 책을 준비하는 게 쉽지 않기 때문이다. 그러나 사람들의 진짜 마음은 겉으로 보여주는 칭찬과는 사뭇 다를 수 있다. "회사 다니면서 책까지 쓰고 정말 대단하네요!"라는 말 속에는 "회사가 한가한가 보군요? 책 쓸 시간도 있고 말이죠"라는 뜻이 숨어 있지 말라는 법은 없다.

직장인은 책이 나오기 전까지는 회사나 동료들에게 책을 쓴다는 사실을 알리지 않는 편이 좋다. 책을 쓰는 데 도움이 되는 응원을 받을 수도 있지만, 쓸데없이 에너지를 낭비할 가능성이 높기 때문이다. 직장인이면 충분히 공감하겠지만, 사내에서 가십거리는 빛의 속도로 퍼진다. 게다가 그런 소문은 안 좋은 쪽으로 와전될 때가 더 많다. 나는 분명 한창 책을 쓰는 중이라고만 했는데, 벌써 책이 출간되었다는 소문이 나도는 곳이 직장이다. 또 회사 사람들 여럿이 모이면 누구를 칭찬하는 일은 굉장히 드물다. 칭찬보다는 험담이 안줏거리가 되기 쉽다.

나는 첫 책이 출간되어 서점에 배포될 때까지 직장의 누구에게도 책을 쓴다는 말을 꺼내지 않았다. 직속 상사도 외부 지인을 통해 간접적으로 내가 책을 낸 사실을 알았을 정도다. 아마 상사는 기분이 조금 상했을지도 모른다. 하지만 책을 한창 쓸 때보다 책이 나왔을 때 집중적으로 관심을 받는 것이 더 낫다. 깜짝쇼 비슷하게 책이 출간되면 평범했던 직장인이 회사 내에서 주목받는 짜릿한 경험을 할 수 있다. 그래도 나의 책 쓰기를 알려야 할 주변 사람이 있다면 그건 다름 아닌 가족이다. 가족이라면 나의 책 쓰기를 기꺼이 응원해줄 수 있다. 또 책을 쓰기 위해서 시간을 내려면 협조를 받아야 할 가장 가까운 사람들이다. 가족의 지원과 독려를 받는다면 편안한 마음으로 글쓰기를 이어갈 수 있다.

왜 책 쓰기를 회사에 알리지 말아야 하는지 그 이유를 좀 더 자세히 알아보자. 무엇보다 쓸데없는 오해로 책 쓰기에 집중하기가 어려워진다. 책을 출간했다면 모를까 책을 쓰는 동안에 그 사실을 다른 동료들이 알게 되면 심적으로 부담이 커진다. 사실 초고가 언제 완성될지도 모르는데, 책을 쓴다는 사실이 먼저 알려지면 마음만 무거워진다. 책을 쓰다 보면 내가 계획한 대로 진행되지 않을 때가 많다. 마음 편히 써야 할 책이 다른 사람에게 알려지면서 숙제처럼 변해버린다.

나도 처음에 원고를 쓰고 출간 계약을 맺을 때만 해도 내 손안에 곧 책이 들어올 것만 같았다. 하지만 그런 생각은 곧 물거품이 되었다. 내 원고를 채택해준 편집장이 다른 회사로 이직하면서 내 책의 출간 순서가 뒤로 밀렸다. 편집자들은 지금 당장 작업하는 원고 외에 향후 출간할 원고를 두세 종가량 갖고 있다. 내 원고 담당이 공석이 되면 다른 사람이 떠맡아야 하는데, 자연히 먼저 갖고 있던 원고보다 순서가 늦어진다. 최악의 경우는 새 담당자가 원고를 마음에 들어하지 않을 때도 있다. 내 원고가 그런 경우였다. 출간 일정은 자꾸 미뤄지기만 하고, 새 담당자는 내 원고에 대한 애정이 별로 없는 듯했다. 결국 그 출판사와 계약을 해지했다. 다른 출판사에 원고를 보내 우여곡절 끝에 책이 출간되었는데, 그때 마음고생을 많이 했다. 그러면서 다시 한번 책 쓰기를 미리 회사에 알리지 않기를 잘했다고 생각했다. 만약 출간 계약을 한 기쁨에 책이 곧 나올 거라고 회사에 이야기했다면 괜히 실없는 사람이 될 뻔했다.

또 다른 이유는 업무에 집중하지 않는다는 오해를 받을 수 있다는 점이다. 쓰고자 하는 책이 지금 하는 업무와 연관된 일이라 해도 책 출간은 개인적인 일로 치부된다. 더욱이 업무와 연관성이 없다면, 업무는 뒷전이고 책 쓰는 데만 신경 쓴다고 색안경을 끼고 보기도 한다. 어쩔 수 없는 직장인의 현실이다.

또 회사의 내부 규율이나 정책도 미리 살펴봐야 한다. 책에 회사와 관련된 내용이 들어가면, 문제가 없는지 사전에 신중하게 검토해야 한다. 회사 규정에 어긋나는 사항이 있으면, 책이 출간된 후 곤혹스러운 일이 생길 수도 있다. 어떤 회사는 업무와 관련한 책을 출간하면 저자 인세나 강연 수익에서 일정 비율을 회사에 환원하는 규정이 있다. 회사에 다니면서 만들어낸 콘텐츠이기 때문에 회사에 이익의 일부를 반환해야 한다는 논리다. 책을 쓸 때 회사와 관계도 미리 살펴봐야 곤란한 일이 발생하지 않는다.

처음 책을 쓰는 사람은 누구나 자신의 책이 출간된다는 사실을 알리고 싶은 마음이 굴뚝같다. 하지만 당분간은 더 나은 원고를 쓰는 데 집중하는 편이 훨씬 낫다. 책이 출간된 후 그 기쁨을 누려도 충분하다. 그래도 영 마음이 급해 출간 소식을 알리고 싶다면, 인쇄 단계 정도에서 말하면 된다. 원고 편집을 마무리하면 인쇄에 들어가는데, 이때쯤이면 천재지변이 발생하지 않는 한 책은 반드시 발간된다. 한두 주 후에는 실물로 책이 나온다. 인쇄와 제본에 1~2주, 책이 시중 서점에 배포되고 인터넷 서점에 게재되는 데 다시 일주일 정도가 소요된다. 그러므로 인쇄가 확정된 후 지인들에게 출간 소식을 알려도 충분하다.

직장인의 책 쓰기 노하우

책 쓰는 것을 회사에 알리지 말아야 하는 이유

• 동료들이 회사 일에 전념하지 않는다고 생각할 수 있다.

• 주위의 관심 때문에 책 쓰는 일에 집중하기가 어려워진다.

• 책 출간 일정은 저자의 계획과 무관하게 유동적으로 바뀔 수 있다.

• 응원보다는 시샘을 받을 수 있다.

지하철은
나만의 이동 작업실

직장인의 애처로움은 출퇴근길부터 시작된다. 만원 버스나 지옥철을 타고 출퇴근하다 보면 힘들고 지친다. 그런데 책을 쓰려는 직장인이라면 이런 출퇴근 시간을 제대로 활용해야 한다. 취업 포털 사이트 잡코리아에서 조사한 바에 따르면 직장인의 평균 출퇴근 시간은 100분 정도다. 나도 송파에서 여의도로 출퇴근하는데, 집에서 회사까지 1시간이 조금 넘게 걸린다. 어림잡아 하루 2시간을 출퇴근에 쓴다. 자칫하면 그냥 버릴 수 있는 이 시간을 책 쓰는 데 잘 활용할 수 있다.

직장인의 통근 수단은 자가용, 지하철, 버스, 도보 등으로 나눠볼 수 있다. 책을 쓰는 직장인이라면 어쩔 수 없을 때가 아니라면 자동차를 타지 않는 게 좋다. 직접 운전을 하면 라디오나 오디오북처럼 듣는 것 외에는 어떤 일도 할 수 없고, 또 피로감도 커 체력관리에 도움이 되지 못한다. 게다가 요즘은 어딜 가나 주차하기도 힘들다. 그래서 책을 쓰려면 자가용보다 대중교통을 이용하는 게 바람직한데, 버스 대신 지하철을 타라고 권하고 싶다. 도착 시간이 불규칙적이고 흔들림이 많은 버스보다 정시에 도착하고 편안한 지하철이 훨씬 안락한 환경이다. 지하철로 통근하면 그 시간에 할 수 있는 일이 많아진다. 책을 읽거나 글을 쓸 수도 있다. 그게 여의치 않으면 책에 들어갈 아이디어를 생각해도 좋다.

그런데 지하철로 통근하면 '지옥철'은 피해야 한다. 그렇지 않으면 앞서 말한 것처럼 출퇴근이 애처로운 시간이 되고 책 쓰는 일은 상상조차 할 수 없다. 예를 들어, 복잡한 출근 시간보다 10분 정도 일찍 출근하거나 돌아가더라도 덜 붐비는 노선으로 다니면 된다. 될 수 있으면 환승하지 않아도 되는 코스를 선택하자. 나는 9호선을 타면 여의도까지 일찍 도착하는데, 탑승 인원이 많고 출퇴근 시간이 짧아져 오히려 이용하지 않는다. 약간 넉넉한 출퇴근 시간을 오롯이 나만의 시간으로 활용하고 싶기 때문이다. 남의 방해를 받지 않고 홀로 책을 쓸 수 있는 황금 같은 시간이 지하철로 출퇴근할 때다.

지하철로 통근하면서 작업할 때는 나름대로 최적의 환경을 만드

나도 회사 다니는 동안 책 한 권 써볼까

는 노하우도 필요하다. 지하철은 어느 정도 소음이 있고 주변에 대화하는 사람들이 있게 마련이다. 그런 가운데 집중할 수 있는 공간을 만들어야 한다. 나는 아침에 일어나면 그날 기분에 따라 출근할 때 어떤 일을 할지 미리 정한다. 출근하면서 책을 쓰기로 했다면, 지하철 안에서 집중이 잘되는 경음악을 틀고 휴대폰이나 노트북을 이용해서 작업한다. 기분 전환이 필요하고 글감을 생각해야 한다면, 최신 가요로 음악을 바꾸고 에버노트 같은 애플리케이션을 활용해 메모한다.

지하철을 타고 가는 동안 자리가 나면 노트북을 활용한다. 대부분은 서서 가는데 이때는 휴대폰을 이용해 글을 쓴다. 어떤 곳에서 무슨 작업 도구를 사용하더라도 요즘엔 클라우드 공간에 저장할 수 있기 때문에 상황에 맞게 편리한 도구를 활용하면 된다. 비가 오는 날은 우산 때문에 좀 번잡하다. 그럴 때는 책 쓰기를 위해 빌려온 책을 읽거나 휴대폰으로 글쓰기에 영감을 받을 만한 동영상을 보면서 회사에 간다. 또 몸과 마음이 지쳐 있는 퇴근시간에는 경쾌한 음악을 들으면서 써놨던 원고를 휴대폰이나 노트북으로 읽는다. 어색한 문장이나 오타 등을 수정하는 가벼운 일을 주로 한다.

나는 휴대폰으로 원고를 자주 쓴다. 어떤 날은 출근 시간에 한 꼭지에 들어갈 글감을 생각하고 구성을 마무리해 집으로 돌아가는 길에 원고 한 편을 완성한 적도 있다. 물론 나중에 퇴고 과정을 거쳐야 하지만, 한 편의 글을 쓰는 데 2시간이면 충분하다. 만약 나처럼 가정이 있는 직장인이라면 하루 중에 온전히 2시간을 확보하기가 얼마나 어려운지 잘 알 것이다. 그래서 출퇴근 시간을 최대한 효과적으로 활용하는 법을 찾아야만 한다. 물론 매일같이 이런 패턴으로 작업할 수는 없다. 직장 생활을 하다 보면 술을 마실 때도 있고, 피곤한 날도 있게 마련이다. 하지만 가랑비에 옷이 젖는 것처럼 조금씩 쓴 원고가 직장인 책 쓰기의 큰 밑거름이 된다. 특히 출근 시간 지하철은 도서관처럼 조용하다. 어떤 일에 집중하기 좋은 공간이다. 책을 쓰겠다고 마음먹으면 출퇴근 시간을 이렇게 정기적인 집필 시간으로 이용할 수 있다.

책 쓰기를 위해서 정해진 통근 시간에 할 수 있는 일은 무궁무진하다. 다만 자신에 맞는 방법을 찾아내는 게 중요하다. 직장 생활을 하는데 출퇴근 시간마저도 너무 빡빡하게 보낸다고 반문할 수도 있다. 그렇지만 책을 쓰려고 마음먹었다면, 그런 생각은 충분히 털어버릴 수 있다. 어떻게 시간을 확보할지 생각하다 보면 출퇴근 시간이 버려지는 게 가장 아깝다. 잠을 줄여서 시간을 확보하는 것보다 통근하면서 버려지는 시간을 잘 활용하는 게 더 현명하다. 요즘은 KTX나 SRT 같은 고속철로 출퇴근하는 사람들도 많다. 업무상 출장을 가는 일도 많을 것이다. 이런 시간은 책을 쓰는 사람에게 보너스와도 같다. 자리에 앉아 남의 방해를 받지 않는 공간을 확보할 수 있기 때문이다. 책 쓰기에 최적의 환경이다. 나도 간혹 이런 기회가 생기면 책을 읽거나 원고를 쓸 준비를 해서 나간다. 이렇게 직장인의 통근 시간은 마음먹기에 따라 다양하게 활용할 수 있다. 지금까지 버스를 탔다면 일주일에 한두 번쯤은 책을 쓰기 위해 지하철로 통근해보자. 지하철에서 그 시간을 제대로 활용한 경험이 있다면, 아마 다시는 버스를 타지 않을 수도 있다.

책 쓰기를 도와주는
스마트 디바이스

옛날에는 책을 쓰려면 종이나 원고지에 직접 쓰거나 타자기로 하나씩 글자를 쳐가면서 어렵게 글을 써야 했다. 아마 그런 시절에 살았다면 직장인이 책을 내기는 더 어려웠을 것이다. 하지만 요즘은 MS 워드나 한글 같은 문서작성 프로그램으로 언제든 글을 쉽게 쓰고 수정하고 저장할 수 있다. 직장인이 책 쓰기에 가장 최적의 시대다. 게다가 최근에는 클라우드 기반의 다양한 스마트 디바이스(노트북, 핸드폰, 아이패드 등)가 있어 책 쓰기가 훨씬 편리하고 쉬워졌다. 이를 잘 이용해 아이디어를 모으고 정리한 후에 거기에 내 생각과 경험을 더하는 과정이 곧 집필 과정이다. 누구나 한두 개쯤 있는 스마트 디바이스로 똑똑한 글쓰기 환경을 조성하는 방법을 알아보자.

우선 책을 쓰기 편한 환경을 만들려면 어떤 것들이 필요한지 알아보자. 기본적으로 집이나 회사에 있는 컴퓨터 외에 여유분으로 사용할 수 있는 노트북이 있으면 편리하다. 출퇴근 시간 지하철 안에서나 집을 떠나 다른 장소에 가더라도 휴대가 쉬운 노트북만 있으면 어디서든 책을 쓸 수 있다. 나는 처음부터 노트북으로 글을 쓸 생각이었다. 그래서 작은 터치스크린 화면에 자판이 함께 붙어 있는 LG전자의 탭북을 선택했다. 어차피 글을 쓰는 용도이고 휴대성이 좋아 높은 사양의 노트북 대신 가성비 면에서 좋은 제품을 골랐다. 내가 쓴 모든 책의 상당 분량을 탭북으로 작성했다. 휴가를 가거나 멀리 집을 떠날 때마다 갖고 다니면서 틈틈이 책을 쓰는 데 안성맞춤이다. 게다가 작은 가방에 들어가는 적당한 크기여서 이동할 때도 편리하다. 빔프로젝터와 바로 연결해 사용할 수도 있어 강의할 때도 유용하다. 실제로 이 책 대부분 원고는 이직하면서 휴가차 다녀온 휴양지와 비행기 안에서 탭북으로 썼다.

노트북이 없을 때는 휴대폰으로 글을 쓰거나 아이디어를 정리해서 퇴근 후에 나머지 부분을 정리하곤 했다. 어떤 작가들은 핸드폰과 휴대형 블루투스 자판을 연결해 책을 쓴다. 직접 사용해보지 않았지만, 그런 방법도 언제 어디서나 책을 쓸 수 있는 좋은 도구 활용법이다. 나는 출퇴근할 때 지하철을 이용하는데 앉을 수 있는 시간이 많지 않아 휴대폰의 자판을 이용하는 게 훨씬 편했다. 만약 자투리 시간이 길거나 커피숍이나 앉아서 대기할 수 있는 장소가 있다면 블루투스 자판을 이용하는 게 훨씬 효과적이다. 휴대폰보다는 타이핑 속도가 훨씬 더 빠르기 때문이다.

이런 스마트 디바이스를 이용해 책을 쓸 때 함께 사용하면 편리한 애플리케이션이 몇 가지가 있다. 나는 우선 아이디어 수집과 책 쓰기에 활용하기 편한 메모도구로 '에버노트'를 이용한다. 일부 기능에 제한이 있는 무료 계정을 사용할 수도 있지만, 유료 가입을 하면 다양한 기능 사용은 물론 여러 디바이스에서 이용할 수 있다. 게다가 각 디바이스에서 실시간 클라우드 형태로 저장되기 때문에 시간이 날 때마다 글을 쓰고 정리할 수 있는 굉장히 편리한 애플리케이션이다. 자료 정리 외에도 다양하게 활용되는 프로그램이지만, 책 쓰기에도 활용도가 높다. 책을 쓰는 사람에게는 반드시 사용해보라고 권하고 싶은 애플리케이션이다. 이미 많은 저자가 이 프로그램을 활용한다.

다음으로 책의 목차를 잡기 위해 사용하는 '워크플로이'라는 프로그램이다. 이 애플리케이션 또한 무료로 사용할 수 있다. 간단한 목록을 만드는 프로그램인데, 책의 목차를 구성하는 데 유용하다. 이 프로그램도 여러 디바이스에 설치하고 사용할 수 있다. 아이디어가 생각날 때마다 바로 메모할 수 있어 목차를 작성할 때 편리하다. 목차뿐만 아니라 프레젠테이션이나 기획서 등을 기획하거나 보고서 등을 구성하는 데 활용해도 좋다. 매우 간단하지만 강력한 프로그램이다. 나는 워크플로이로 목차를 잡고 에버노트로 본문을 써나가는 방식으로 애플리케이션을 활용해 책을 썼다.

저자들이 많이 사용하는 프로그램으로 '마인드맵'이라는 게 있다. 어떤 중심 주제의 단어를 시작으로 이와 연관된 아이디어를 계속 브레인스토밍하고 연결해 생각을 정리하는 프로그램이다. 이것도 무료와 유료 프로그램이 회사별로 다양하게 출시되어 있다. 처음에는 사용법이 익숙하지 않지만, 컴퓨터 프로그램으로도 사용할 수 있고 그냥 종이에다 글자를 쓰고 그림을 그려가면서 아이디어를 정리할 수도 있다. '마인드맵' 관련 책들도 다수 출간되어 있으니 한 번 읽어보고 시작하는 것을 추천한다.

이외에 유용하게 사용할 만한 애플리케이션 중에 '포켓(Pocket)'이라는 프로그램이 있다. 책을 쓰는 과정에서 인터넷에 있는 다양한 자료와 뉴스를 수집해서 근거 자료로 활용한다. '포켓' 앱은 원하는 인터넷 페이지를 저장하는 프로그램으로, 나중에 필요한 웹페이지를 정리해서 볼 때 매우 편리하다. 웹브라우저에 설치해놓고 내가 원하는 페이지가 나오면 클릭 한 번으로 저장할 수 있다. 해시태그를 달아두면 나중에 원하는 키워드만 골라서 검색하는 기능도 있다. 방대한 웹사이트에서 내가 필요한 정보들을 모으는 데 이만큼 유용한 프로그램은 없다. 예를 들어, 오피스 빌딩이라는 해시태그와 함께 저장해두고 나중에 그 주제와 관련된 글을 쓸 때 검색해서 뉴스나 자료를 활용하면 된다.

이런 스마트 디바이스와 애플리케이션을 활용해 수집한 자료는 한곳에 저장하고 관리하는 클라우드 저장소가 있어야 한다. 그래야 언제 어디서 수정하고 업데이트하더라도 흐름이 끊어지지 않고 이어서 글을 쓸 수 있다. 나는 네이버의 N드라이브와 구글 드라이브를 활용하여 책에 들어갈 자료를 저장하고 초고를 보관했다. 실시간으로 저장되고 필요할 때마다 원고를 열람할 수 있어 USB를 따로 들고 다닐 필요가 없다. 노트북에서 쓴 원고를 클라우드에 저장해놓고 출퇴근 시에는 핸드폰으로 내려받아서 원고를 읽으면서 검토한다. 혹시라도 컴퓨터가 고장 나거나 백업되지 않아 소중한 원고가 사라질 수 있어 주기적으로 저장한다.

이처럼 책 쓰기를 준비할 때 자신에게 맞는 스마트 디바이스와 프로그램을 이용하면 시간과 공간에 큰 제약 없이 내가 원하는 시간에 책을 쓸 수 있다. 앞서 설명한 것처럼 나는 책의 초고 대부분을 핸드폰과 탭북을 이용하여 지하철 출퇴근 시간에 썼다. 직장인이 회사를 다니면서 책을 쓰기에는 지금이 다른 어느 때보다 좋은 시대다. 출퇴근 시간에 더는 핸드폰 게임이나 의미 없는 검색을 할 게 아니라 스마트 디바이스로 지금 당장 책의 목차를 잡아보자.

직장인의 책 쓰기 노하우

책 쓰는 데 필요한 스마트 디바이스와 애플리케이션

- 휴대하면서 글을 쓸 수 있는 노트북이나 휴대폰.

- 목차를 구성하는 데 유용한 '워크플로이.'

- 언제 어디서는 메모나 글쓰기가 가능한 '에버노트.'

- 인터넷을 검색하다 유용한 페이지를 저장하는 '포켓.'

- 내가 쓴 글을 저장할 수 있는 'N드라이브', 또는 '구글 드라이브.'

동료와의 잡담에서 길어낸
생생한 에피소드

직장인이 책을 쓴다면, 문장력은 조금 떨어지더라도, 현업에 종사하지 않는 사람들은 알 수 없는 생생한 경험과 풍부한 에피소드를 잘 살려야 한다. 책 쓰기의 주제도 그렇듯이 이런 경험이나 에피소드 역시 결국 직장 안에서 그리고 많은 부분 동료들과의 관계에서 나온다.

직장인에게 점심시간은 단순히 오전과 오후 일과를 가르는 시간이 아니다. 틀에 박힌 일과 가운데 가장 자유롭고 편한 시간이다. 식사하면서 잠시 긴장을 풀고 동료들과 편하게 대화하면서 재충전하는 시간이다. 짧은 한 시간이지만 회사 일에서 사적인 일까지 다양한 이야기가 오간다. 평상시 그냥 흘려들었던 대화도 이제는 어떻게 하면 책의 소재로 활용할지 생각해보자. 그렇게 마음먹으면 책 쓰기가 흥미롭고 즐거운 일로 변한다. 동료들과 있는 것만으로도 책의 글감을 얻을 수 있기 때문이다. 내가 하는 일을 책으로 쓰는 직장인에게 점심시간은 살아 있는 에피소드를 찾아낼 수 있는 값진 시간이다. 마음만 먹으면 하루에 한 개씩, 일주일 동안 5개의 살아 있는 스토리를 발굴할 수 있다. 그러니 점심시간에 그냥 밥만 먹지 말고, 농담처럼 흘리는 동료들의 말에도 귀 기울여보자. 그런 대화 속에 내가 찾는 에피소드를 발견할 수 있을지도 모른다.

만약 애연가라면 담배를 피우러 가는 시간도 잘 활용해보자. 동료들과 담배를 피우다 보면 자연스럽게 업무 이야기를 주고받는다. 대개 담배를 피우는 이유는 머리를 식히거나 휴식을 취하기 위해서다. 또 뭔가 일이 잘 풀리지 않거나 상사한테 싫은 소리를 들었을 때 담배를 피우게 된다. 담배를 피우러 나오는 사람들은 뭔가 하나씩 스토리를 가져와서 담배 연기와 함께 날려 보낸다. 그런 시간에 나누는 대화를 잘만 걸러내면 좋은 소재로 활용할 수 있다. 나는 담배를 끊었지만, 가끔 담배 피우는 직원들 사이에서 그냥 이야기를 듣기도 한다. 흡연장은 회사원들의 애환이 섞인 흥미로운 에피소드가 넘쳐나는 곳이다.

직장인들의 술자리는 에피소드의 경연 자리나 마찬가지다. 너도 나도 할 말이 넘쳐난다. 또 업계 사람들만이 해줄 수 있는 비공식적인 뒷이야기를 생생하게 듣는 자리다. 물론 술이 들어가기 때문에 모든 대화를 온전히 기억하기는 어렵다. 그래서 술자리 중간이나 집에 돌아가는 길에 간단하게라도 메모해놔야 한다. 그렇게 짧게라도 적어놔야 다음 날에 기억을 떠올려 좋은 에피소드를 찾아낼 수 있다. 직장인이 술자리에서 털어내는 이야기만 모아도 책 몇 권은 충분히 쓸 수 있다.

다만 집필 기간에는 술을 조금 멀리하라고 말하고 싶다. 부득이 참석한 자리에서 소중한 에피소드만 찾으면 되는데, 애써 모은 이야기를 다 잊어버릴 수 있다. 마음은 전성기의 주량인데 몸이 받쳐주지 못해 탈이 나면 컨디션은 엉망이 되고 책을 쓸 수 없는 몸 상태가 된다. 책상에 앉아 있는 것조차 힘들어진다. 결국 집필 계획은 자꾸만 늦어진다.

할 것 다 하면서
책 쓰는 시간 관리 노하우

돌이켜보니 첫 책을 준비할 무렵은 지금까지 내 인생에서 가장 바쁜 시기였다. 소중한 나의 2세가 원고를 쓰는 동안 태어났기 때문이다. 출산 경험이 있는 직장인이라면 잘 알겠지만, 첫아이가 태어나고 얼마 동안 초보 엄마 아빠는 아이를 돌보는 것만으로도 하루해가 짧다. 나를 위한 시간은 아이가 잠들어 있을 때뿐인데, 아기는 내가 원하는 시간에 잠을 자는 법이 없다. 어쩌다가 아이가 깨지 않고 쌔근쌔근 잠을 자면, 이미 부모는 녹초가 된 상태다. 절대 시간도 부족하지만 내 의지로 시간을 통제하기 어려운 시기가 가족의 출산 직후일 것이다. 글을 쓰기에는 너무도 어려운 환경이었다. 이 기간에 내가 책을 쓰기 위해 어떻게 시간을 관리했는지 설명하고자 한다. 나처럼 특수한 조건에서도 책 쓰기가 가능했다면, 일반적인 직장인 누구나 시도할 만한 방법이다. 사실 누구나 따라 해볼 만한 평범한 계획이다. 애초에 거창하지도 않기 때문에 실패하더라도 큰 충격이 없는 방법이다.

　가장 먼저 책을 쓰는 시간을 내기 위해 할 일은 초고를 완성하는 날을 정하고, 그 날짜를 달력에 표시하는 것이다. 어떤 일을 할 때는 당연히 목표가 있어야 힘을 낼 수 있다. 목표의 달성 가능성을 미리 판단할 필요는 없다. 시작할 때는 무조건 초고를 완성한다는 마음을 가져야 한다. 따라서 이 목표는 '언젠가는…'이라는 추상적 시점일 수가 없다. 몇 년 몇 월 며칠이라고 날짜를 특정해서 못 박아야 한다. 그렇지 않으면 마음이 흐트러지거나 언젠가는…, 언젠가는… 하면서 허송세월하고 만다. 목표 날짜가 정해지면 계획의 절반은 완성이다. 이제는 직장인이라면 회사에서 보내야 하는 시간을 제외하고 자신에게 맞는 틈새 시간을 찾아낼 차례다. 아래 정리한 내용은 내 실제 경험들이다. 어떤 방법은 성공적이기도 했지만 나와 맞지 않아 바꿔야 했던 것들도 있으니, 저마다 각자 상황에 맞게 적용해보자.

　우선 바쁜 직장인이 시간을 낸다고 하면 가장 쉽게 떠오르는 게 새벽 아침이다. 많은 자기계발서가 '아침형 인간'을 강조한다. 그래서 나도 가장 먼저 시도해본 것이 아침 일찍 일어나는 일이었다. 아침 시간의 장점은 다른 누구의 간섭도 받지 않고 오롯이 내 시간을 가질 수 있다는 점이다. 게다가 하루 시간 중 가장 맑은 정신과 충분한 에너지로 집중할 수 있는 시간이기도 하다. 나도 처음에는 아침 시간을 활용하기 위해 평소보다 일찍 일어나 책을 쓰기 시작했다. 딱 한 시간만 집필 시간을 만들자고 생각했다. 얼마간은 제대로 일어날 수 있었다. 책을 써야 한다는 목표 의식이 강했던 탓인지 아침에 눈이 번쩍 떠지기는 했다. 그렇지만 밤에 잠드는 시간이 불규칙했기 때문에 같은 시간에 매일 일어나기가 점점 어려워졌다. 점점 체력적으로 무리가 오고 습관이 붙지 않았다. 아침 시간 활용법은 많은 장점이 있지만, 나에게 맞지 않았다. 밤에 일찍, 일정한 시간에 잠들 수 있는 사람에게는 추천할 만하지만 내 생활 방식과는 맞지 않았다. 그래서 그 뒤로는 일찍 일어나는 것을 포기하고 아이디어를 포착하는 시간으로 바꾸게 되었다. 10~20분 정도만 일찍 일어나서 출근 전에 책에 쓸 내용을 생각하고 떠오르는 아이디어를 메모하는 시간을 만들어갔다. 나에게는 이 정도의 아침 시간 활용법이 적당했고 불과 10여 분 남짓한 짧은 시간이지만 하루를 계획적으로 쓰는 데 큰 도움이 되었다.

다음으로 내가 낼 수 있는 여유 시간은 바로 출퇴근 시간이었다. 나는 처음 회사 생활을 여의도에서 시작해서 지금까지 14년 동안 여의도를 벗어난 적이 없다. 내가 사는 곳은 잠실 옆에 있는 송파다. 지하철을 타면 회사까지 편도로 1시간가량, 매일 2시간 정도 출퇴근에 소요된다. 이 시간은 내게 가장 소중한 시간이다. 지하철을 타면서 몸이 아프거나 컨디션이 나쁠 때를 빼고 잠을 자지 않는다. 대신 노트북과 핸드폰을 이용해서 원고를 썼다. 사실 회사에 주차할 공간이 충분하지만, 일부러 승용차로 출퇴근하지 않았다. 차를 운전하는 시간 동안 다른 일을 하기는 어렵기 때문이다. 버스도 가급적 타지 않는데, 흔들리는 버스 안에서는 책을 보기도 원고를 쓰기도 불편하다. 여의도로 가는 지하철 9호선이 개통한 뒤로는 환승하면 출퇴근 시간이 조금 짧아진다. 그렇지만 나는 이것도 이용하지 않았다. 통근 시간은 줄어들 수 있지만, 9호선은 탑승 인원이 많아 객실에서 책을 쓰거나 컴퓨터를 이용할 환경이 아니었다.

출근하고 나서는 점심시간이라든지 틈나는 시간을 목차와 아이디어를 구상하는 시간으로 활용했다. 내가 6년 넘게 일했던 여의도 국제금융센터(IFC)의 쇼핑몰에는 대형 서점이 있다. 점심시간에 서점에서 경쟁 도서를 찾아 읽을 수 있어 회사 근처에 서점이 있다는 것은 큰 행운이었다. 일하는 틈틈이 여유 시간이 생기면 항상 책을 생각했다. 자투리 시간에 굳이 책을 쓰려고 할 필요는 없다. 하지만 책에 대한 아이디어를 고민하기에는 충분한 시간이다. 새로운 관점으로 여러 생각을 하다 보면 좋은 소재나 글감이 떠오를 때가 있다. 이를 정리하면 퇴근 후 글을 쓰는 일이 훨씬 수월했다. 예를 들어, 그날 써야 하는 꼭지에 대한 주제를 아침에 정해놓고 쉬는 시간에 계속 그 주제에 대해 브레인스토밍하다 보면 나중에 글쓰기가 한결 편해진다. 나는 주제를 정하고 나서는 짧은 문장으로 들어갈 만한 내용을 생각해본다. 독자들이 어떤 것을 궁금해할까? 들어갈 만한 사례들로는 어떤 내용이 좋을까? 등을 의식적으로 생각하다가 좋은 문장이 떠오르면 휴대폰이나 휴대용 공책에 메모했다. 이렇게 무작위로 써 내려간 내용은 시간이 지나고 나서 다시 한 번 논리에 맞게 순서를 정리해본다. 짧은 문장으로 정리해서 살을 붙이고 나면 쉽게 한 문단을 작성할 수 있다.

평일 퇴근 후에 저녁을 먹고 나면 잠들기 전까지 시간이 조금 남는다. 그래서 갓 태어난 아이가 잠들고 나면 집중적으로 시간을 내서 책을 썼다. 물론 평일 저녁 시간은 매우 불규칙적이다. 야근이나 회식이 있는 날 저녁은 그대로 반납해야 한다. 그렇지만 저녁 시간을 활용하는 것은 스스로 통제하고 계획만 잡으면 가능하다. 책을 쓰는 기간에는 개인적 약속을 줄일 필요가 있다. 특히 음주 약속이나 크게 중요하지 않은 모임은 가급적 피해야 시간을 낼 수 있다. 당연한 사실이지만 남들과 똑같이 하다 보면 시간을 확보할 수 없다. 스스로 생각해보고 불필요한 유흥은 최대한 줄이려는 노력이 필요하다. 그렇다고 회사의 모든 회식과 행사를 참여하지 말라는 뜻은 아니다. 책을 쓰면서 힘들 때 적당히 회식에 참여하면서 스트레스도 풀고 동료들과 시간을 함께 보내면 된다. 다만 과하지 않을 정도로 즐기면 된다.

무엇보다 건강과 컨디션 유지를 하는 것도 오랜 시간 동안 책을 쓰려면 꼭 필요하다. 만약 몸이 아프거나 기분이 좋은 상태가 아니면 책을 쓸 의욕이 사라진다. 책이고 뭐고 모든 게 귀찮아진다. 그 기간만큼 책을 완성하는 날도 늦춰진다. 몸 관리가 책을 쓸 때 굉장히 중요하다는 사실을 잊지 말자. 무엇보다도 책을 짧은 시간에 한꺼번에 다 쓸 수 없기 때문에 마음의 여유를 갖고 시간이 걸리더라도 조금씩 쓴다는 생각으로 작업해야 한다. 스트레스를 받으려고 책을 쓰는 게 아니라는 점을 상기하자.

이렇게 나는 주중에 일과에 대한 계획을 정해놓고 책을 쓰는 시간을 마련했다. 주말에는 주중에 고생한 아내를 위해서 책 쓰기는 뒤로하고 집안일과 육아를 도왔다. 대신 주말 아침의 달콤한 늦잠을 포기했다. 토요일이나 일요일에도 평소 출근할 때와 같은 시각에 일어나서 아이와 아내가 아직 잠에서 깨어나지 않은 시간에 책을 쓰곤 했다. 책을 쓰는 것도 중요하지만 가정의 평화도 그만큼 소중하다. 집안에 아무 문제가 없고 평화로워야 책을 쓸 수 있는 마음의 여유가 생긴다. 책 쓰는 일에 집중한다는 핑계로 가사를 미루거나 한쪽의 희생을 바라는 것은 바람직하지 않다. 말은 이렇게 했지만, 사실 아내는 내가 글을 쓸 수 있게 많은 배려를 해주었다. 가끔 아내는 아이와 함께 처가에 다녀오곤 했다. 책을 쓸 수 있는 소중한 시간을 선물해준 것이다. 시간의 소중함을 알기에 주어진 시간 동안 원고에 집중해 꽤 많은 분량의 원고를 써 내려갈 수 있었다.

누구에게나 주어진 24시간을 효과적으로 이용해야 책을 완성할 수 있다. 시간이 없는 게 아니라 본인의 의지와 생각에 따라 주어진 시간을 충분히 활용할 수 있다. 지금껏 살아오면서 정말 좋아하는 일을 하던 때를 떠올려보면 그 답을 찾을 수 있다. 스스로 좋아하는 일을 하면 시간 가는 줄 모르고 없는 시간까지 만들어서 몰두하게 된다. 책 쓰기에 재미를 붙이고 몰두하면 누구나 시간을 만들어낼 수 있다. 명확한 목표 의식이 있으면 시간을 내게 되어 있다.

직장인의 책 쓰기 노하우

책 쓰는 시간 만들기

- 초고 완성하는 날짜를 달력에 표시하여 목표를 설정한다.
- 출퇴근 시간을 최대한 이용한다.
- 주말에도 늦잠을 자지 않고 평일처럼 일어나 오전 시간을 활용한다.
- 틈나는 대로 원고에 대해 브레인스토밍한다.
- 각자 신체 리듬에 맞춰 새벽이나 저녁 시간을 활용한다.
- 몸이 아프지 않도록 컨디션과 건강관리에 신경을 쓴다.

일하면서
글쓰기 실력을 키우자

직장에 다니며 책을 쓰는 사람은 글솜씨보다는 흥미로운 책의 소재를 발굴해 책을 완성하는 게 급선무다. 연습한 만큼 실력이 느는 것은 어떤 분야나 마찬가지다. 결국 글을 잘 쓰려면 많이 써봐야 한다. 하지만 직장인은 따로 시간을 내서 글쓰기 연습을 할 만한 여유가 없다. 그렇다면 회사에서 글쓰기 연습을 한다는 마음으로 접근해보자. 따지고 보면 회사 업무 중에는 글 쓸 일이 상당히 많다. 다만 책을 쓰기로 마음먹기 전까지 이런 기회가 눈에 잘 보이지 않았을 뿐이다.

우선 좋은 글을 쓰려면 좋은 문장이나 문구를 많이 봐야 한다. 사내에서 볼 수 있는 문서 중에서 기획서나 제안서들이 있다. 최고

나도 회사 다니는 동안 책 한 권 써볼까

의사결정자들에게 보고되는 문서인 만큼 여러 사람의 손을 거쳐 수정하면서 작성한 문서다. 그 안의 글들이 꼭 좋은 문장이 아닐 수 있지만, 요점을 잘 전달하기 위해 작성된 글임에는 틀림없다. 그런 문서에 들어간 문장을 읽다 보면 업무에도 도움이 되고 자연스럽게 좋은 글도 읽을 수 있다. 그 속의 문장들을 자세히 살펴보고 나라면 어떻게 표현했을까 생각할 수도 있다. 조금 더 적극적으로 내 입맛에 맞게 표현을 수정해보고 단어도 바꿔가며 새로운 글을 만들어보는 연습도 좋다. 이런 사내문서뿐만 아니라 외부 업체들에서 보내오는 제안서도 이와 비슷한 성격의 문서로 회사에서 충분히 살펴볼 만한 가치가 있다. 이런 문서는 회사에서 당당히 펴놓고 마음 편히 읽을 수 있어서 좋다. 그냥 쉽게 읽고 내팽개치지 말고 펜을 잡고 그 위에다 끄적거리면서 새로운 문장으로 생각해보고 고쳐보면 그 자체가 글쓰기 연습이다.

이런 제안서를 꼼꼼히 읽어볼 수도 있고, 자신이 직접 써야 할 때도 분명히 생긴다. 보통 회사에서 보고서를 작성한다고 하면 진절머리가 나는 일이라 여긴다. 하지만 책을 쓰기로 한 직장인이라면 이 또한 적극적으로 활용해야 한다. 제안서나 기획서 작성은 목차를 잡고 제목이나 소제목을 짓는 연습을 할 수 있는 절호의 기회다. 기획서나 제안서 작성을 한 권의 책을 완성한다는 생각으로 접근해보자. 일이 즐거워지는 것은 물론이고 회사에서도 글쓰기 연습을 할 수 있으니 금상첨화다. 나도 예전에는 이런 문서를 만드는 게 지겹고 힘들다고 생각했다. 하지만 책을 몇 권 내고 나서 보고 서 작성이 글쓰기 실력을 향상하는 데 도움이 된다는 사실을 깨달 았다. 상사를 독자라고 가정하고 어떤 식의 구성과 흐름으로 설득 할지 전략을 짜보는 것이다. 물론 그 독자가 괴짜라면 퇴고를 많이 헤야겠지만, 이 또한 글쓰기 지옥훈련이라고 생각하면 회사 생활 에서 글쓰기 연습 시간을 많이 확보할 수 있다.

회사 안에서 또 다른 글쓰기 연습을 할 수 있는 것은 이메일이 다. 하루에도 수많은 이메일을 사내 사람들이나 외부 사람들과 주 고받는다. 이메일은 짧게 쓰고 쉽게 고칠 수 있는 중요한 의사소 통 수단이다. 이 또한 글 쓰는 회사원이라면 새롭게 접근해야 한다. 책 제목을 구상하는 것처럼 받는 사람이 쉽게 한눈에 본문의 내용 을 예상할 수 있도록 제목을 써야 한다. 본문도 책을 쓰듯이 받는 사람이 읽었을 때 이해하기 쉽게 구성해야 한다. 이메일 하나는 책 쓰기에서 한 개 주제를 다룬 꼭지라고 볼 수 있다. 그런 식으로 이 메일의 내용은 물론 거기에 들어가는 문장 하나하나도 정성을 들 여 쓴다면 글쓰기 실력은 달라질 수 있다. 업무상 메일을 쓰는 것 이니 따로 눈치를 볼 필요도 없다. 명료하고 간결한 이메일을 쓰는 것은 회사에도 도움이 되고 내 글쓰기 실력을 향상시켜주는 매우 유용한 방법이다. 짧은 글이지만 이메일을 잘 쓰려고 노력하면 내 문장 실력도 차츰 나아지는 것을 느끼게 될 것이다. 그리고 이메일을 보내기 전에 잘못되거나 내용상 문맥이 자연스럽지 못한 것을 확인하는 과정은 책 쓰기 과정의 퇴고와 비슷하다. 날마다 쓰는 이메일을 글쓰기 연습의 좋은 기회로 활용할 수 있다.

보고서, 제안서, 이메일 등을 쓰다 보면 여러 사람의 지적과 조언을 받는다. 대부분 윗사람에게 다양한 의견과 관심을 받는다. 즉 다시 고쳐오라는 소리다. 문장을 다시 쓰는 일이 수없이 생긴다. 그렇게 고친 분량만 모아도 책 한 권은 충분할 듯하다. 이런 일은 마치 편집자가 작가의 문장을 고쳐주거나 수정을 요청하는 것과 같다. 그러면서 자연스럽게 반복해 퇴고하게 된다. 분명 한 가지 뜻을 전하는 일인데, 사람마다 표현 방법은 다양하다. 상사의 지적 한마디는 이런 연습을 하게 만든다. 물론 마음은 편치 않겠지만, 다 책을 잘 쓰기 위한 연습 과정이라고 생각하자. 회사 생활이 한결 평온해지고 글쓰기 실력도 늘어날 것이다.

신입사원에게
이야기하듯 글쓰기

누군가에게 무언가를 가르치는 일은 쉽지 않다. 예를 들어, 나는 쉽게 운전하는데 누구를 가르치다 보면 자꾸 험한 말이 나오는 것을 생각하면 알 수 있다. 이처럼 머리로는 이해하지만, 그것을 말로 설명하는 것은 차원이 다른 일이다. 그것도 매우 친절하게 알려줘야 한다면 더더욱 쉽지 않다. 책 쓰기도 이와 비슷하다. 내가 아는 것을 독자들이 이해하기 쉽게 친절하게 설명해줘야 한다. 전문 지식을 전달하는 일이라면 더 많은 공을 들여야 한다. 다행히 회사원이 일하는 환경을 잘 들여다보면 이런 연습을 할 기회를 찾을 수 있다. 회사에서는 누군가를 가르치고 알려줘야 하는 일이 꽤 많기 때문이다.

누구나 신입사원 시절이 있다. 그때 그 시절을 회상해보자. 처음 회사에 들어가면 누군가에게 일을 배운다. 대리나 과장 정도 되는 직급의 누군가가 나에게 일을 가르쳐줬다. 현업에 대해서 아무것도 모르는 신입사원에게 현장의 고난도 스킬을 전수해준 것이다. 그 시절 선배들은 신입사원이 회사 업무에 적응할 수 있도록 최대한 쉽게 가르쳐주려고 노력했을 것이다. 직장인의 글쓰기도 마찬가지다. 나와 독자가 아는 정보의 깊이와 수준이 다르다. 신입사원 시절의 선배가 했던 것처럼 친절하고 쉽게 설명해야 한다. 앞으로 내 책을 보게 될 독자를 마치 신입사원을 대하듯 해야 한다. 때로는 현장에서 있었던 재미난 에피소드를 더해가면서 새로 들어온 후배에게 이야기하듯 글을 쓴다면 독자들도 편하게 받아들일 수 있다. 신입사원이 회사에 쉽게 적응할 수 있게 배려해줬던 것처럼 내 책의 독자들도 그런 마음으로 글을 써야 한다.

신입사원에게 OJT(On the Job Training)를 하는 과정을 떠올려보자. 회사의 업무 교본이나 교재를 가지고 전반적인 업무 과정을 설명했을 것이다. 교재가 없으면 자신만의 경험을 바탕으로 낯선 회사 업무를 어떻게 가르쳐야 할지 고심해봤을 것이다. 이렇게 선배 사원이 신입사원에게 전해야 할 업무 노하우처럼 저자가 독자에게 어떤 정보와 지식을 전하면 좋을지를 고민하면서 글쓰기를 하면 된다. 내가 처음 책을 쓰려고 했던 동기 중에 하나도 제대로 된 부동산 OJT 교육 교재를 만들기 위해서였다. 회사에 신입사원들이 들어오면 반복적으로 물어보고 궁금해하는 것들을 정리하면 좋겠다는 단순한 생각이었다. 신입사원에게 업무를 알려주듯이 내 책의 내용을 독자에게 전달해야 한다. 책 쓰기는 전문가들끼리 대담을 나누듯 어려워서는 안 되고 신입사원에게 설명하듯 친절해야 한다.

요즘은 회사 교육을 할 때 사내 강사를 활용하는 회사가 많다. 기회가 된다면 신입사원 교육이나 재직자 교육을 직접 해보자. 매일 하는 업무라도 남에게 체계적으로 알려주는 일은 생각처럼 쉽지 않다. 사내 강사가 되어 가르치는 연습을 해본다면 남에게 설명하는 기술을 익힐 수 있다. 우선 말로 설명할 수 있다면 조금 다듬어 좋은 글로도 설명이 가능해진다. 나는 가끔 대학생들에게 부동산 회사의 일과를 알려 달라는 질문을 받을 때가 있다. 매일 하는 일인데도 막생 학생들이 알기 쉽게 설명하자니 처음에는 어려웠다. 몇 번 비슷한 질문에 답하고 나서야 조금 더 구체적이고 이해하기 쉽게 알려줄 수가 있었다. 누군가에게 설명하고 가르쳐보는 경험은 분명히 글쓰기에 도움이 된다.

신입사원 교육이나 새로운 TF(Task Force)를 진행하는 것은 책 쓰기와 많은 부분에서 닮았다. 우선 설명을 할 때 쉬운 단어와 표현을 사용한다. 신입사원들에게 전문 용어와 어려운 말로 설명하면 더 많은 질문이 쏟아진다. 마찬가지로 새로운 TF를 시작할 때도 기본적인 용어들은 프로젝트 참여자들이 알기 쉽게 설명한 뒤 진행해야 한다. 직장인의 책 쓰기도 마찬가지다. 내가 아는 것을 남들이 알아듣기 쉽게 설명하는 게 우선이다. 또 어떤 것은 이렇게 쉬운 것까지 설명해야 할지 의구심이 들 수도 있다. 하지만 독자들은 너무 쉬워서 설명할 필요가 없다고 생각했던 것을 더 궁금해할 때가 많다. 전문가나 지식인은 종종 이 점을 놓치고 독자의 눈높이를 맞추지 못할 때가 많다. 출간되어 잘 팔리는 책들은 평범한 사람들도 알기 쉽게 설명하는 책이라는 공통점이 있다.

책 쓰기를 할 때 내 책상 앞에 앉은 김 대리나 새로 들어온 신입사원에게 설명하듯 글을 써보자. 더 나아가서 만약 내가 이렇게 설명한다면 김 대리나 신입사원은 어떤 질문을 할까? 아니면 설명이 너무 어렵지는 않을까? 조금 더 쉽고 재미있게 알려주려면 어떤 에피소드나 비유를 들면 좋을까 궁리해보자. 직장인이 쓴 책의 예상 독자는 어쩌면 우리 회사의 신입사원이나 내 앞에 앉은 김 대리일 수도 있다. 신입사원이 들어오면 내 책을 한 권 준다는 생각으로 책 쓰기에 도전하는 것은 좋은 동기 부여이자, 독자를 위한 책을 구성하는 데 아주 효율적인 방법이다.

지긋지긋한 회의와 미팅은
글감 찾는 시간

결론 없는 회의와 습관적인 미팅은 직장인에게 적이나 마찬가지다. 툭하면 회의다 미팅이다 일정표가 빡빡하기만 하다. 업무 시간 내내 이런 일들을 소화하고 나면 정작 업무 시간에 해야 할 일을 야근하면서 하는 게 직장 생활이다. 이렇게 지긋지긋한 회의와 미팅도 책을 쓴다는 생각을 갖고 새롭게 바라보면 유익한 시간으로 거듭날 수 있다. 직장인이 책을 쓰려면 업무 중에 일어난 일들이 책 쓰기와 연결이 될 수 있다는 긍정적 사고방식과 열린 마음가짐이 필요하다.

그래도 다행인 것은 회의나 미팅 시간이 내 글쓰기의 소재를 집중적으로 탐구하는 시간이 될 수 있다는 점이다. 내 업무와 관련된 주제로 책을 쓴다면 이 시간은 그냥 흘려보내기엔 너무 아깝다. 왜 그런지 하나씩 살펴보자. 일단 여러 사람이 모인 것은 뭔가 문제가 있거나 해결해야 할 일이 있기 때문이다. 그것 자체만으로 훌륭한 소재나 글감이 될 수 있다. 책을 쓰는 이유는 누군가 궁금해하고 흥미로워할 만한 일들을 공유하기 위해서다. 직장에서 이루어지는 수많은 회의 속에는 이런 대화들이 수없이 오간다. 다만 그게 일이어서 지루하고 흥미가 없었을 뿐이다. 텔레비전 드라마의 소재로 종종 의사나 검사들의 이야기가 나온다. 사실 따지고 보면 그냥 그들이 하는 일을 재미있게 각색했을 뿐이다. 직업만 다르지 직장인들의 회의와 미팅도 이런 장면으로 오버랩될 수 있다. 책의 소재라고 생각하고 접근하면 분명 참신한 아이템을 발견할 수 있다.

책을 쓰는 직장인이라면 회의나 미팅 시간도 헛되이 보낼 수 없다. 만약 내가 쓰려는 책 속의 꼭지가 미팅의 안건과 유사할 수도 있다. 그러면 금상첨화다. 필기도구나 노트북에 회의 시간에 일어나는 대화와 논쟁거리를 요약하면, 그게 바로 내 책의 참고자료가 된다. 책에 쓰려는 내용을 회사 사람들이 함께 브레인스토밍해주는데 회의 시간이 지겨울 리 없다. 집단 지성이 모여서 논의한 내용을 조금 다듬으면 훌륭한 글감이 된다. 어느 날 회사에서 부동산 매각을 위해 내부에서 회의를 했다. 어떻게 부동산을 관리해서 어느 시점에 누구에게 매각할지에 대한 전략 회의였다. 그 안에서 다양한 방안들이 제시되고 의견이 분분했다. 때마침 책의 꼭지 중에

'부동산의 매각 절차'에 관한 부분이 있었다. 회의 시간 내내 지루할 틈이 없었다. 부동산업계 전문가들의 방법과 의견이 내 앞에서 신랄하게 오가는 것이다. 회의 시간이었지만 내가 글로 쓰려고 했던 전개와 어떻게 다른지 자연스럽게 비교할 수 있었다. 그렇다고 회의 내용을 책에 그대로 활용하기에는 무리가 있다. 회사에서 논의된 주제들은 다소 전문적인 용어로 깊이 있는 문제들을 다룬다. 미팅 도중에 했던 메모를 다시 보면서 일반인들도 쉽고 편하게 이해할 수 있게 다듬어야 한다.

만약 중요한 안건의 회의가 있다면 회의록을 작성해보자. 회의와 미팅 시간에 있었던 일들을 기록하는 게 별것 아니라고 생각할 수 있지만, 생각보다 회의록을 쓰는 일은 쉽지 않다. 상대방의 말을 귀담아 잘 듣고 이를 간결하게 요약해야 한다. 회의록을 작성하다 보면 자연스럽게 회의에 집중하게 된다. 회의록 쓰기의 장점은 상대방의 말을 듣고 글로 표현하는 과정에서 새로운 어휘나 표현을 고민하는 데 있다. 좋은 글을 쓰려면 반복되는 어휘나 단어를 다른 표현으로 바꿔줘야 하는 일이 많다. 회의에서도 똑같은 단어를 많이 쓰게 될 텐데 같은 말을 다른 단어와 방식으로 표현해보는 연습이 된다. 이렇게 회의록을 통해서도 자연스럽게 글쓰기 연습을 할 수 있다. 보통 회사에서 회의록을 적는 일은 구태의연하고 쓸데없는 것으로 치부된다. 그래서 신입이나 막내 직원의 허드렛일로 여길 때가 많다. 가끔은 내가 주관한 회의의 회의록을 직접 작성해보자. 간결하고 깔끔하게 작성된 회의록을 팀 내에 공유하면 글도 연습하고 일도 잘한다는 평가까지 덤으로 얻을 수 있다.

퇴근 30분 전,
오늘 쓸 원고를 생각한다

직장인들은 퇴근 시간이 되면 눈치작전을 펼친다. 업무 시간이 지났는데 퇴근길 스타트를 끊는 용감한 동료가 선뜻 나타나지 않는다. 팀장은 차가 막힐 것 같으니 조금 늦게 퇴근한다며 무심하게 모니터를 본다. 이런 장면은 누구나 익숙하다. 하지만 책 쓰기를 결심한 직장인이라면 퇴근 30분 전을 잘 활용해야 한다. 눈치작전으로 시간을 흘려보내지 말고 오히려 의미 있게 사용해야 한다는 말이다.

퇴근 무렵이 되면 직장인은 에너지가 고갈되어 더는 새로운 일을 할 수 없는 지경에 이른다. 이때는 편안하게 오늘 있었던 가장 중요한 일이 무엇인지 돌아보자. 내 수첩이나 메모장에 무슨 일이 적혀 있는지 쭉 살펴보면서 정리하면 된다. 필요하다면 오늘 주고

나도 회사 다니는 동안 책 한 권 써볼까

받은 이메일까지 살펴보면 좋다. 이렇게 하루를 정리하면서 마음을 가다듬고 책에 사용될 글감이나 에피소드들을 따로 모아보는 시간을 갖는다. 나는 업무를 시작할 때 오늘 할 일을 간략히 메모하고 중간중간 회의나 업무 중에 있었던 일을 단어나 짧은 문장으로 끄적인다. 글씨를 잘 쓰는 편이 아니어서 남이 보면 무슨 글자인지 몰라도 나는 충분히 읽을 수 있다. 이렇게 적은 메모를 가지고 퇴근 30분 전에 그날에 있었던 일들을 정리하다 보면 새로운 아이디어가 떠오르기도 하고 글쓰기에 사용할 만한 에피소드들을 찾을 수도 있다.

여기서 멈추면 안 된다. 직장인은 늘 시간이 부족하다. 퇴근 30분 전, 모은 아이디어를 글쓰기로 승화해야 한다. 오늘 정리된 글감과 에피소드는 자기만의 방식으로 메모해서 퇴근 시간에 적절히 활용해보자. 머릿속에 번쩍 떠오른 아이디어라도 시간이 지나면 잊히거나 참신한 생각으로 이어지지 않을 때가 있다. 그래서 바로바로 글로 기록해야 한다. 나는 그럴 때면 에버노트나 워크플로이 앱을 사용해서 간략히 메모한다. 적은 내용을 보면서 퇴근길 지하철에서 글을 쓴다. 예를 들어, 오늘 찾은 소재나 에피소드를 갖고 새로운 꼭지를 만들기도 하고 글의 구조도 짜본다. 그렇지 않으면 기존에 작성했던 꼭지에 들어갈 새로운 에피소드에 관한 짤막한 문장의 글을 에버노트를 활용하여 써 내려간다. 이렇게 조금씩 글에 대해 생각하고 새로운 꼭지를 작성한 다음 퇴근 후 조금만 정리하면 한 편의 글을 대략 완성할 수 있다. 퇴근 시간부터 집으로 돌아가는 길을 잘 연결하면 완벽하지 않지만, 짧은 시간에 글 한 편 정도를 마무리할 수 있다.

나는 블로그를 운영한다. 블로그에 쓸 글감을 찾고, 퇴근하는 길에 지하철 안에서 글을 쓴다. 지하철은 도착 시간이 정해져 있다. 집에 도착하기 전까지 목표를 정하고 시간에 맞춰 글의 구성을 완성하거나 다 쓰지 못했던 글을 마무리하려고 노력한다. 정해진 시간과 구체적 기준이 있으면 목표에 도달하기가 더 쉬운 것처럼 글쓰기도 같은 방식을 활용하는 편이다. 마치 원고 마감 시간이 있는 것처럼 글을 쓰면 더 적극적으로 글을 쓸 수가 있다. 마치 지하철 도착 시간을 원고 제출 시간처럼 여기면 글쓰기의 효율성을 높일 수 있다.

대부분 그렇겠지만 나도 첫 원고를 준비할 때만 해도 퇴근 시간은 마음 편히 지인들의 동향을 살피려 SNS를 뒤적이거나 드라마를 보면서 휴식을 취하곤 했다. 조금 쉬었다가 책을 쓰면 되겠다고 생각했다. 하지만 직장인은 퇴근하고 집에 도착하면 한없이 무너진다. 저녁을 먹고 나면 피곤해서 의욕도 사라지고 조금 있으면 잠자리에 들어야 한다. 이런 일을 방지하려면 매일 쓸데없이 버려지는 퇴근 전 30분과 퇴근 시간을 알차게 사용해야만 한다. 하루 30

분씩 주 5일이면 어림잡아 3시간이다. 내 책의 주제와 스토리를 고민하기에 충분한 시간이다. 퇴근 30분 전 넘치는 아이디어만 잘 갈무리해도 직장인의 책 쓰기는 한결 수월해진다.

시간 때우기 SNS는 그만, 글쓰기에 활용하자

요즘은 누구나 SNS 하나 정도는 한다. 사실 직장인 글쓰기에 SNS는 적이나 마찬가지다. 한번 휴대폰을 들고 버릇처럼 계속 스크롤하다 보면 시간이 훌쩍 지나버린다. SNS는 가뜩이나 부족한 직장인의 시간을 잡아먹는 포식자다. 그러나 직장 생활의 스트레스를 해소하고 동료나 친구들과의 관계를 이어주는 순기능도 있다. 결국 SNS를 버리고 살 수 없다면, 다른 방법으로 활용해보자. 글을 쓰는 직장인이라면 SNS를 잘 활용해서 책 쓰기 연습 과정으로 연결하는 것이다.

브런치, '좋은 글과 작가를 만나는 공간'

책을 쓰기로 마음먹었다면 좋은 글을 기반으로 하는 SNS에 가입해보자. 예를 들면, 인터넷 포털 사이트 다음에서 운영하는 브런치를 활용하는 것이다. 브런치는 '좋은 글과 작가를 만나는 공간'이라는 주제의 소셜네크워크 플랫폼이다. 브런치는 글을 쓰려면 다소 까다로운 내부 심사를 기쳐야만 활동할 수 있는 폐쇄형 플랫폼이다. 그만큼 글솜씨가 있고 독창적인 소재로 창작 활동을 하고 싶은 사람들의 글을 엄선해 보여주는 곳이다. 이런 소셜 미디어에 가입해서 글을 읽다 보면 글 쓰는 직장인에게 여러 가지로 도움이 된다. 필력이 좋은 사람들의 글은 물론 창의적인 글감도 자주 접할 수 있다. 더 적극적으로 작가로 등록해 직접 글을 써보면 그 효과는 배가 된다.

많은 양의 독서를 하기 힘든 직장인이라면 좋은 글을 잘 찾아서 많이 읽어야 한다. 브런치는 그런 점에서 보물 창고나 마찬가지다. 글솜씨가 좋은 사람들의 글을 많이 읽다 보면 문장력을 기를 수 있다. 그뿐만 아니라 다양한 소재나 주제의 글들이 올라와 글을 쓰거나 책을 쓸 때 용기와 힘을 얻을 수도 있다. 또 브런치에서는 작가들이 연재한 글을 책으로 만들어주기도 한다. 참신한 소재와 글솜씨를 가진 사람들이 모여 있는 곳 중 하나가 브런치다. 글만 열심히 쓰다 보면 출간 기획자가 책을 쓰자고 먼저 제안할 수도 있으니 도전할 만한 가치가 있다.

만약 자신만의 특별한 글감이 있다면 글을 연재하면서 책 출간 기회를 덤으로 얻을 수 있다. 내 주변에도 글 좀 쓴다는 사람들은 대개 브런치 활동을 한다. 실제로 브런치를 통해 책을 낸 사람들도 심심치 않게 볼 수 있다. 대학생들을 위해 커리어 코칭을 해주는 회사의 오프라인 강의에서 만난 송창현 님도 브런치를 통해 작가가 된 경우다. 대기업 주재원으로 네덜란드에서 겪었던 일을 엮어 『진짜 네덜란드 이야기』를 출간했다. 브런치에 올린 네덜란드 관련 내용을 출판사에서 출간 제의를 해왔다고 한다. 지금도 브런치 활동을 열심히 하는 송 작가는 첫 번째 책에 이어 다음 책을 준비한다. SNS를 잘 활용해 책의 출간으로 이어진 대표적인 사례다.

사람들이 선호하는 키워드에서 주제 찾기

SNS는 글감을 찾아보고 관리할 때도 매우 유용하다. #(해시태그) 기능을 이용해 주제어를 검색하면 관련 글들을 골라서 읽어볼 수 있다. 만약 글을 쓰다가 막히면 SNS에서 관련 키워드로 주제들을 검색해보자. 검색이 많이 될수록 대중적이고 사람들의 관심이 많은 주제다. 반대로 검색 결과가 많이 없다고 해서 실망할 필요도 없다. 만약 그런 키워드를 찾았다면 남들과 차별화된 콘텐츠를 만들어볼 수 있는 영역을 찾았다고 생각하면 된다.

직장인들이 매일 포털 사이트를 어떻게 활용하는지 잘 생각해보자. 궁금한 게 있으면 그 단어를 검색해본다. 이슈에 따라 실시간 검색어 순위가 오르락내리락한다.

한번 주목받은 콘텐츠는 조회 수가 엄청나게 올라가는 것을 볼 수 있다. 직장인 책 쓰기에도 이런 메커니즘을 적용해보자. 내 책의 주제를 독자들이 좋아할 만한 것인지 SNS를 통해 사전 점검을 해보는 것과 같다. 관련 키워드로 검색해서 최근 동향과 인기가 많은 콘텐츠를 살펴보자. 다른 사람들의 잘 쓴 글을 읽으면서 어떤 구성으로 써나갔는지 분해해보는 연습을 해봐도 좋다. 때로는 세세하게 읽지 않고 어떤 흐름으로 썼는지 한 번 훑어보는 것도 좋은 방법이다.

SNS를 통해 독자의 반응을 살핀다

보통 SNS를 통해 남이 쓴 글이나 콘텐츠를 많이 본다. 때로는 내가 먼저 짧은 문장을 만들어보면서 글쓰기 연습을 할 수도 있다. 만약 글을 잘 쓰고 싶다면 좋은 문장을 필사해보는 것도 괜찮은 연습법이다. 예를 들면, 좋은 책을 읽었을 때 기억에 남는 문구를 직접 타이핑해보는 것이다. 글을 쓰다 보면 자연스럽게 그 문구 하나하나를 기억하게 된다. 문체나 어감 등도 습득할 수 있다. 내가 아는 지인 중에는 페이스북에 명언을 지속해서 올리는 분이 있다. 역시나 페이스북에 댓글을 다는 글솜씨도 훌륭했다.

이보다 조금 더 적극적으로 소셜 미디어를 활용하고자 한다면, 책을 읽고 서평을 작성해보는 것을 추천한다. 서평에 대단한 공을 들일 필요까지는 없다. 간단히 책 제목을 적고 인상 깊었던 문구나 그냥 책을 읽고 내 생각을 짤막하게 써보는 것만으로 충분하다. 그렇게 글쓰기 연습을 하다 보면 조금씩 글을 쓰는 게 익숙해지고 표현력이 향상된다. SNS를 하다 보면 평소 내가 하는 말을 글로 표현해야 한다. 이렇게 말을 글로 변환하는 과정에서 표현력과 어휘력을 확장할 수 있다. 그리고 내 SNS를 보는 사람들이 어떻게 읽고 공감하는지 살피면서 글을 쓴다. 마치 책의 독자들을 배려하면서 글을 쓰는 것과 비슷하다.

만약 체계적으로 SNS를 활용하고 싶다면 블로그를 개설해보는 것을 추천한다. 블로그에 글을 올리면 내가 쓴 글의 반응을 직접 살펴볼 수 있다. '좋아요'가 눌러지는 횟수나 글이 공유되는 것을 보면서 내가 쓴 글에 대한 평가를 직접 확인해볼 수 있다. 조금 과장하면 내 책이 출간되었을 때 독자들의 반응을 살피는 것과 같다. 블로그를 하다 보면 구독자들이 어떤 주제의 글에 흥미가 있고 반응하는지 즉시 확인할 수 있다. 나도 블로그를 하면서 독자들이 관심을 가질 만한 흥미로운 제목과 사례를 찾으려고 노력한다. 자연스럽게 글쓰기 연습을 하게 되어서 책 쓰기에도 큰 도움이 된다.

책을 쓰는 직장인에게 SNS는 양날의 칼과 같다. 그냥 아무 생각 없이 하다 보면 시간만 낭비하면서 사람을 멍하게 만들 수도 있다. 반대로 적극적으로 새로운 글감이나 소재를 찾으면서 글을 쓰는 플랫폼으로 활용한다면, 자투리 시간에 글쓰기 연습을 할 수 있는 기회를 제공할 것이다.

내 책의 탄생:
기획, 편집, 출간에서 마케팅까지

책은 출간 제안서에서
시작된다

하루에도 수많은 책이 서점에 쏟아져 나온다. 다양한 신간 중에는 스스로 돈을 들여 출간하는 자비 출판 방식의 책들도 있고 출판사가 원고를 채택해 출간하는 기획 출판 형태의 책들도 있다. 저자는 다양한 출판 방식을 스스로 선택할 수 있다. 그렇지만 이 책에서는 기획 출판을 전제로 인세를 받는 저자가 되는 법을 알려주는 데 목적이 있다. 이제부터 어떻게 하면 내 책을 기획 출판을 할 수 있는지 하나씩 알아보자.

저자가 원고를 완성하면 먼저 내 책을 출간해줄 출판사를 찾아야 한다. 냉정하지만 평범한 직장인에게 먼저 찾아와 책을 쓰자고 할 출판사는 없다. 그래서 내 책의 세일즈를 위한 출간 제안서를 준비해야 한다. 쉽게 생각해서 회사 입사를 위해 준비하는 이력서와 자기소개서라고 여기면 된다. 여기 내가 쓴 좋은 원고가 있으니 책으로 만들어보자고 출판사에 제안하는 것이다. 출판사도 작가를 발굴하기 위해 블로그나 좋은 콘텐츠를 가진 사람들을 찾아 거꾸로 책을 쓰자고 제안하기도 한다. 하지만 우리는 평범한 직장인이기에 내가 작가로서 능력이 있다는 것을 보여줄 출간 제안서가 필요하다.

출판사는 궁극적으로 책을 팔아야 한다. 잘 팔리는 책을 만들려면 무엇보다도 좋은 원고가 바탕이 되어야 한다. 선택받는 원고가 되기 위한 첫 번째 관문은 먼저 편집자의 눈에 드는 일이다. 무엇보다도 글 자체가 흥미롭고 호기심을 끌 만한 주제여야 한다. 그러기 위해 바쁜 편집자가 짧은 시간에 훑어보고 좀 더 관심을 두게 매력적인 출간 제안서를 만들어야 한다. 회사의 인사담당자에게 들어오는 수많은 이력서와 자기소개서 가운데 눈에 띄어야 비로소 면접에 갈 수 있는 것과 마찬가지다. 평범해서는 채택될 수 없다. 호감을 느낄 수 있게 편집자를 유혹해야 한다. 그래야 내 원고를 조금 더 면밀하게 살펴볼 기회를 얻는다.

그렇다고 너무 어렵게 생각할 것도 없다. 회사 영업부서에서 쓰는 제안서라고 보면 된다. 팔고자 하는 상품이 내가 쓴 원고라는 것일 뿐 출간 제안서라고 크게 다를 바 없다. 그래서 평소 영업 제안서를 써본 회사원이라면 어렵지 않게 출간 제안서를 만들 수 있다. 내가 쓴 원고를 사줄 사람, 즉 출판사가 영업 대상이고 그에 맞춰 세일즈 포인트를 정리하면 그게 바로 출간 제안서다.

저자는 자신의 원고가 충분히 흥미로운 내용이고 당연히 출판될 가능성이 있다고 생각한다. 긍정적인 마음으로 글을 쓰는 것은 너무나도 자연스럽다. 하지만 냉정하게 말하면 출판사는 책을 판매하는 기업이다. 당연히 아무 원고나 채택하지 않는다. 경쟁력이 없는 원고는 저자의 노력 여부와 상관없이 검토 대상에서 제외된다. 어찌 되었든 담당자에게 평가 받을 기회를 얻고 싶은 것은 모든 저자의 마음이다. 무엇보다 내 원고를 조금이라도 더 읽게 해야 출간할 확률이 높아진다. 떨어지더라도 원고에 대한 피드백을 받으려면 편집자로 하여금 페이지를 넘기게 해야 한다. 그러니 출판사 담당자가 내 원고를 채택해서 검토할 수밖에 없도록 출간 제안서를 전략적으로 준비한다.

출간 제안서를 만들었다면 이제는 투고할 출판사를 찾을 차례다. 출판사 리스트가 있다면 좋겠지만 그렇다고 아무 곳에나 투고하는 건 현명하지 않다. 무작위로 보낸 제안서는 당연히 채택 확률도 떨어질 게 뻔하다. 우리는 시간이 부족한 회사원이기 때문에 이때도 전략적인 자료 수집이 필요하다. 출판사를 찾을 때 내가 했던 방법을 간단히 소개해본다. 나는 먼저 내가 준비하는 책과 비슷한 종류의 책을 출간하는 출판사를 타깃으로 정했다. 서점의 경제,

경영 코너에 가서 부동산이란 단어가 들어간 제목으로 출간된 책들을 찾아 출판사를 확인했다. 보통 책 앞쪽이나 뒤쪽에 있는 판권 부분에 출판사 주소와 투고를 받는 이메일 주소가 적혀 있다. 여기에 적힌 이메일 주소들을 수집했다.

그런 방법으로 출판사 리스트를 엑셀 파일에 모아 정리했다. 책에 이메일이 없는 출판사는 인터넷으로 홈페이지를 찾아가 투고란을 찾고 해당 링크를 상세하게 메모했다. 이렇게 출판사 정보들을 엑셀에 정리한 다음 나중에 내가 투고하고 어떤 답변을 받았는지까지 적어놓으면 일목요연하게 볼 수 있어 편리하다. 출판사에 따라 다르지만 투고 원고를 이메일로 접수하기도 하고, 홈페이지에 바로 원고를 업로드를 하는 방식도 있어 엑셀 한 칸에 접수 방식을 메모해두면 된다. 우리는 초보 저자이기 때문에 여러 번 거절당할 것을 염두에 두고 가급적 리스트를 많이 모아두는 게 좋다. 유명 저자가 아닌 평범한 직장인이니 내가 원하는 출판사를 고를 수는 없다. 우리는 오직 나를 원하는 출판사 한 곳만 찾는 것을 목표로 하면 된다. 그러니 비슷한 책을 출간한 곳이라면 한쪽에 메모를 잘해두자.

이런 식으로 투고할 출판사 리스트는 틈틈이 정리하면 된다. 이제는 출간 제안서를 조금 더 자세히 살펴보자. 따로 정해진 출간 제안서의 양식은 없다. 만약 무엇부터 준비해야 할지 모르겠다면 출판사의 홈페이지에 가서 원고 투고 시 요구하는 내용을 정리해 보자. 출판사가 저자에게 알고 싶은 내용이 바로 출간 제안서에 들어가야 한다. 예를 들어, 길벗 출판사 홈페이지(www.gilbut.co.kr)에 들어가 보면 투고를 위해서 저자가 어떤 질문에 대답해야 하는지 잘 나와 있다. 그곳의 질문을 정리해서 하나의 문서로 만들면 그게 바로 출간 제안서가 된다.

출간 제안서의 핵심은 이 책이 어떤 독자를 타깃으로 하는지, 어떤 근거로 책이 몇 부 정도 팔릴지 예측하는 것이다. 즉 내 책이 흥행 가능성이 있다는 것을 설득하는 것이 핵심이다. 나처럼 다소 전문적인 분야의 책을 쓴다면 추후 마케팅이나 홍보를 할 때 구체적인 방법과 방향을 제시해줄 수 있는 출판사가 필요하다. 이전에 비슷한 책을 출간한 경험이 있다면, 책을 판매하는 데 좀 더 체계적인 도움을 받을 수 있다.

『한국 부자들의 오피스 빌딩 투자법』의 출간 제안서를 만들었을 때, 나는 타깃 독자를 전국 부동산학과 학생들과 부동산 관련 회사들에 종사하는 사람들로 잡았다. 이를 근거로 판매량을 예측하고 그 내용을 제안서에 담았다. 물론 예상이기 때문에 정확하다고는 말할 수 없지만, 판단의 근거를 제시함으로써 출판사에서도 출간 후 수익을 예측하는 유용한 정보가 된다. 내가 회사에서 어떤 물건에 대한 구매 제안서를 받았다고 생각해보자. 그러면 어떻게 출간 제안서를 준비해야 할지 감이 잡힐 것이다.

출간 제안서를 만들어 투고하고 나면 기다림의 시간이 필요하다. 빠르면 수일 내에 답변이 오기도 하고, 어떤 경우는 한 달 내외로 답변이 오는 등 회신 기간은 출판사마다 다르다. 실제로 나는 몇 달 뒤에 답변을 받기도 했다. 정말 눈에 띄는 원고여서 출판사가 적극적으로 제안해오지 않는 이상 일반 저자는 출판사의 선택을 기다릴 수밖에 없다. 만약 여러 출판사에서 연락이 온다면 출판사에서도 원고가 출판 가능성이 있다고 본 것이다. 그럴 때는 너무 성급하게 출판사를 선택할 필요는 없다. 반대로 연락이 전혀 오지 않는다면 출간 제안서와 원고가 크게 매력이 없음을 인정해야 한다. 근본적으로 원고가 상업성이 부족한 것으로 생각하고 퇴고를 통해 원고를 보강하거나 대대적으로 구성을 바꾸는 수정 작업도 고려해봐야 한다.

모든 일이 그렇듯 원고에도 인연이 있다. 좋은 원고지만 비슷한 콘셉트의 책이 출간되어 채택되지 못할 수도 있고, 어떤 경우는 다소 전문적인 내용의 원고여서 이를 담당할 만한 편집자가 없을 수도 있다. 처음 취업 준비를 했을 때를 돌이켜보자. 이력서를 제출하고 떨어졌다고 해서 도전을 포기하지 않았던 것처럼 출간 제안서도 마찬가지다. 만약 연락이 오지 않으면 미흡한 점을 보완하면서 계속 도전한다. 그러다 보면 어느 날 내 원고를 알아주는 출판사를 만날 수가 있다. 그렇게 출간 제안서를 제출하고 좋은 출판사를 만나면 이제 내 책은 출간이 거의 예정된 것이나 다름없다. 다만 그 시기가 빨라지냐 늦어지냐의 차이만 있을 뿐이다. 출간 제안서가 채택된 것은 내 책을 만드는 데 큰 조력자를 얻은 것과 같다. 이제 큰 산을 넘었으니 출판사와 함께 좋은 책을 만드는 과정에 전력을 다하면 된다.

직장인의 책 쓰기 노하우

출간 제안서에 들어가는 내용

- 책의 가제목과 전체 목차.
- 책의 주제와 전하고자 하는 저자의 의도.
- 타깃 독자와 예상 판매 부수.
- 저자가 홍보 마케팅 가능한 영역(강의, 강연 등).

자신의 책과 잘 맞는
출판사 만나기

원고를 완성하고 출간 제안서를 출판사에 투고하다 보면 하나둘씩 회신이 온다. 직장인 초보 저자에게 이때만큼 초초하고 지루한 시간은 없다. 이력서를 내고 회사에서 통보를 기다리는 것처럼 그저 잘되기를 인내하며 기다려야 한다. 하지만 초보 저자인 우리는 좀 더 대범해져야 한다. 대개 나쁜 소식을 더 많이 듣게 되기 때문이다. 그렇다고 크게 실망할 필요가 없다. 어차피 계약은 출판사 한곳과 할 것이기 때문에 마지막 한 회사와 일이 잘 풀리면 된다.

그렇게 오매불망 기다리다 출판사에서 긍정적으로 검토했으니 좀 더 구체적으로 논의해보자는 답변을 받으면 상황은 달라진다. 출판사가 드디어 내 원고에 관심을 두기 시작한 것이다. 그 뒤로는 담당자와 직접 만나 미팅도 하고 책에 대해 논의하는 과정을 거친다. 마지막으로 담당자도 출판사 내부의 의견을 수렴하는 과정을 거쳐 진행 여부를 판단한다. 그런 몇 단계 과정을 거쳐 마침내 출판사와 출간 계약을 맺는다.

나는 첫 책을 준비하면서 여러 곳에 출간 제안서를 보냈다. 운이 좋게도 얼마 지나지 않아 몇몇 소형 출판사와 중견 출판사에서 긍정적인 답변을 받았다. 의외로 여러 곳에서 회신이 와서 어느 곳을 선택해야 할지 행복한 고민을 하기도 했다.

한 소형 출판사는 여러 권으로 나눠서 책을 출간하자고 제안했다. 반면 다른 출판사에서는 가능성은 있지만, 출간하려면 원고를 많이 수정해야 할 것 같다는 의견을 주기도 했다. 시간을 두고 출판사들을 만나보니 내 책의 의도를 가장 잘 이해해줄 수 있는 곳을 찾는 게 좋을 것 같았다. 결국 여러 출판사를 만나본 뒤에 중견 회사를 선택했다. 편집장이 부동산에 대한 관심과 흥미가 있고, 초보 저자인 나를 잘 이끌어줄 수 있을 곳과 출간 계약을 하게 되었다.

사실 출간 제안서가 채택되고 담당자와 미팅했다고 해서 모두 좋은 결과로 이어지지는 않는다. 나도 최종 계약 전에 한 출판사와 심도 있게 논의하는 과정까지 진행했다. 하지만 담당 편집자의 긍정적 의견과는 달리 회사 내부 최종회의 결과가 좋지 못해 결국 계약하지 못했다. 따라서 출간 계약서에 도장을 찍기 전까지는 정해진 것이 아무것도 없다고 생각해야 한다. 계약서에 도장을 찍기 전까지 냉정하게 판단하고 너무 들뜨지 않아야 한다. 계약한 후에도 여러 변수가 있을 수 있다. 나는 첫 번째 책을 계약했지만, 편집장의 이직으로 결국 계약을 해지하는 일도 있었다. 우여곡절 끝에 나중에는 더 큰 출판사와 계약하게 되었지만, 그때 심하게 마음고생하기도 했다.

내 책 세 권 가운데 첫 번째 책은 대형 출판사, 두 번째 책은 대학교재를 전문으로 만드는 출판사 그리고 세 번째는 중견 출판사를 통해 출간했다. 짧은 시간에 다양한 회사를 겪어보니 초보 저자 입장에서는 출판사 선택이 매우 중요하다는 사실을 깨달았다. 출판사 규모에 따라 제각기 장단점이 있기 때문이다. 대형 회사의 장점은 높은 인지도와 평판이다. 아무래도 다양한 책을 많이 출간하는 곳에서 만든 책이 디자인이나 편집 면에서 완성도가 높을 것이라는 기대감이 있다. 대형 출판사와 함께했던 원고 작업을 돌아보면 부서별로 담당자와 협의해서 순차적으로 일이 잘 진행된다는 점을 알 수 있다. 모든 일이 매우 속도감 있게 처리되었다. 반면에 회사가 크고 워낙 출간되는 책이 많다 보니 직장인 무명작가가 좋은 대우를 받기는 어렵다. 특히 책이 출간되고 마케팅을 할 때 체감했다. 물론 초보 저자도 언론에 보도자료를 배포하거나 인터뷰할 수 있게 뒷받침해주기는 했다. 하지만 이름 없는 저자에게는 그 혜택이 충분히 돌아오지 않는 듯했다. 책이 출간되고 초기 반응이 좋았다면 상황이 달라졌을 수도 있겠지만 처음 쓴 책이 베스트셀러로 올라서는 일은 생각처럼 쉽지 않다. 대형 출판사에서 책을 출간한 초보 저자들이라면 아마 나와 비슷한 상황을 겪어봤을 것이다.

반면 중소형 출판사는 대형 출판사보다 업무 진행이 다소 유동적인 편이다. 물론 내부적으로 담당하는 부서와 업무가 있겠지만 인력이 많지 않아 일정이 변경되거나 지연될 수 있다. 또 책의 품질과 관계없이 브랜드 인지도가 약할 수 있다. 어떤 독자들은 책을 출간한 출판사의 인지도를 보기도 한다. 그간 어떤 책을 출간했고 출판사 브랜드 이미지는 어떤지 보고 책을 사기도 한다. 나도 서점에서 책을 고를 때 책의 품질이나 디자인이 좋은 책을 먼저 집어 들고 읽어보는 편이다. 아무래도 보기 좋은 떡이 먹기 좋은 것과 비슷한 이치일 듯하다. 그렇다고 중소형 출판사가 디자인이나 편집 등에서 절대 떨어지지 않는다. 대형 출판사와 비교해도 거의 차이가 없다. 소형 출판사는 아무래도 출간되는 책의 종수가 적어 작가에게 조금 더 세밀하게 신경 써줄 수 있는 장점이 있다. 초보 저자는 책을 만드는 지식이 부족한데 출간 과정에서 출판사와 교류할 기회가 더 많아진다. 또 책이 출간되고 마케팅할 때도 좀 더 집중적인 지원을 받을 수 있다. 대형 출판사처럼 많은 지원은 받지 못하더라도 작가와 함께 다양한 마케팅 방법을 생각해내고 준비하는 기회를 경험할 수 있다. 이런 면에서 대형 출판사보다는 중소형 출판사가 초보 작가에게는 더 나은 선택일 수 있다는 게 내 생각이다.

대형 출판사와 중소형 출판사 각각 장단점이 있지만, 저자 입장에서는 결국 책이 잘될 수 있는 출판사를 선택하는 게 최선이다. 그중에 가장 중요한 것은 내 책의 의도를 잘 이해해주고 책이 완성될 때까지 가이드해줄 좋은 편집자를 만나는 일이다. 편집 과정에서 저자의 의도를 충분히 이해하고 작가와 교감할 수 있는 편집자를 만나는 것만큼 기쁜 일은 없다. 초보 저자가 좋은 편집자를 만나면 책을 만드는 과정에서 많은 것을 배운다. 훌륭한 편집자는 책을 완성하기까지 저자에게 훌륭한 멘토가 되어준다. 어쩌면 처음 책을 내는 저자에게는 큰 출판사를 만나는 것보다 좋은 편집자를 만나는 일이 더욱 중요하다.

출판사를 정하고 나면 이제 계약을 한다. 출간 계약서는 업계에서 사용하는 표준 계약서가 있어 이를 사용한다. 출간 계약을 마치고 나면 출판사와 책 편집 일정에 대해서도 어느 정도 구체적으로 협의해야 한다. 출판사에는 이미 출간 계획이 잡혀 있는 책들이 있고, 원고의 완성도에 따라 편집 기간이 달라진다. 처음 책을 내는 초보자라도 양 당사자 간의 계약이기 때문에 필요한 것은 당당하게 요구한다. 책에 따라서는 출간 시점이 굉장히 중요할 수도 있다. 그런 것들은 이미 출판사도 충분히 알기 때문에 저자도 자신의 의견을 솔직하게 말하는 편이 좋다. 책이 잘되고자 하는 일이므로 당사자끼리 서로의 의사를 분명히 밝히고 만약 충돌하는 지점이 있다면 상호 협의해서 출간 계약을 마무리하면 된다.

직장인의 책 쓰기 노하우

나와 맞는 출판사를 선택하는 법

- 내 원고를 잘 이해해주는 편집자가 있는 출판사.

- 내 책을 적절하게 마케팅을 해줄 수 있는 출판사.

- 책의 편집과 디자인을 잘해줄 수 있는 출판사.

- 내 관심 분야(원고)의 책을 많이 내는 출판사.

출판사는 어떤 원고를 선택하고 출간을 결정하는가

앞서 내게 맞는 출판사를 선택하는 방법을 설명했지만, 사실 무명 저자가 첫 책을 내는 단계에서 자신의 취향과 기호를 반영하기는 어렵다. 가장 중요한 관건은 출판사가 내 원고를 채택해주느냐이다. 출판사에는 책 출간을 의뢰하는 제안서와 투고원고가 하루에도 몇 통씩 들어온다. 편집부 10명 규모의 중견 출판사만 해도 한 달에 20, 30건에서 많게는 100건 내외의 투고원고가 들어온다고 한다. 이 많은 원고 가운데 출판사의 눈에 들어 출판 계약을 체결하는 것은 5% 미만이다. 100편의 원고 가운데 5개 정도만 계약되고 나머지 95개는 "아쉽지만 이 원고는 당사의 출판 방향과 맞지 않습니다"라는 정중하지만 사실 가차 없는 거절의 메일을 받는다. 이번 꼭지에서는 저자가 아니라 출판사의 시각에서, 어떤 원고를 채택하고 계약까지 하는지 알아보기로 하자. 이 꼭지는 내 책 출간을 여러모로 도와준 담당 편집장의 의견을 토대로 작성했다.

출판사가 좋아하는 원고 유형

1. 콘텐츠가 충실하고 재미있으며 문장이 깔끔한 원고

이 유형은 누구나 고개를 끄덕일 만하다. 알맹이가 있고 충실한 콘텐츠가 기본이 되어야 재미도 따라올 수 있다. 게다가 문장까지 깔끔하다면 출판사에서는 크게 손볼 게 없다는 뜻이다. 조금 다듬어서 서점에 나갈 수 있는 글이라면 출판사 입장에서는 그만큼 시간을 아낄 수 있다. 제조업으로 따지면 공정시간을 그만큼 단축하고 더 많이 생산할 수 있는 시간을 확보하는 셈이고 비용을 아낄 수 있다.

2. 희소성이 있고 독자층이 명확한 원고

희소성은 어느 시장에나 통용된다. 희소하면 그만큼 가치가 있다. 아무나 쓰지 못하는 소재의 원고는 출판사가 선호할 가능성이 높다. 다른 책들과 차별화되고 더 큰 관심을 받을 수 있기 때문이다. 게다가 독자층까지 명확하다면 출판사도 전략적으로 접근하고 홍보할 수 있다. 이른바 덕후나 마니아 층이 형성된 분야를 소재로 쓴 원고가 이에 해당한다. 열렬한 지지층이 확보되고 그들이 구매력까지 있다면 책으로 나왔을 때 성공 가능성이 그만큼 높기 때문이다.

3. 사회적으로 관심이 높거나 독자 수요가 많은 분야나 주제의 원고

미래에 관한 이야기나 정치 관련 소재 등은 사회적으로 관심이 높은 주제다. 물론 시대의 흐름을 타지만 언제나 관심이 높은 분야다. 또 건강, 자기계발 등은 누구나 관심을 둔 분야로 독자 수요가 많다. 수요층이 두껍기 때문에 출판사가 선호하는 원고 중 하나다. 좋은 원고를 선택한다면 베스트셀러나 스테디셀러가 될 가능성이 높다. 사회적 이슈가 된 소재를 적정한 시기에 출간하면 큰 관심을 받을 수 있다.

4. 저자의 해당 분야 경험과 학식이 풍부하고 전문성이 담긴 원고

책은 지식을 전달하는 데 목적이 있다. 한 분야를 오랫동안 연구하고 공부한 내용이 담긴 원고라면 저자의 경험과 노하우가 녹아 있을 것이다. 독자들이 책을 찾는 이유 중 하나는 전문적인 지식 습득에 있다. 내가 경험하지 못했거나 미처 알지 못했던 것들을 전문가들의 이야기를 통해 배우는 것이다. 베스트셀러 저자 중에는 해당 분야에서 전문가로 인정받는 사람들이 많은 것을 보면 쉽게 이해할 수 있다.

5. 책을 홍보하고 마케팅하기에 유리한 원고

저자가 이미 많은 팬을 확보한 파워 블로거나 인지도가 있는 유명인이라면 책을 출간한 뒤 마케팅할 때 유리한 점이 많다. 이미 확보된 예상 독자들이 있는 것만으로 출판사는 큰 부담을 덜 수 있다. 어느 정도 고정된 수요가 있어 홍보와 마케팅을 하기에 유리한 환경이 확보된다면 책을 기획하기가 훨씬 수월하기 때문이다. 새로운 책이 수없이 쏟아져 나오는 가운데 홍보와 마케팅은 더없이 중요할 수밖에 없다. 책의 성패를 가르는 요소이기 때문에 출판사는 홍보와 마케팅이 잘될 만한 원고를 선택할 수밖에 없다.

출판 계약 전에
알아야 할 것들

원고를 다 쓰고 나면 가장 가슴 벅찬 순간이 온다. 그건 바로 출판 계약서에 도장을 찍을 때다. 직장인은 살면서 회사 업무와 관련된 계약서 아니면 집의 전세 또는 매매 계약서 정도만 봤을 것이다. 출간 계약서를 찍고 나면 저작권자로서 인세 받을 권리를 갖는다. 직장인이 생각하기에 출판사가 어렵게 책을 내주기 때문에 권리관계에서 '을'의 입장이라고 생각하기 쉽지만, 출판 계약서에서 저자는 '갑'의 위치다. 필요에 따라서 원하는 사항을 요청할 권한이 있다는 뜻이다.

처음 접하는 계약서라 복잡할 것 같지만 표준화된 출판 계약서가 있어 크게 신경 쓸 일은 없다. 몇 가지 용어만 알면 내용 이해에 큰 어려움은 없다. 보통 출판 계약서 앞부분에서 출판권, 배타적 발행권, 전송 등의 3가지 용어를 설명한다. 이는 저작권법에서 정의한 법적 용어다.

출판권: "인쇄 및 그와 유사한 방법으로 문서 또는 도화를 발행할 수 있는 권리."

배타적 발행권: "저작물을 발행하거나 복제, 배포, 전송할 수 있는 권리."

전송: "공중이 개별적으로 선택한 시간과 장소에서 수신하거나 이용할 수 있도록 저작물을 무선 또는 유선 통신의 방법에 의하여 송신하거나 제공하는 것."

내가 어떤 출판사와 출간 계약을 한다는 것은 정해진 일정한 시기(계약 기간) 동안 내 저작물에 대해 위의 세 가지 권리, 즉 출판권, 배타적 발행권, 전송권을 출판사에 허락한다는 뜻이다.

책의 출판 계약 기간은 보통 5년으로 한다. 따로 출판사에 통지하지 않으면 계약이 자동 연장되는 조항이 있어 계약 종료 조건을 잘 살펴봐야 한다. 나중에 출판사를 변경하거나 다른 이유로 계약을 종료하려면 저자가 직접 사전에 해지 통보를 해야만 효력이 발생한다. 예를 들어, 책이 출판되었지만 내 책의 의도를 좀 더 잘 이해해주는 출판사에서 개정판을 내고 싶을 수도 있다.

출판 계약은 출판권 및 배타적 발행권의 범위를 설정하고 책을 발행하기 위한 권리를 출판사가 갖는 것이다. 기본적으로 저자가 알아야 할 점은 저작권을 받을 수 있는 범위다. 보통 책으로 출간되는데 최근에는 전자책으로 발행하기도 한다. 그리고 책이 해외 번역, CD나 테이프로 제작, 방송 매체(드라마, 영화, 라디오), 전집, 신문이나 잡지 게재 등이 될 수 있다. 이런 기타 저작권료에 대한 규정을 포함한다.

인세는 보통 책 정가의 10% 내외에서 정해진다. 기타 저작권료는 이보다는 좀 더 높은 비율로 책정된다. 만약 내 책이 방송이나 다른 형태로 제작될 가능성이 높다면 이 부분에 대해서도 신중하게 협의해야 한다. 수익 배분 비율은 저자와 출판사가 5대5 또는 7대3 등으로 변동 폭이 크다. 요즘은 콘텐츠의 유통 플랫폼과 채널이 워낙 다양하다. 책으로 출간된 내용이 영화, 드라마 제작은 물론 SNS 콘텐츠로도 공유된다. 따라서 내 콘텐츠가 얼마나 확장될지는 예측하기가 쉽지 않다. 만약 책 기획 단계에서부터 콘텐츠의 다양한 유통을 생각했다면, 이 비율을 신중히 검토한다.

인세는 처음 출판 계약을 할 때 보통 계약금으로 50~100만 원을 받는다. 이 계약금은 초판 인세로 받을 돈을 먼저 지급하는 것이다. 출판사마다 약간씩 차이가 있지만, 대개 초판 인세는 초판 발행 부수 전체에 대해 지급하고 2쇄부터는 실제 판매 부수를 계산해서 인세를 지급한다. 판매 부수를 정산하는 시기도 출판사마다 다르다. 보통 반년 또는 연간 단위로 정산한다.

계약서에 원고의 인도 기일을 정한다. 평범한 직장인 작가는 대부분 초고를 완성하고 나서 계약을 체결하기 때문에 큰 무리가 없으면 퇴고 후 완성원고를 넘기는 날짜로 정하면 된다. 그리고 작가의 무료 증정 부수와 저자가 자신의 책을 직접 구입할 때 할인율을 정한다. 나중에 지인들에게 책을 선물하거나 강의 교재로 쓸 때, 작가는 시중 정가보다 저렴한 가격에 책을 구매할 수 있다.

무엇보다도 중요한 출간 시기는 보통 1년으로 정한다. 내 원고를 넘긴다고 바로 출간되지 않는다. 출간 시기는 출판사의 상황이나 책의 내용에 따라 유동적이다. 따라서 편집자와 충분히 상의해서 대략적인 출간 시기를 정해야 작가 입장에서 목표를 잡고 글을 마무리할 수 있다. 출판사와 저자 모두 좋은 책을 만들기 위해 노력하기 때문에 출간 시점을 너무 조급하게 정할 필요는 없다. 다만 유행을 타는 책이거나 시기가 지나면 콘텐츠의 희소성이 떨어질 경우, 충분한 이유를 설명하고 적절한 시기를 조율한다.

출간 계약서는 저자의 책임과 출판사의 책임을 규정하는 공식 문서다. 만약 분쟁이 발생하면 계약서에 따라 판단한다. 따라서 계약서에 날인할 때 중요 조항은 신중하게 읽어보자. 만약 특별히 요구할 사항이 있으면 충분히 논의해 계약서에 반영될 수 있게 하자.

저자 인세의
의미와 계산법

작가가 되어 가장 뿌듯한 순간 중 하나가 인세를 받을 때다. 누군가 내 책을 사보고 그 대가로 돈까지 받는다는 것은 저자가 아니면 느낄 수 없는 특별한 경험이다. 출판사는 책을 만들어 수익을 내는데, 이때 어떤 식으로 배분되는지를 알면 출판업계의 구조를 잘 이해할 수 있다.

인세란 계약에 의해 저작물을 발행한 출판사가 저작권 소유자(저자)에게 판매 수량에 비례해 일정한 비율로 치르는 대가를 말한다. 아마 저작권에 대한 개념이 없는 분들은 이렇게 설명해도 저작권 소유자는 누구이고, 판매자는 또 누구인지 감이 잘 안 잡힐 수도 있다. 저작권자는 저작물을 만든 사람을 말한다. 창작물을 만든 사람의 권리가 곧 저작권이다. 따라서 저작권자와 저작권 소유자는 대개는 같은 사람인데, 굳이 나눠서 사용하는 이유는 저작권이라는 권리 자체를 다른 사람에게 양도할 수 있기 때문이다. 즉 내가 어떤 창작품을 만들었지만, 그 때문에 발생하는 이익을 내 가족에게 돌아가게 할 수도 있고, 또 돈을 받고 권리를 영구 양도할 수도 있다. 이렇게 양도하면 저작권자(나)와 저작권 소유자(양도받은 가족이나 타인)로 나뉜다.

제품 생산자와 판매하는 사람이 따로 있듯이, 대체로 저작권 또한 판매자가 별개로 존재한다. 영화 산업에서 영화를 직접 제작하는 제작사와 유통 및 배급을 맡은 배급사가 다른 것과 같다. 출판의 경우에는 저자가 책을 써서 저작권자가 되고 출판사는 이 원고를 책으로 만들어 독자에게 판매해 이익을 얻는다. 이때 출판사는 저자의 저작권을 이용해서 이익을 얻기 때문에 저자에게 저작권 이용 대가를 지급한다. 이용 대가, 즉 저작권료가 바로 인세다.

저자에게 주어지는 저작권은 매우 기특한 권리가 아닐 수 없다. 원고 완성까지는 고통스럽지만 일단 저작물을 만들어내면, 그 권리는 사후 70년까지 보장된다. 저작물이 대중의 사랑을 받고 인기를 얻을수록 저작권 수입은 늘어난다. 책이 팔리면 팔리는 만큼 판매 부수에 따라 인세가 계속해서 들어온다. 출판사는 저자의 원고로 책을 만들 때 편집하고 디자인하고 종이를 사서 인쇄를 하기까지 제작비가 계속 들어가지만, 저자는 이 비용이 전혀 들지 않는다. 경비가 제로이기 때문에 안 팔리면 그만일 뿐 위험 부담은 없다. 물론 원고를 쓰기 위해 사용한 귀중한 시간 자체가 중요한 비용이지만, 출판사에 비하면 위험 부담이 적은 편이다.

반면 출판사는 좋은 원고를 발견해 저작권 사용 계약을 하고 책을 만들더라도 예상과 달리 책이 팔리지 않으면, 제작비용을 회수하지 못하기도 한다. 또 책이 좀 팔리는 것 같아서 판매에 탄력을 붙이기 위해 온라인 서점 광고나 신문 광고, 독자 사은품(굿즈) 등 마케팅 비용을 지출하다 보면 배보다 배꼽이 더 커져서 책을 많이 팔고도 손실을 보기도 한다. 이익을 내기 위해 출판사가 비용 부담을 안고 큰 모험을 하는 것에 비해 저자는 이런 위험 부담 없이 팔리기만 하면 판매 수익의 일부를 저작권 사용 대가(인세)로 받을 수 있다. 출판사보다 저자가 훨씬 유리한 위치가 아닐 수 없다. 그래서 출판계에서는 저자가 '갑'이고 출판사는 '을'이라는 우스갯소리가 있는데, 실제로 출판 계약서에는 저자를 '갑'으로 출판사를 '을'로 기재한다.

인세를 영어로는 로열티(royalty)라고 한다. 이 단어는 원래 왕족을 뜻한다. 우리 사회에서도 재벌 일가 등 범접할 수 없는 특권층을 지칭할 때 로열패밀리(royal family)라고 한다. 얼핏 왕족과 인세는 전혀 상관없는 말인데, 같은 단어를 쓰는 것은 저작권 개념을 만든 서구 사람들이 보기에도 저작권이 왕족이나 다름없이 귀하고 강한 권리이기 때문이 아닐까.

그렇다면 실제 인세 지급 방식을 알아보자. 가장 일반적으로 책 정가의 10%가 저자 인세로 지급된다. 정가 2만 원인 책 한 권이 팔리면, 출판사는 저자에게 정가의 10%인 2,000원을 인세로 지급한다. 정가에 대한 비율로 따지기 때문에 인세율이라고 하는데, 반드시 10%인 것은 아니다. 베스트셀러 저자인 경우 인세율이 좀 더 높아지기도 하고, 아직 시장성이 미지수인 초보 저자는 6~8%로 낮게 책정하기도 한다. 인세율이 높을수록 저자에게 돌아가는 이익이 크겠지만, 세상은 그렇게 단순하지만은 않다. 인세율이 높으면 책의 제조 원가가 상승한다. 제조 원가가 높은 책은 팔아도 이익이 많이 남지 않기 때문에 적극적인 마케팅이 어렵다. 결국 그런 책은 많이 팔리지 못해 결국 저자에게 돌아가는 몫도 줄어든다.

판매 전망 외에도 책에 따라서 제작 원가가 많이 들어가거나 독자가 대단히 한정적일 때는 저자와 출판사가 협의해 인세율을 조정하기도 한다. 예를 들면 초판 2,000부에 대한 인세는 7%로 하고 2,000부에서 1만 부 판매까지는 10%, 1만 부 이상은 11%, 이런 식으로 판매에 따른 차등 인세를 적용할 때도 있다.

복습해보자. 내 첫 책은 정가가 17,000원이었고 초판은 3,000부를 찍었다. 인세는 10%를 받기로 계약했다. 그럼 내가 저자 인세로 받은 돈은 얼마일까? 3,000(부) × 1,700원(정가의 10%) = 510만 원이다. '애개 그것밖에 안 돼?' 하는 분도 있을 것이고, 아무 비용 들이지 않고 글만 썼을 뿐이라고 생각하면, 흐뭇하고 넉넉한 보너스라고 생각할 수도 있다. 물론 나는 후자였다. 애초에 돈이 목적도 아니었다. 게다가 초판이 다 팔리면 2쇄를 인쇄해서 또 판매한다. 책 수명이 지속하는 한, 이 보너스는 꾸준히 들어온다. (알기 쉬운 설명을 위해 생략했지만, 꼭 3,000부의 인세를 다 받는 것은 아니다. 출판사는 책이 출간되면 언론사나 오피니언 리더에게 홍보용으로 증정한다. 초판 부수의 10%가량을 홍보 부수로 사용하는데, 홍보 부수는 인세를 정산할 때 제외된다.)

이렇게 즐거운 마음으로 받는 인세지만 직장인이라면 한 가지 염두에 둬야 할 게 있다. 바로 세금이다. 회사에 다니는 직장인은 월급에서 세금을 미리 공제하고 연말 정산을 통해 세금을 환급받거나 더 내기도 한다. 그러다 출판사에서 인세를 받으면 기타 소득 발생으로 매년 5월 종합소득세를 내야 한다. 저자에게 인세 지급 시 원천 징수를 하지만, 종합소득신고를 하고 세금을 정산해야 한다. 연말 정산 때 세금을 돌려받았더라도 급여가 높은 사람이라면 인세 수입으로 인해 추가로 세금 부담이 발생할 수 있다는 사실을 알아두자.

책을 내고자 하는 분들이 매우 궁금해하는 사항 중 하나가 바로 이 인세 문제다. 간혹 아직 첫 책도 내지 않은 분들이 유리한 계약

조건에 관심이 많거나 자신의 책은 잘 팔릴 것이므로 인세율을 더 높여야겠다고 생각하는 분들이 있다. 현재 이루어지는 관행과 출판사 측의 부담을 생각해 적절한 선에서 합의하는 것이 바람직하다. 하나의 책을 상품으로 만들어내고 판촉과 홍보를 하는 데 들이는 출판사의 부담을 고려하면, 저자의 무리한 요구는 저자나 출판사 모두에게 안 좋은 결과를 낳을 수 있다. 저자와 출판사는 갑을 관계라기보다는 서로 협력하는 상생 관계다. 저자에게 최종적으로 돌아오는 인세 수입은 결국 판매량에 비례하기 때문에 인세율에만 집착할 것이 아니라, 어떻게 판매량을 늘릴 수 있을지 출판사와 적극적으로 협의하는 게 최선이다.

마술과 같은
편집 과정

출판사와 출간 계약서를 체결하고 하면 이제는 원고를 마무리할 차례다. 지금부터 편집자가 초보 저자의 원고를 마술 같은 편집으로 탈바꿈하기 시작한다. 저자가 최선을 다해 쓴 원고일 텐데, 출판사는 그때부터 본격적으로 작업한다. 보통 출간될 수 있는 상태의 원고를 완성원고라 부른다. 편집자는 우리가 쓴 초고를 바탕으로 완성원고를 만들 준비를 한다. 출판사에서 독자들을 만나러 가기 전 원고를 보완하고 다듬어 서점에서 판매가 될 수 있는 책으로 탈바꿈하는 편집을 시작한다.

　물론 저자는 최선을 다해 초고를 완성원고에 가깝게 써야 한다. 그래야 내용을 수정하고 편집하는 단계에서 시간을 절약할 수 있다. 하지만 대부분 직장인 초보 저자의 원고는 보완할 점이 많다. 시작부터 완벽해지려 스트레스를 받을 필요는 없지만, 그래도 두 번 작업하지 않기 위해 최선을 다해야 한다. 사실 나도 초고가 부실해서 편집 과정에서 원고를 보완하기도 하고 없던 내용을 새로 추가하기도 했다. 출간 계약을 하고 나면 모든 게 끝날 줄 알았는데, 그 뒤에도 꽤 많은 분량의 글을 썼던 기억이 있다.

저자가 쓴 초고는 교정, 교열 작업을 거친다. 편집자가 어법이 틀린 문장이나 오타 등을 수정하며 글을 다듬어간다. 만약 책에 오류가 있다면 책에 대한 신뢰에 큰 문제가 생긴다. 따라서 수차례 교정과 교열 작업을 진행한다. 이때 저자는 편집자가 전부 확인하기 어려운 전문 용어나 중의적인 뜻을 가진 단어 등은 스스로 확인하고 수정해야 한다. 편집자도 전문 분야에서 사용하는 단어를 잘 알지 못하거나 정확하게 이해하지 못할 수 있기 때문이다. 그리고 편집자는 어색하거나 부자연스러운 문장을 자연스럽게 바꾸는 윤문 작업을 통해 독자들이 글을 매끄럽게 읽을 수 있게 다듬는다.

이렇게 편집자가 원고의 교정 및 교열을 하고 윤문 작업을 하는 과정에서 저자는 한 단계 성장하고 배운다. 내가 쓴 글에서 어떤 점이 부족하고 무엇을 바꾸면 더 세련된 글이 되는지 자연스럽게 알아갈 수 있다. 처음 책을 준비하는 저자에게 이런 편집 과정은 최고의 글쓰기 선생님이나 마찬가지다. 논술 과외로 따지만 강남의 특급 강사에게 수업을 듣는 것과 마찬가지인데, 그것도 무려 공짜다. 글쓰기를 무료로 배울 수 있는 게 편집 과정이다. 부동산업계에서는 일을 배우면서 돈을 번다는 말은 대부분 사기인데 출판업계에서는 이 말이 진짜다.

편집 과정은 책이 출간되기 전 힘든 시간이 될 수 있지만, 배운다는 자세로 임하면 이 시간도 초보 저자에게는 글쓰기 실력을 한 단계 높이는 소중한 경험이 된다. 이미 한 번 쓴 글을 돋보이게 수정하는 과정은 아무래도 많은 에너지가 소비된다. 그동안 자리 잡은 글쓰기 습관을 고쳐가려면 평소와는 다른 사고가 필요하기 때문이다. 그런 고난의 시간이 지나고 나면 앞으로 어떻게 글쓰기를 해야 할지 감을 잡을 수 있다. 당연히 글쓰기 실력이 향상된다.

편집이 끝나 책의 원고가 완성되면 이제는 제목을 선정할 차례다. 출판사와 저자가 여러 아이디어를 내고 그중 가장 좋은 제목을 고른다. 제목뿐만 아니라 책을 잘 설명해줄 부제를 만들기도 한다. 이때는 저자도 최대한 많은 아이디어를 제안하고 그중에서 책에 어울릴 만한 제목과 부제가 탄생할 수 있게 적극적으로 참여해야 한다. 새로 태어난 아이의 이름을 짓는 것처럼 가슴 떨리는 기분을 느낄 수 있다. 제목을 정하고 나면 표지 디자인 작업으로 넘어간다. 책이 서점 매대에 놓였을 때 또는 서가에 꽂혔을 때 독자들의 눈을 사로잡아야 한다. 책의 앞면과 뒷면은 물론 책이 접히는 날개 부분까지 세심한 손길로 책을 다듬는다. 제목과 책의 디자인이 완성되면, 대개 몇 가지 샘플을 보여주고 그중에서 최종 선택을 한다. 책이 출간된 모습을 상상하면서 디자인을 검토하면 좋다. 시간이 되면 직접 서점에 나가서 평대에 놓인 책들을 한 번 살펴보자. 내 책이 어떤 모습이 되면 좋을지 훨씬 쉽게 머릿속에 떠오를 것이다.

디지털 미디어가 발달한 요즘 책의 제목과 디자인은 더욱 중요해졌다. SNS를 이용한 홍보나 온라인 서점 노출 시에도 좋은 제목과 눈에 띄는 디자인은 활용도가 높다. 먼저 책의 시안이 나오면 주변 사람들에게 의견을 구하거나 반응을 확인해보자. 책을 읽을 독자들은 내 주변 사람들일 테니 그들의 생각을 들어보며 미리 시장 조사를 해보면 흥미로운 조언이나 이야기를 들을 수 있다. 나도 책의 표지 색상을 고를 때 주변 지인들에게 의견을 구하기도 했다. 제목을 선정할 때 친구들에게 설문해보기도 했다. 평소 많이 사용하는 SNS를 통해서 바로바로 반응을 확인할 수 있었다. 나중에 책이 출간되면 홍보해줄 수 있는 잠재 고객들이라 생각하고 미리 지인들에게 책에 대한 의견을 들어보자.

내 첫 번째 책은 부동산 자산관리에 관한 책이다. 그래서 부동산업계에 있는 선후배에게 추천사를 부탁했다. 추천사를 요청할 때는 책 내용을 미리 확인할 수 있게 원고를 보내는데, 필요에 따라 요약해서 보내기도 한다. 추천사를 써주시는 분들의 일정도 있고 요청했을 때 바쁜 일이 있을 수도 있다. 추천사를 부탁하고 나서 독촉하는 것은 예의가 아니다. 내가 그런 요청을 받았다고 생각해보고 짧은 시간 안에 손쉽게 검토해서 쓸 수 있게 배려해야 한다. 여유를 가지고 어떤 분들에게 요청을 드릴지, 미리 명단을 작성해보고 계획을 세워놓는 게 좋다. 책의 편집이 마무리되기 전 늦지 않게 추천사를 취합하고 출판사와 일정을 조율한다. 추천사 때문에 출간 일정이 지연되면 안 되기 때문이다.

이렇게 책의 마무리 과정을 거치고 나면 곧 인쇄 일정이 확정된다. 드디어 고대하던 책이 세상에 나온다. 저자는 서점으로 배포되기 전에 완성본을 받아본다. 나는 아직도 첫 완성본을 받았을 때를 잊지 못한다. 컴퓨터 화면으로만 보던 책을 내 손으로 직접 만져보며 이리저리 촉감을 느껴보곤 했다. 책을 집필하는 시간과 편집 과정은 즐겁기보다는 어쩌면 고통스러운 시간이 더 많았을 것이다. 그렇지만 말 그대로 따끈따끈한 신간을 받으면 지금까지 힘들고 어려웠던 시간이 한꺼번에 날아갈 만큼 큰 기쁨을 맛볼 것이다.

직장인의 책 쓰기 노하우

출간 전에 저자가 준비해야 하는 것들

- 부족한 원고를 보완해 완성원고를 만든다.

- 제목과 부제목 등을 정한다.

- 책의 표지 디자인을 확정한다.

- 지인들에게 책의 추천사를 받는다.

- 출간 후 지인들에게 책을 알릴 준비를 한다.

책의 골든타임,
출간 직후가 중요하다

저자가 되어 가장 기쁜 순간은 아무래도 독자에게 많은 사랑을 받을 때다. 책이 많이 팔리는 것만큼 뿌듯한 일도 없다. 책이 출간되어 한 번에 인쇄되는 부수를 '쇄'라고 부른다. 보통 기획 출판 책은 한 번에 2,000~3,000부가량을 인쇄하는데 이를 1쇄라고 부른다. 1쇄 이후 인쇄를 여러 번 했다는 것은 그만큼 책이 많이 팔렸다는 뜻이다. 책의 앞쪽이나 뒤쪽에 있는 판권에는 출판사 정보가 있는데, 살펴보면 몇 쇄까지 인쇄했는지 확인할 수 있다. 책이 스테디셀러인지는 판권을 보면 쉽게 알 수 있다.

요즘처럼 출판 시장이 좋지 않을 때는 1만 부만 팔려도 베스트셀러라고 하고 괜찮은 판매 부수라고 한다. 그런데 한국출판문화산업진흥원에서 발표한 「2017년 KPIPA 출판 산업 동향」에 따르면 하루에 출간되는 책은 약 207권이다. 서점은 그야말로 전쟁터다. 책이 나오면 수많은 경쟁을 뚫고 독자들의 선택을 받아야 한다. 책을 쓰는 것도 중요하지만, 책은 팔려야지 그 의미가 더 커진다. 그래서 출간의 기쁨은 잠시 접어두고 저자는 책이 잘 팔릴 수 있게 최선을 다해야 한다. 판매 부수를 올릴 수 있는 가장 중요한 시점이 바로 책을 출간한 직후이기 때문이다.

출간 직후가 중요한 이유는 새로 나온 책을 출판사에서 그 시기에 집중적으로 마케팅하기 때문이다. 출간 관련 보도 기사를 내보내기도 하고 오피니언 리더들에게 책을 보내 출간 소식을 널리 알린다. 또 서점 매대나 평대에 책을 올려 독자들에게 최대한 노출될 수 있게 홍보해준다. 이런 활동에는 다 비용이 들어간다. 그래서 이 시기 책의 매출실적에 따라 마케팅을 좀 더 강화할지 중단할지 결정한다. 짧으면 한 달에서 길면 두 달 사이에 책의 매출 곡선 방향이 결정된다. 요즘은 책도 유행이 빨라 결과를 확인하는 시간이 점점 짧아진다. 따라서 저자는 이 시기를 염두에 두고 출판사와 함께 자신이 할 수 있는 마케팅을 준비해야 한다. 가만히 앉아 있으면, 내 책의 출간 소식을 알아줄 사람은 가족밖에 없다. 그리고 출판사도 저자가 어느 정도 책을 홍보할 수 있다고 생각해서 출간 제안서를 채택했을 것이다. 그러니 이 시기에는 저자도 출판사와 함께 홍보에 전념한다. 아마도 출간 뒤에 홍보는 뒷전인 저자를 출판사가 좋아할 리 없다. 앞으로 계속 책을 출간하고 싶은 저자라면 출판사와 함께 책을 알리는 데도 더욱 힘써야 한다. 책을 쓰는 재미도 있지만 직접 마케팅을 해보는 것도 매우 흥미로운 일이니 새로운 도전이라 생각하고 적극적으로 임해보자.

저자는 책 출간 시점에 맞춰 출간 강연회 같은 행사를 준비해서 많은 사람에게 홍보할 수 있다. 또 주변 지인들에게도 출간 소식을 알려 책이 집중적으로 팔릴 기회를 살려야 한다. 책의 판매 부수가 올라가면 온라인이나 오프라인 서점에서도 판매순위가 올라가고 자연스럽게 독자들에게 더 많이 노출된다. 요즘은 책의 유통속도가 굉장히 빨라 책 출간 초기에 독자들의 관심을 끌지 못하면 한쪽 매대 구석으로 옮겨갈 수밖에 없다. 출판사는 수익에 민감할 수밖에 없어 이른바 되는 놈만 마케팅하는 현실을 저자도 알아야 한다.

책을 홍보하는 가장 좋은 방법은 미디어에 노출되는 것이다. 뉴스 매체와 인터뷰하거나 인터넷 기사로 책이 소개된다면, 더 많은 사람에게 내 책을 알릴 수 있다. 물론 책이 알려진다고 곧바로 판매로 이어지지는 않는다. 그렇지만 책이 필요한 사람들에게 홍보하는 데 큰 도움이 될 수 있다. 판매의 기본은 먼저 널리 알리는 일이다. 책이 세상에 나왔다는 사실을 독자들이 알아야 그나마 구매로 이어진다. 그런 면에서 가장 짧은 시간에 많은 사람에게 홍보할 수 있는 방법이 미디어이다.

때로는 이런 매체의 힘을 악용하는 곳도 있으니 초보 저자들은 주의해야 한다. 언론사나 잡지사와 인터뷰하는 조건으로 해당 잡지를 일정 부수 이상 구매를 강요하는 경우가 있다. 분야별 전문가를 선정한다고 광고하면서 후원금을 받고 취재해주는 언론사도 종종 있다. 이런 제안들의 요구 조건을 들어보면 누구나 상식적으로 이상하다는 것을 금세 알아챌 수 있다. 하지만 초보 저자로서 책을 홍보하거나 언론에 노출될 수 있다는 욕심으로 불편한 제안에 마음이 흔들릴 수 있으니 주의한다. 판매가 잘되지 않는 매체에 내 책의 광고가 실려봐야 많은 사람에게 홍보가 될 리 만무하다.

책을 출간하고 내 책이 팔리는 것을 보는 기쁨은 저자만이 누릴 수 있는 특권이다. 앞서 강조했듯 책 출간 초기에 출판사와 작가가 협력하여 책이 잘 팔려야 그 기쁨이 배가될 수 있다. 그리고 출간 직후에는 책을 만드는 데 도움을 주셨던 주변 분들에게 감사의 인사를 드리는 것도 잊지 않는다. 또 가까운 서점에 나가 내가 쓴 책이 서점에 진열된 것을 직접 만져보는 즐거움도 만끽해보자. 예상컨대 퇴근 시간이나 주말마다 내 책이 잘 있나 서점을 더 많이 찾게 될 것이다.

직장인의 책 쓰기 노하우

책의 판매량을 높이는 법

- 출간 초기에 집중적으로 마케팅을 한다.

- 방송에 노출될 기회를 만든다.

- 신문이나 잡지 등 인터뷰나 신간 소개 등을 한다.

- SNS를 활용한 온라인 마케팅을 진행한다.

저자는
최고의 마케터다

회사원이 쓴 책은 다소 전문적인 소재를 다룰 수도 있다. 나도 부동산 분야에서 일하다 보니 상업용 부동산에 관한 내용을 책으로 썼다. 누구나 쉽게 자주 접할 수 있는 주거용 부동산이 아닌 상업용 부동산이 중심이다 보니 일반인들에게는 다소 생소한 면이 있다. 이런 점은 출판사도 마찬가지였다. 출판사는 책의 홍보를 위해 타깃 독자를 설정하고 이에 맞는 홍보를 해야 효과적이다. 그런 면에서 해당 분야의 전문가인 저자가 출판사의 홍보 담당자보다 더 많은 정보를 갖고 있을 때가 있다. 그래서 회사원이 자신의 선문 분야를 주제로 다룬 서적이라면 책의 세일즈에 저자가 직접 발 벗고 나서는 게 효과적이다.

예를 들면, 책을 홍보하기 위해 인터넷에 서평 이벤트를 하려면 같은 관심사를 가진 사람들이 모여 있는 카페가 효과적이다. 그런 온라인 동호회는 평소 저자가 많이 알거나 이미 가입했을 가능성이 높다. 나도 책을 내기 전부터 여러 부동산 관련 카페에 가입해서 활동했다. 부동산에 관심이 있는 사람들이나 관련 전문가들이 어느 곳에서 많이 활동하는지 잘 안다. 실제로 출간 강연회 홍보를 할 때 내가 가입한 몇몇 카페에 글을 올리는 것만으로 손쉽게 청중을 모을 수 있었다. 만약 출판사 담당자가 그냥 아무 곳에나 홍보했다면, 쏟은 노력에 비해 효과가 약했을 것이다. 그리고 그만한 인원을 단시간에 모으지 못했을 수도 있다. 단적인 예로, 출판사 홍보 담당자가 카페에 가입하기도 쉽지 않고, 또 가입하자마자 홍보할 수 없다며 어려움을 토로하기도 했다. 우선 가입 절차가 까다롭고 가입 승인이 되더라도 곧바로 홍보성 글을 쓰는 것도 어렵다고 한다.

나는 첫 책이 출간될 무렵 부동산학과에 대한 정보를 전부 수집하였다. 담당자들의 연락처를 출판사 홍보팀에 전해주고 부동산학과에 내 책을 집중적으로 홍보했다.『부동산 직업의 세계와 취업의 모든 것』이 출간되었을 때는 부동산학과 학생들에게 취업 멘토링도 병행했다. 책을 홍보할 수 있는 서포터즈 활동도 출판사와 함께 진행하며 내가 할 수 있는 모든 방법을 동원해 책을 홍보했다.

부동산 관련 업계에 있다 보니 기업 강연을 통해서도 책을 홍보할 수 있었다. 무료 특강이나 강의 등을 하면서 조금이라도 홍보할 기회가 생기면 적극적으로 나섰다. 내 책에 관심을 가질 만한 곳이 있으면 연락처를 메모해놓고 직접 전화를 걸었다. 잠재 독자가 있을 법한 곳에 이메일을 보내서 책을 알리는 데 내가 할 수 있는 모든 노력을 기울였다. 책 소개를 위해 전화 통화를 하면서 거절도 많이 당했다. 이메일을 보냈지만, 답을 받지 못한 경우도 셀 수 없이 많았다. 회사에 다니는 처지라 직접 찾아갈 수는 없어 전화와 이메일을 이용해 마케팅했다. 그런 끊임없는 시도를 하면서 여러 번 좋은 기회를 만들었다.

한번은 부동산 포털 사이트인 부동산114에 직접 이메일을 보낸 적이 있다. 내 책의 콘텐츠로 기획 연재를 했으면 좋겠다는 요청을 드렸고, 마침 해당 내용이 담당자에게 잘 전달되어 몇 주간 시리즈로 온라인 연재를 했다. 포털 사이트여서 조회 수도 상당히 많아 책을 알리는 데 적잖이 도움이 되었다. 책 출간 초기에는 강의를 해보고 싶어서 이곳저곳에 먼저 연락을 했다. 그렇게 열심히 홍보하다 보니 이제는 먼저 강연 요청을 하는 곳이 많이 생겨났다. 온라인 강의를 함께 개설해보자는 제안도 있었고, 현직자들을 위한 오프라인 강의 개설을 해보자는 연락이 오기도 한다. 지금 하는 일이 벅차기도 하고 조금 더 나은 커리큘럼을 준비하고 싶어 정중히 거절했지만 그간의 노력이 결실을 보는 순간이었다.

저자가 되면 세일즈에 대한 두려움이나 공포를 떨쳐내라고 말하고 싶다. 내가 쓴 책을 더 많은 사람에게 알리려면 좀 더 당당해져야 한다. 책을 쓴 저자가 자신이 쓴 책을 팔러 다니는 것은 민망하거나 부끄러운 일이 아니다. 오히려 자랑스럽고 뿌듯한 일이다. 영업에 대한 거부감도 있겠지만, 책을 알리면서 느끼는 색다른 즐거움도 있다. 부모라면 자식을 부끄러워하지 않는 것처럼 저자는 자식 같은 책이 잘되게 물심양면으로 뛰어다니면서 책의 생명력을 늘려야 할 책임이 있다.

다시 강조하지만, 나처럼 다소 전문적인 책을 쓰면 저자가 마케팅을 도와야 한다. 해당 분야를 더 많이 아는 저자가 출판사와 함께 책을 홍보하면 효과를 극대화할 수 있다. 저자도 홍보에 참여하면서 다양하고 흥미로운 이벤트를 기획하고 참여할 수 있다. 누군가의 도움을 받는 것도 좋지만, 내가 쓴 책을 직접 홍보하면서 성과가 나타났을 때 더 큰 만족감을 느낄 수 있다. 그 자체만으로 더 많은 경험을 쌓을 수 있고, 흥미진진한 스토리가 생긴다. 전문서적은 다른 책들에 비해 독차층이 얇지만, 노력에 따라 충분히 스테디셀러가 될 수 있다. 한 번에 끓었다 식는 것보다 서서히 달아올라 오래가는 전략이 필요하다. 그렇게 책을 지속적으로 홍보해서 꾸준히 팔면 그게 스테디셀러다. 가만히 앉아 있어서는 책이 팔리지 않는다. 이 세상에는 내 책의 존재를 아는 사람보다 모르는 사람이 훨씬 더 많다는 사실을 꼭 기억하자. 많은 시간과 노력으로 탄생한 책을 적극적으로 세상에 알리는 것도 저자의 몫이다.

직장인의 책 쓰기 노하우

저자가 직접 홍보하면 좋은 점

• 해당 분야 홍보에 더 능통하다.

• 출판사의 마케팅이 끝나도 지속해서 홍보할 수 있다.

• 홍보를 통해 다양한 경험과 기회를 만들 수 있다.

내 책을 홍보하는
다양한 실전 아이디어

만약 내 책이 베스트셀러가 된다면 작가는 크게 홍보에 신경 쓰지 않아도 된다. 출판사에서도 매출을 극대화하려고 더 노력할 것이고, 책이 팔려나가면서 저절로 홍보가 되기 때문이다. 그렇지만 유명인이 아닌 평범한 직장인이 쓴 책이 베스트셀러가 되는 일은 쉽지 않다. 게다가 출판사도 출간 후 어느 정도 기간이 지나면 새로 나온 다른 책을 마케팅해야 한다. 따라서 저자 스스로 자신의 책을 지속해서 홍보할 방안을 고민해야 한다. 저자의 노력에 따라 판매 부수가 달라질 수 있다. 사실 좋은 책이라고 해서 꼭 잘 팔리는 것은 아니다. 적절한 마케팅과 출판 시장의 유행이나 흐름을 타야 좋은 결과를 낼 수 있다.

나는 책이 출간되는 시점에 맞춰 홍보가 필요한 곳의 정보를 최대한 많이 수집했다. 대학교의 부동산학과나 관련 기관, 단체, 학회 등 내 책에 관심을 가질 만한 곳이라면 가리지 않고 정보를 수집했다. 그렇게 내 책의 예상 독자가 있는 곳들을 찾아냈다. 이렇게 조사한 곳들을 정리해서 내 책에 대한 설명을 담은 보도자료를 보낼수 있었다. 이외에도 내 강의를 들었던 수강생들, 카페 회원 등의이메일을 통해 출간 소식을 알리는 데 활용했다. 이메일 마케팅은짧은 시간에 많은 사람에게 알릴 수 있는 효율적인 수단이다. 다만스팸 메일이 되지 않도록 제목과 메일 내용을 신중하게 작성해 보내야 한다는 점을 잊지 말자.

첫 번째 책이 나왔을 때는 사실 어떻게 출간 소식을 알리는 게좋을지 감을 잡지 못했다. 그저 주변 사람들에게 소개하거나 인맥을 통해 알리기에 바빴다. 물론 이런 방법도 나름대로 효과가 있었다. 정말 필요로 하는 사람들 위주로 연락했기 때문에 구매로 이어질 때가 많았다. 특히 『한국 부자들의 오피스 빌딩 투자법』은 부동산 관련 실무를 다룬 책으로 부동산 회사 관계자가 대량으로 구매해주기도 했다. 또 평소 나와 잘 알던 분들이 고마움의 표시로 책을 사주시기도 했다.

세 번째 책이 나올 때는 경험이 쌓여 나름대로 다양한 방법을 시도했다. 사전에 출판사와 책의 출간일에 맞춰 강연회를 기획하고출간과 함께 홍보를 시작했다. 온라인 서점을 통해서 예약 판매도 병행했다. 그렇게 사전에 행사를 기획하고 부동산 관련 인터넷 카페에도 홍보해서 책의 출간을 알렸다. 출간 강연회 장소는 처음엔 작은 곳이었는데 신청자가 늘어나는 바람에 좀 더 큰 곳으로 옮겨야 했다. 행사 당일 130명 정도가 참여해서 예상보다 좋은 결과로 행사를 무사히 마쳤다. 초보 저자치고는 강연회 참여 인원이나 호응이 좋았다. 게다가 출간 강연회 이후에 참가자들이 강연 후기를 인터넷에 올려줘서 온라인 홍보로 자연스럽게 이어졌다.

내가 활용했던 홍보 방법 중에 큰 비용이 들지 않고 좋은 효과를 냈던 것이 하나 있다. 바로 무료 콘텐츠를 만들어 사람들에게 배포하는 것이다. 홍보 중에서 가장 효과적인 게 공짜 마케팅이라는 사실은 누구나 다 잘 안다. 만약 좋은 콘텐츠를 무료로 나눠준다면, 그것을 마다할 사람은 없다. 사람들이 부동산의 어떤 부분에 관심을 가질까 고심하던 중 몇 가지 무료 콘텐츠를 만들어냈다. 예를 들어, 부동산 자격증 종류와 취득을 위한 설명을 정리한 '부동산 자격증의 모든 것'이 대표적이다. 또 부동산 취업을 위한 각종 부동산 회사들과 관련 기관들의 목록을 정리한 『상업용 부동산업계 지도』라는 전자책을 만들어 무료로 배포했다. 그 자료 안에는 내 프로필과 책에 대한 간략한 소개가 들어 있어 이를 본 사람들은 자연스럽게 내 책을 알게 됐다. 이렇게 만든 콘텐츠는 다른 사람들에게도 아무 조건 없이 재배포가 가능하게 했다. 그렇게 더 많은 사람에게 공유할 수 있게 했다. 부동산업계와 관련해 사람들이 가장 궁금해하고 많은 관심을 갖는 유용한 자료를 그렇게 무료로 제공했다. 그렇게 함으로써 책에 대한 신뢰를 올릴 수도 있다. 그 자료는 내 블로그에서 지금도 꾸준히 검색되고 조회 수도 상당히 높다. 앞으로도 주기적으로 새로운 정보를 업데이트해서 블로그를 통해 배포할 예정이다.

이 무료 자료를 처음부터 그냥 나눠주지는 않았다. 인터넷 포털 사이트에 검색되도록 내 책의 서평을 작성하거나 책에 대해 '좋아요' 버튼을 누르고 간단한 설문 작성을 통해 신청 접수를 거친 후 발송해주었다. 구글 설문을 만들고 이를 이용해 신청자의 이름, 소속, 연락처 정보 등을 받았다. 책을 인터넷으로 검색했을 때 독자들의 평가가 있는 것과 없는 것은 큰 차이가 있다. 서평과 좋아요 횟수가 늘어나면서 자연스럽게 내 책에 대한 관심과 신뢰도를 높일 수 있었다. 이렇게 모인 신청자들의 정보는 다음 책이 나오거나 내가 배포하는 무료 정보들이 업데이트될 때 그 소식을 알리는 용도로 활용했다. 이메일을 받아놔서 다시 한번 홍보에 활용할 수 있었다. 내가 사용한 구글 설문은 누구나 쉽게 만들 수 있다. 이를 이용하면 예상 독자들에 대한 정보를 쉽게 모을 수 있다. 나는 책 홍보를 위해 초기 일정 기간만 서평 작성이나 '좋아요'를 누르는 사람들에게만 무료 자료를 보내줬다. 어느 정도 홍보가 된 뒤에는 조건 없이 누구나 자유롭게 자료를 내려받을 수 있게 블로그에 올려놨다. 다음에도 비슷한 방법으로 새로운 콘텐츠를 만들어 책을 홍보하는 자료로 활용할 예정이다.

효과적인 홍보 방법 중 하나는 앞서 설명한 것처럼 블로그나 홈페이지 같은 플랫폼을 통해 지속해서 콘텐츠를 올리는 것이다. 책을 낸 작가의 컴퓨터 속에는 책에 실리지 못한 자료도 많을 것이다. 그런 정보들을 새롭게 정리하거나 편집하면 블로그에 좋은 콘텐츠로 다시 활용할 수 있고 책을 홍보하는 데 유용하다. 꾸준히 블로그나 카페를 운영하다 보면 해당 분야의 전문가로서 자리를 잡아가는 기초를 마련할 수 있다.

책을 홍보하는 아이디어는 의지와 노력만 있다면 분명 찾아낼 수 있다. 언제든 책을 알릴 기회가 나타나면 작은 일이라도 부끄럽게 생각하지 말고 적극적으로 나서보자. 그런 기회가 언젠가는 더 큰 인연을 만들어줄 수도 있다. 출판사 편집장은 나에게 책 홍보의 일환으로 페이스북 라이브 방송 출연을 제안했다. 《중앙일보》에서 각 논설위원이 진행하는 인터넷 방송이었다. 내 책을 위한 일이니 방송이나 인터뷰 경험이 없었지만, 일단 해보기로 했다. 그렇게 새로 나온 책을 소개하는 코너에 출연했다. 방송이 끝난 후에 진행자와 저녁을 먹었는데, 식사하면서 화제가 자연스럽게 부동산 이야기로 흘러갔다. 진행자는 《중앙일보》에서 발행하는 《포브스 코리아》에 기회가 되면 원고를 써보는 게 어떻겠냐고 제안했다. 그러자 함께 있던 출판사 관계자가 말이 나온 김에 기회를 만들어 달라고 농담 반 진담 반으로 대화가 이어졌다. 마침 진행자가 《포브스 코리아》의 편집장과 절친한 사이라고 했다. 그 자리에서 바로 전화를 걸었고, 나도 짧게나마 전화기 너머로 인사할 수 있었다. 짧은 통화가 끝나고 《포브스 코리아》 편집장의 전화 연락처와 이메일까지 받아냈다. 그다음 날 바로 《포브스 코리아》 편집장에게 전날 상황을 설명하면서 나중에 좋은 기회가 있으면 좋겠다는 감사의 이메일을 보냈다. 그리고 두 달쯤 지나 전혀 기대하지도 않았던 전화가 걸려왔다. 《포브스 코리아》에 실릴 인터뷰를 하러 사무실로 찾아오겠다는 연락이었다. 그렇게 인터뷰를 했고, 인터뷰 내용은 잡지

《포브스 코리아》에 실린 인터뷰 기사. 작은 기회라도 내 책을 알리려고 적극적으로 나섰던 게 뜻밖의 결과로 이어진 좋은 경험이었다.

에 그대로 실려 책을 홍보하는 데 큰 도움이 되었다. 만약 방송 후 식사 자리에서 그냥 농담으로 지나쳤더라면, 인터뷰 기회를 얻지 못했을 수도 있다. 작은 기회라도 내 책을 알리려고 적극적으로 나섰던 게 뜻밖의 결과로 이어진 좋은 경험이었다.

나는 내 책을 홍보하는 게 내 직업의 연장선이라고 생각한다. 부동산업계에서도 돈을 버는 핵심은 당연히 영업이다. 나의 이름을 알리고 내가 가진 능력을 보여주는 게 영업의 기반을 닦는 기초가 되었다고 생각한다. 많은 경쟁자 중에서 어찌 되었든 이름이 알려져 활동하다 보면 지금 내가 하는 일도 더 잘해나갈 수 있다고 믿는다. 자기 분야 특성은 누구보다 저자가 더 많이 안다. 회사 일도 버거운데 잠자는 시간마저 줄여가며 만든 소중한 책을 그대로 두는 것은 어리석은 일이다. 책을 낸 것으로 만족하지 말고 널리 알리는 데 힘써야 한다. 저자는 다른 누구보다 자기 제품을 잘 아니까 홍보도 제일 잘할 수 있다는 게 내 생각이다. 노래를 만들어 자신이 직접 부르는 싱어송라이터처럼 책도 쓰고 홍보도 할 줄 아는 저자가 되자. 그러면 당신도 출판사가 선호할 만한 저자의 조건을 갖추게 된 것이다.

직장인의 책 쓰기 노하우

나만의 실전 홍보 노하우

- 출간 시점에 홍보물을 보낼 곳들에 대한 정보를 미리 정리해둔다.

- 출간 강연회를 준비해 독자들과 만날 기회를 만든다.

- 사전 예약 판매를 해서 출간 전에 미리 홍보를 한다.

- 독자들의 관심을 끌 만한 무료 자료를 만들어 배포한다.

- 블로그나 카페에 책과 관련된 콘텐츠를 꾸준히 만들어 올린다.

강연으로
내 책에 날개 달기

책을 갖게 되면 할 수 있는 일이 더 많아진다. 회사 업무 외에 새로운 일을 할 수도 있다. 그중 하나가 바로 강의와 강연이다. 책의 내용과 경험을 바탕으로 많은 사람에게 내가 가진 지식을 직접 전달하는 일이다. 책에서는 충분히 설명할 수 없었던 에피소드나 노하우를 강의나 강연을 통해 독자들과 소통할 수 있다.

강의나 강연의 장점은 지식의 전달과 책의 홍보가 동시에 가능하다는 점이다. 당연히 책의 판매에도 도움이 된다. 행사에 참석하는 사람들에게 직접적인 홍보도 가능하다. 나를 모르던 사람도 강의와 강연 후에 내 책에 관심을 가질 수도 있다. 그뿐만 아니라 미리 내 책을 읽은 사람들도 참석해서 독자들과 직접 교류할 좋은 기회가 된다. 나는 강의나 강연을 할 때마다 서두에 항상 내 책에 관해 이야기한다. 내 소개를 하는 동시에 책을 설명하고 알리는 시간으로 활용한다.

책을 가지고 이렇게 새로운 콘텐츠를 만들면 부가적인 수입도 창출할 수 있다. 생각보다 많은 저자가 강의와 강연을 전문적으로 하기 위해 책을 출간한다. 그만큼 자신의 책을 출간하면 신뢰도를 높일 수 있기 때문이다. 처음에 나도 강의나 강연을 과연 잘할 수 있을지 의구심이 들었다. 남들 앞에 나서서 말을 유창하게 할 자신이 없었다. 하지만 저자가 되면 강의나 강연의 기회는 원하지 않더라도 몇 번쯤 생기게 마련이다. 나는 첫 강연 요청을 받고 어디서 용기가 나왔는지 모르겠지만 덥석 수락했다. 새로운 도전에 신이 나기도 했지만 무엇보다 강연을 통해 내 책을 홍보할 기회를 그냥 놓칠 수 없었다.

내 인생 첫 공식적인 강의는 부동산 시설 관리를 연구하는 FM학회에서 요청받아 이뤄졌다. 부동산업계에 있는 현직자들을 대상으로 하는 강의라서 더욱 준비를 많이 해야 했다. 비록 돈을 받는 유료 강의는 아니었지만, 매우 가치가 있는 자리였다. 또 학회를 통해 부동산업계의 수많은 회원에게 내 책을 알리는 데 큰 의미가 있었다. 일단 강의 경험을 쌓는다는 마음으로 적극적으로 임했다. 100명 가까운 많은 사람 앞에서 2시간 정도 내가 전달하려는 내용을 열심히 설명했다. 당연히 첫 강의라 조금 떨리고 긴장됐다. 하지만 강의가 진행될수록 청중들과 소통하면서 스르르 긴장이 풀리고 마음이 편안해졌다. 조금 실무적인 주제였지만 업계 사람들과 공감대가 형성되자 자연스럽게 강의를 이끌어갈 수 있었다. 그렇게 첫 강의를 무사히 마치면서 자신감을 얻었다. 게다가 부동산업계 사람들이 참석하는 자리여서 업무상 네트워킹을 할 좋은 기회가 되기도 했다. 지금도 종종 업무상 사람들을 만나면, 그날 강의를 잘 들었다며 인사하는 분이 있다. 나에게는 정말 의미 있는 첫 강연이었다.

사실 평범한 회사원이 책을 썼다고 처음부터 강의나 강연을 쉽게 할 수는 없다. 책이 정말 많이 팔려서 베스트셀러가 된다면 모르겠지만, 그냥 가만히 앉아 있으면 다른 사람이 나를 찾아주지 않는다. 저자가 나름대로 책의 홍보를 위해 강의나 강연을 준비해야 한다. 물론 출판사에서도 책 판매를 위해서 힘쓰겠지만, 저자가 직접 나서서 강의나 강연 기회를 적극적으로 찾고 만들어야 한다. 홍보 방법으로도 매우 효과적이고, 또 강의를 준비하면서 많은 것을 배울 수 있다. 강의에는 퇴고가 없기 때문에 흐름이 끊기지 않게 내 이야기를 잘 전달해야 한다. 책 쓰기가 녹화라면 강의나 강연은 생방송이다. 그래서 리허설도 여러 번 해보고 어떻게 강의 시간을 구성하고 끌어갈지 고심한다. 중간중간 듣는 이들의 이목을 집중시키려면, 지루하지 않게 재미난 에피소드도 준비해야 한다. 책 쓰기와는 다른 짜릿한 경험이다. 저자라면 누구나 강의할 만한 역량이 충분하다. 그러니 내 책에 날개를 달아주는 강의와 강연을 준비해보자.

　처음 취업 강연을 준비할 때 모든 일이 내 생각처럼 진행되지 않았다. 우선 많은 사람을 모아 강연할 장소를 구하려면 적지 않은 돈이 들었다. 비용을 감당하려면 유료 강연을 해야 했는데, 그렇게 하고 싶지는 않았다. 취업 강연을 위한 장소 섭외를 위해 여러 대학교에 협조 요청 메일을 보내보기도 하고 교수들한테 직접 연락하기도 했다. 무료 강연이고 좋은 취지여서 쉽게 강연장을 구할 것 같았다. 하지만 흔쾌히 장소를 빌려주겠다는 곳은 쉽게 나타나지 않았다. 그렇게 여러 곳에 연락한 끝에 숭실대학교 사이버대학교 부동산학과 교수에게 강의실을 사용해도 된다는 허락을 받았다. 어렵사리 학생들을 위해 첫 취업 강의를 했다. 우여곡절 끝에 구한 강의실에 미리 도착해 자리도 정리하고 학생들을 위해 음료수와 과자를 준비했던 취업 강의가 아직도 기억에 생생하다. 돈을 받는 것도 아니었지만, 내 강의를 위해 모인 취업 준비생들에게 최선을 다하고 싶었다. 그때 했던 취업 강의가 나에게는 지금까지 했던 어떤 강의보다 의미가 있다.

　이후 몇 번의 특강과 학생들에게 취업 상담 및 컨설팅을 한 경험을 바탕으로 부동산 취업서인 『부동산 직업의 세계와 취업의 모든 것』을 쓰게 되었다. 홍보를 위해 출판사의 도움으로 출간 강연회를 했다. 또 취업 사이트인 '잡플래닛'의 협조를 받아 부동산 무료 취업 특강을 이어갈 수 있었다. 그러다 보니 취업 강연은 지속해서 요청이 들어온다. 지금도 회사에 다니면서 시간이 허락할 때마다 학생들을 위해 강의하면서 지식 나눔을 한다. 학생들을 위해 무료 강연을 자주 했는데, 때로는 유료 강연을 할 때도 있었다. 부동산 관련 회사들이나 대학교에서 진행하는 부동산 투자와 자산관리 강의는 강연료를 받았다.

지금까지 강의하면서 초보자로서 우여곡절과 힘든 일이 많았지만, 내게는 모두 좋은 경험이다. 어떤 일이든 어려움이 있게 마련이지만 중요한 사실은 책을 통해 남들 앞에서 당당하게 내 이야기를 할 수 있다는 게 좋았다. 나를 불러줄 무대가 없다면 스스로 만들면 된다. 요즘은 페이스북을 켜고 혼자 라이브 방송을 하거나 유튜

『부동산 직업의 세계와 취업의 모든 것』 출간 기념 강연.

브로 혼자서 생방송을 할 수 있는 시대다. 잘 찾아보지 않아서 그렇지 하고자 하는 마음만 있으면, 강의나 강연을 할 방법은 얼마든지 있다.

강연이나 강의는 처음 시작이 어렵지 하면 할수록 실력이 늘면서 더 좋은 콘텐츠를 만들 수 있다. 그래서 초보 저자인 여러분도 처음 강연 요청이 들어오면 무조건 수락하고 일정에 맞춰 최선을 다해 준비하라고 권하고 싶다. 강의를 준비하면 강의 중 사용할 교안을 만드는 실력도 늘릴 수 있다. 또 청중과 약속을 지켜야 하기 때문에 아주 강력한 동기 부여 수단이 된다. 이렇게 한 번 강의 교안으로 만든 자료는 조금씩 변형하고 수정하면서 계속 사용할 수 있다. 그러면 다음번 강의는 준비 시간이 줄어들고 훨씬 수월해진다. 강의 횟수가 거듭될수록 자연스럽게 좀 더 나은 강의나 강연을 준비할 수 있다. 또 많은 사람 앞에 서야 하고 예상치 못한 질문을 받을 수 있기 때문에 최선을 다해 준비한다. 돌발 상황에 대처하다 보면 그만큼 자신만의 노하우나 기술도 생긴다.

책을 쓴 저자라면 강의나 강연 콘텐츠 제작은 그리 어렵지 않다. 교안은 책의 내용을 바탕으로 해도 되고 책을 준비하면서 정리했던 자료를 활용해 만들 수도 있다. 자연스럽게 준비 과정에서 자신의 분야를 더 깊게 학습하게 된다. 게다가 강의를 듣는 사람들과 교류하면서 대화를 나누다 보면 자신을 발전시켜갈 수 있다.

직장인의 책 쓰기 노하우

> **초보 저자, 강연하는 법**
>
> • 내 책과 비슷한 내용의 강의나 강연을 찾아본다.
>
> • 책 출간 초기에 들어오는 강의나 강연 요청은 무조건 수락한다.
>
> • 무료 강연이라도 최선을 다해 참여한다. 또 다른 강연 기회가 생긴다.

책은 나를 표현하는 퍼스널 브랜딩

매일 비슷한 생활을 하는 평범한 회사원이었던 나는 책을 준비하다 보니 퍼스널 브랜딩에도 관심을 두게 되었다. 개인 브랜드를 만들어 부동산업계에서 내 이름을 알리면 업무에 도움이 되겠다 싶었다. 나를 만났을 때 다른 사람과 구별되는 특별함을 보여주고 싶었다. 한편 회사를 떠나 명함이 사라져도 내 이름만으로도 가치 있는 사람이 되고 싶었다. 회사의 후광을 등에 업은 직함은 어차피 유효기간이 정해져 있기 마련이다. 은퇴하면 없어지는 계급장 때문에 구태여 매달릴 필요가 있겠냐는 생각을 자주 했다. 무엇보다 회사에 휘둘리지 않아도 되는 나만의 고유함을 갖고 싶었다. 그래서 차라리 내 브랜드를 만들고 스스로 몸값을 올리는 게 더 현명한 선택 같았다.

평상시 우리가 어떤 제품을 선택할 때 브랜드 인지도가 중요한 판단 기준이 된다. 브랜드라는 단어는 '태운다'라는 뜻을 가진 노르웨이의 고어 'brandr'에서 유래되었다. 가축을 키우는 사람들이 다른 사람들의 가축과 구별하려고 낙인을 찍은 데서 파생된 용어다. 기업의 제품에만 사용되던 용어가 개인에게도 적용되어 퍼스널 브랜딩이란 말이 생겨났다. 퍼스널 브랜딩은 꼭 유명인이나 연예인들에게만 해당되지 않는다. 나처럼 평범한 사람도 책을 활용하면 충분히 퍼스널 브랜드를 만들고 몸값을 높일 수 있다. 나는 부동산 관련 책을 몇 권 출간했고, 앞으로도 부동산과 관련된 콘텐츠를 계속 만들 계획이다. 그렇게 퍼스널 브랜딩을 하려면 나와 내 콘텐츠를 홍보할 도구가 필요했다. 나는 평소 여러 자기계발서를 읽으면서 퍼스널 브랜딩을 위해서 플랫폼이 필요하다는 사실을 잘 알았다. 그래서 내가 활용할 플랫폼을 구축하는 계획을 세웠다.

플랫폼은 원래 기차를 타고 내리는 승강장이라는 뜻이다. 상품 판매를 위해 공통으로 사용되는 구조라든지 어떤 것의 기반이라는 의미다. 가장 손쉽게 퍼스널 브랜딩에 활용할 플랫폼으로 블로그나 온라인 카페가 대표적이다. 조금 더 독립적이고 전문적인 플랫폼을 구축하고 싶다면, 개인 홈페이지도 만들어볼 수 있다. 퍼스널 브랜딩을 위해 플랫폼이 필요한 데는 여러 가지 이유가 있다. 나처럼 평범한 직장인 저자라면 지속적인 책의 홍보를 위해 플랫폼이 필수적이다. 출판사들은 출간 초기에 책의 반응이 좋으면 지속해서 마케팅을 한다. 그렇지만 대부분 일정 기간이 지나 책의 매출이 떨어지면, 더는 적극적인 홍보를 기대하기 힘들다. 계속 새로운 책이 출간되기 때문에 출판사가 신간에 집중하는 건 자연스러운 일이다. 따라서 출간 후 시간이 지나면 저자가 직접 책을 홍보해야 한다. 이 때문에 저자라면 반드시 자신만의 플랫폼을 가져야 한다.

나는 퍼스널 브랜딩 플랫폼을 구축해야겠다고 결심한 뒤에 한 가지씩 실행에 옮기기로 했다. 우선 홈페이지를 만들고 싶어 인터넷을 통해 내 이름으로 된 도메인 주소를(www.minsungsik.com) 구매했다. 유명 개인 브랜딩 플랫폼은 대부분 이름을 활용한 인터넷 주소를 갖고 있다. 그래서 나도 내 이름으로 된 인터넷 주소를 만들기로 하고 외우기 쉽게 영문주소를 선택했다. 요즘엔 돈만 주면 멋지고 깔끔한 홈페이지를 금방 만들어준다. 하지만 어떤 것이든 스스로 하다 보면 배우는 것이 많다. 나는 도서관에서 홈페이지 만드는 책을 여러 권 빌려 하나씩 따라 했다. 인터넷 호스팅 서비스까지 직접 신청하고 마침내 내 이름의 주소를 가진 홈페이지를 완성했다. 디자인이나 구성은 세련되지 않았지만, 그래도 내가 만든 콘텐츠를 홍보하고 알리는 플랫폼으로 사용하기에는 손색이 없었다.

이렇게 플랫폼을 구성하고 활용하는 비용은 연간 10만 원 정도면 충분하다. 인터넷 공간에서 자신을 알릴 때 비용대비 효과 면에서는 훌륭한 도구다. 그렇게 개인 홈페이지를 만든 뒤에는 유명 포털 사이트의 블로그도 함께 개설해 운영한다. 블로그 개설은 아이디만 있으면 누구나 돈 한 푼 들이지 않고 만들 수 있다. 개인 홈페이지에 비해 훨씬 손쉽고 경제적인 방법이다. 게다가 관련 포털 사이트 검색에도 쉽게 노출되어 개인 브랜딩 플랫폼으로 최상의 도구다. 『부동산 직업의 세계와 취업의 모든 것』을 출간한 뒤 회원들과 자료 공유를 위해 인터넷 카페도 개설해서 운영한다. 그래서 지금은 개인 홈페이지, 블로그, 카페, 브런치 등을 활용해서 부동산 관련 콘텐츠를 만들고 부동산 정보를 공유한다. 자연스럽게 내 플랫폼에 방문하는 사람들은 내가 책의 저자라는 사실을 알게 된다. 이렇게 구축한 플랫폼이 지금은 내 개인 홍보 부서나 다름없다.

구글에서 검색이 잘되는 워드프레스라는 프로그램을 사용해서 만든 나만의 홈페이지다. 구글은 물론 다른 포털 사이트에서도 검색이 잘되어 만족스럽게 활용하고 있다.

앞서 설명한 것처럼 온라인 플랫폼의 장점은 유지비용이 거의 들지 않는다는 점이다. 조금만 시간을 들여 콘텐츠를 만들면 다양한 방식으로 활용해 개인 브랜드를 만들어갈 수 있다. 나는 지금도 꾸준하게 책의 내용과 연관된 글을 쓰거나 부동산 현업에서 일어나는 에피소드를 활용해 글을 쓴다. 온라인 플랫폼에 글을 발행하면서 책의 홍보 채널로도 이용한다. 강의나 강연 시 청중 모집을 위한 수단으로도 온라인 플랫폼을 적극적으로 활용한다. 이렇게 자신만의 플랫폼이 있으면, 시간과 장소에 구애 받지 않는다. 다른 사람의 눈치나 영향을 받지 않고 독자적으로 쓰고 싶은 글을 쓰거나 홍보할 수 있다는 게 가장 큰 매력이다.

온라인 플랫폼을 통해 개인 브랜딩을 하고, 홍보하기 위해서 가장 먼저 해야 할 일은 좋은 콘텐츠를 만드는 것이다. 최근 많이 활용하는 동영상이나 음원 녹음인 팟캐스트를 활용할 수도 있다. 그 중 가장 일반적이고 누구나 쉽게 할 수 있는 게 글을 쓰는 것이다. 플랫폼에 좋은 글을 지속해서 올리면 콘텐츠 검색이 활발해진다. 만약 SNS에 좋은 글을 모아서 발행하는 온라인 큐레이션 플랫폼 등에 내 콘텐츠가 소개된다면, 더 많은 사람에게 내 생각을 전달할 수 있다.

플랫폼을 활용해 글을 쓰고 퍼스널 브랜딩을 하는데도 전략이 필요하다. 유명 블로거나 퍼스널 브랜딩을 잘하는 사람들의 공통

나도 회사 다니는 동안 책 한 권 써볼까

점을 살펴보면, 정기적으로 꾸준하게 콘텐츠를 만든다는 점이다. 한 분야에 지속해서 글을 쓰거나 동영상을 만들다 보면 자연스럽게 해당 분야의 전문가로 인정을 받는다. 꾸준함을 이길 만한 콘텐츠는 없다. 특히 관련 키워드로 생성된 자료가 많아지면 온라인 검색을 통해 쉽게 콘텐츠가 노출된다. 자연스레 퍼스널 브랜딩이 된다. 한 번 만들어진 좋은 자료는 온라인상에서 계속 회자되면서 선순환을 일으킨다. 내가 따로 노력하지 않아도 다른 사람이 나서서 내가 만든 정보를 널리 옮긴다. 하지만 처음부터 과한 욕심과 기대는 버리는 게 좋다. 처음에는 내가 하고 싶은 일을 그냥 오래하겠다는 마음가짐으로 홈페이지를 시작하는 것이 좋다. 이렇게 콘텐츠를 지속해서 만들려면 아이디어가 떠오를 때마다 정리하는 습관을 들여야 한다. 예를 들어, 책의 목차처럼 앞으로 정리해볼 테마를 먼저 정해놓고 순서에 따라 글을 쓴다면 좀 더 수월하게 플랫폼을 운영할 수 있다. 게다가 나중에 이를 잘 정리하면 책으로도 출간할 수 있다. 블로그도 운영하고 책도 출간할 수 있다면 한 번쯤 도전해볼 만한 일이다.

플랫폼을 이용해서 글을 쓰면 그 활용도가 매우 높다. 예를 들어, 온라인에 글 한 편만 쓰면 내가 운영하는 블로그나 카페에 동시에 올릴 수 있다. 그뿐만 아니라 내가 가입해 활동하는 다른 카페나 SNS에 공유할 수도 있다. 한번 만든 자료를 다양한 플랫폼에 유통할 수 있다. 요즘에는 좋은 콘텐츠만을 골라 소개하는 플랫폼도 많다. 나는 이런 곳에 유료로 내 글을 판매하기도 했다. 어떤 곳은 내 콘텐츠를 무료로 제공하는 대신 내 블로그를 홍보해주는 방식으로 협업하기도 했다. 다양한 형태로 내가 만든 콘텐츠가 퍼져나가고 내 글을 좋아하는 사람들이 많아질수록 더 나은 글을 쓰기 위한 자극이 된다. 보는 사람이 많아지면 자연스럽게 동기 부여가 되고 이전보다 더 좋은 글을 쓰기 위해 노력하게 된다.

블로그나 카페에 글을 쓸 때 무엇보다 신경 써야 하는 것은 콘텐츠의 유용성이다. 즉 내가 만든 자료를 보거나 읽는 사람들에게 도움이 되어야 한다. 또 글 속에서 홍보하려는 의도가 대놓고 드러나거나 카페나 블로그와 관계없는 내용을 공유하면 오히려 역효과가 난다. 나도 플랫폼 운영 초기에 홍보성 글들을 공유하다가 강퇴당하기도 하고 운영자들에게 제재를 받기도 했다. 그런 일이 있은 뒤 홍보보다는 오히려 좋은 콘텐츠를 만드는 데 더 집중했다. 자연스럽게 내 블로그에 검색을 통해 방문할 수 있는 쪽으로 전략을 바꿨다. 홍보를 먼저 생각하다 보면 지나친 욕심에 글을 쓰려던 원래 취지를 잃어버리기 쉽다. 지금은 원래 하고 싶었던 지식 공유라는 목적에 맞게 좋은 콘텐츠를 만드는 데 집중해 블로그를 운영한다.

플랫폼이 있으면 온라인 공간에서 쉽게 나를 알리고 인지도까지 높일 수 있다. 온라인을 활용한 퍼스널 브랜딩은 자연스럽게 오프라인과도 연결된다. 나에게 들어오는 강의나 강연 요청 또는 인터 뷰 문의도 대부분 블로그를 보고 연락이 온다. 그뿐만 아니라 내가 하는 부동산 업무까지도 연결된다. 오피스 빌딩의 로비 공간 활용 을 제안한 미술 작품 플랫폼 운영 회사라든지 주차장 운영에 대한 새로운 사업 제안을 위해 나를 찾았던 담당자도 나에 대한 정보를 온라인을 통해 알고 연락했다. 내 블로그나 공유된 콘텐츠를 보고 연락한 것이었다. 이 정도면 플랫폼을 운영할 만한 충분한 가치가 있다는 점을 잘 알 수 있다.

게다가 플랫폼을 지속해서 운영하다 보면 자연스럽게 글쓰기 연 습을 할 수 있다. 그런 과정에서 새로운 아이디어가 떠오르기도 하 고 색다른 기획을 해보는 계기를 마련할 수도 있다. 책 한 권을 써 본 저자라면 충분히 블로그나 개인 홈페이지를 이끌어갈 콘텐츠를 충분히 갖고 있다. 여러분도 다른 사람에게 도움이 될 만한 정보와 지식의 공유를 책 한 권으로 끝내지 말고 온라인에서도 이어갈 수 있도록 자신만의 플랫폼을 구축해보자.

직장인의 책 쓰기 노하우

온라인 콘텐츠로 퍼스널 브랜딩 하기

- 나만의 블로그나 홈페이지를 만든다.
- 책의 내용과 관련된 글이나 동영상을 만든다.
- 꾸준히 지속해서 콘텐츠를 만든다.

책은 다양한 콘텐츠의 뿌리, 책의 2차적 활용

책을 쓴다는 것은 여러 가지로 의미가 있지만, 무엇보다도 콘텐츠 생산 자가 되는 데 가장 큰 의미가 있다. 평범한 사람이라면 지금까지 주로 콘텐츠 소비 자였을 것이다. 책을 사 보고, 듣고 싶은 음원을 요금을 지급하고서 내려받고, 표를 끊어 영화를 관람하거나 케이블 TV에서 유료 VOD를 보는 일들은 누구나 익숙하 다. 그런데 저자가 되면 이제는 소비자에서 생산자로 입장이 바뀐다. 특히 요즘같이 정보가 돈이 되는 사회에서 콘텐츠 생산자가 된다는 것은 콘텐츠를 통해 돈을 벌 수 있다는 의미이기도 하다.

좋은 콘텐츠를 생산하면 삶이 달라진다

파워 블로거나 대형 온라인 카페를 운영하는 이들이 특정 제품을 품평하고 리뷰 비 용을 받거나 협찬 상품을 받는 것은 이제는 흔한 일이다. 온라인 세계에서는 그들이 바로 콘텐츠 생산자다. 글이나 사진을 통해 콘텐츠를 만들고 원하는 사람들에게 정 보를 제공하는 것이다. 소비자들이 많이 원할수록 그만큼 상업성도 높아진다. 소비 자들에게 영향력이 많은 콘텐츠 생산자인 파워 블로거들이 돈을 버는 이유이기도 하다.

콘텐츠 생산은 말처럼 쉽지 않다. 그렇지만 좋은 콘텐츠를 보유하고 잘 유통한다면 달콤한 열매를 얻을 수도 있다. 특히 온라인 플랫폼을 적절하게 구축하면, 내가 잠을 자거나 쉴 때도 판매가 일어난다. 게다가 온라인은 유통과 홍보 비용이 거의 없거나 적게 들어 지식 정보 생산자에게 돌아가는 몫은 더 커진다.

이렇게 콘텐츠 생산자가 되면 직장 생활도 달라진다. 회사 출근이 지겨운 이유 중 하나는 회사원이 창조적이고 주도적으로 일하는 데 한계가 있기 때문이기도 하다. 틀을 조금만 벗어나는 일을 하려면 상사의 승인이 있어야 한다. 하지만 내 책을 기반으로 콘텐츠를 생산하는 일은 얼마든지 내 의도대로 다 해볼 수 있다.

책을 쓰다 보니, 원고로 정리한 내용을 플랫폼 특성에 맞게 조금만 가공하면 온라인 콘텐츠가 된다는 사실을 깨달았다. 플랫폼이라고 해서 거창한 것은 아니다. 처음에는 블로그나 카페를 이용하거나 아니면 유료로 만들어진 것을 이용해도 된다.

책의 파생상품, 온라인 콘텐츠

온라인 콘텐츠에 눈이 뜨이자 점차 책만이 아니라 책을 낸 이후 과정들도 보이기 시작했다. 저자들의 출간 이후 활동은 저마다 다양하다. 온라인과 오프라인을 결합해 교육 활동을 하고, 자신의 사업을 홍보하고 확장하기도 했다. 나는 먼저 책 외에 온라인에 어떤 콘텐츠를 만들어 판매할 수 있을지 고민해봤다. 평소 책을 읽으면서 배웠던 심리학이나 마케팅 책에서 사람들이 좋아하거나 선호할 만한 것들이 어떤 것들인지 정리해봤다. 결론은 남들이 귀찮아하고 불편해하는 것들을 보기 좋게 정리해서 콘텐츠로 만들면 사람들이 관심을 가진다는 단순한 사실이었다. 그래서 부동산 분야의 지식을 이용해 바로 판매가 가능한 콘텐츠를 만들기로 했다.

가장 먼저 시도했던 것은 오프라인에서 했던 강의를 온라인 콘텐츠로 만드는 일이었다. 항상 강의할 때마다 먼 거리에서 오거나 시간이 허락하지 않아 참석하지 못한 분들이 있었다. 그런 사람들을 위해 언젠가는 온라인 강의를 만들어야겠다고 생각했다. 때마침 한참 인터넷 검색을 하다가 온라인 강의를 쉽게 만들 수 있는 플랫폼을 발견했다. 곧바로 그 회사에서 진행하는 사업설명회에 참여하면서 본격적으로 온라인 강의를 준비했다.

온라인으로 상품을 판매하려면 사업자등록증을 개설하고 온라인 통신판매 사업자로 등록해야 한다. 인터넷으로 등록 방법을 찾아보고 차근차근 한 단계씩 준비했다. 시작하기 전에는 온라인 판매를 위한 절차들이 복잡해 보였지만, 막상 하나씩 해보니 그리 어렵지도 않았다. 그렇게 한두 가지씩 준비했고, 드디어 온라인 강좌를 판매할 준비를 끝마쳤다.

그런 뒤에 내가 평소에 진행하던 강의와 강연의 콘텐츠로 온라인 강좌를 만들었다. 강좌라기에는 너무 거창할 수도 있지만, 오프라인 강의 때 사용하는 프레젠테이션을 주로 이용했다. 파워포인트 화면을 이용해 마이크가 달린 헤드셋을 가지고 평소 강의하듯 컴퓨터 화면을 녹화한 게 전부였다. 내 방 서재가 곧 강연장이었다. 그렇게 온라인 강좌 사이트를(https://realestate.academy-cloud.net) 오픈했다. 지금까지 내가 했던 몇 개의 부동산 관련 강좌를 온라인 플랫폼에 올렸다. 이렇게 만든 콘텐츠는 지금까지도 꾸준히 판매되고 있다. 아직 수익이 크지는 않지만, 한 번 올려놓으면 지속해서 쏠쏠한 수입을 얻으니 신통할 따름이다. 무엇보다 서울에서 멀리 있는 사람들도 내 강의를 편하게 들을 수 있다고 고마워하는 것을 보면서 뿌듯했다.

이외에도 '사이다 경제'라는 경제 전문 온라인 플랫폼에 콘텐츠를 제공하면서 원고료를 받기도 했다. 원고료가 많지는 않지만, 상대방과 글을 쓰기로 약속해 꾸준히 콘텐츠를 만드는 데 동기 부여가 되는 장점이 있다. 게다가 이런 전문 사이트에서는 온라인에 글을 올리기 전에 내용을 다듬고 그림이나 이해를 돕는 도표 등으로 세련되게 콘텐츠를 꾸민다.

책 한 권의 다양한 확장

책 쓰는 문제에서 잠시 강연과 유료 콘텐츠 서비스 이야기로 빠진 듯하지만, 사실 말하고 싶은 것은 이 모든 일의 기반이 바로 책이라는 점이다. 확실히 책은 가장 정제된 콘텐츠다. 단편적 정보나 일회성 감상과는 성격이 다르다. 구성도 튼튼해야 하고, 책 자체로서 완결적인 정보를 담아야 한다. 저자와 편집자를 비롯한 여러 사람의 손을 거치면서 정보의 사실관계를 확인하고 독자가 가장 이해하기 쉽게 다듬어 낸 결과물이 책이다. 그러기에 하나의 책을 쓰고 나면 그 책 내용은 물론이고 준비 과정에서 모아둔 글감들이 다양한 온라인 콘텐츠를 만드는 중심 재료가 된다. 책 하나를 잘 쓰면, 얼마든지 유용한 콘텐츠로 확장할 수 있다는 뜻이다. 물론 미디어마다 성격이 다르기 때문에 온라인 콘텐츠나 유료 서비스를 만들려면 나름대로 새롭게 준비해야 한다. 하지만 모든 것이 그렇듯 어떤 일의 방법을 알고 나면 다음번은 더 쉽다.

요즘에는 유튜브를 비롯해 온라인 콘텐츠로 얻는 수익이 증가하면서 이 일에 뛰어드는 사람들이 늘어났다. 공급자가 늘어나면 경쟁이 치열해진다. 이때에도 자신만의 저서를 가진 저자라는 사실은 이용자들의 신뢰를 얻는 데 큰 도움이 된다. 흔히 콘텐츠만으로 승부를 본다고 하지만, 소비자들은 그 콘텐츠 제공자가 얼마나 신뢰할 만한 사람인지, 전문성이 충분한지, 사회적으로 검증되었는지 알게 모르게 다 따져보고 판단한다. 책의 저자는 이런 점에서 처음부터 한 수 앞서 시작하는 유리한 위치를 점한다. 특히 강의나 강연 쪽으로 활동하고 싶은 사람들에게 책 저술은 거의 필수적이다. 이처럼 책을 쓴다는 것은 그 책 하나로 그치는 게 아니라 이후 저자의 활동 폭과 다양한 콘텐츠 사업 기회를 열어주는 만능열쇠 같은 성격이 있다.

당신도 저자가 될 수 있다

어떤 일이든 방법을 알면 그다음에는 좀 더 수월해진다. 책을 쓰는 일도 마찬가지다. 회사에 다니며 책을 쓰는 게 정말 쉽지는 않았다. 그럼에도 네 번째 책을 마무리하면서 이제 다음 책을 준비하려고 한다. 이상하게 책을 쓰고 나면 할 말이 더 많아진다.

내가 아는 것을 글로 표현하고 써 내려가면서 나는 늘 이게 과연 맞는 이야기인지 자주 곱씹어본다. 혹시 나 자신을 지나치게 포장하거나 과장하는 것은 아닌지 말이다. 이리저리 고쳐가며 글을 수정하지만 언제나 아쉬움이 남는다. 직장인으로서 책 쓰기를 시작하실 여러분도 아마 나와 같은 순간이 여러 번 찾아올 것이다. 그럴 때마다 이 책을 살펴보면서 끝까지 초고를 완성할 수 있었으면 좋겠다. 마치 내 책이 마라톤을 완주할 수 있게 돕는 러닝메이트

역할을 해주었으면 한다.

지금껏 책을 쓰면서 여러 사람의 도움을 받았다. 특히 이 책은 내 인생 첫 원고를 검토해준 바틀비의 정희용 대표와 인연으로 탄생했다. 그와 만남이 좋은 인연이었듯이 이 책도 누군가에게는 좋은 인연으로 남았으면 좋겠다. 퇴근 후 졸린 눈을 비비며 힘겹게 책을 쓰는 직장인에게 분명 힘이 되어줄 것으로 믿는다.

나는 나 자신의 한계를 잘 안다. 회사에 다니는 평범한 직장인이 책을 쓴 경험을 소개하는 것이기에 다른 전문 작가와 비교해 부족한 면이 상당히 많을 것이다. 하지만 내가 믿는 구석은 하나 있다. 회사원의 입장을 충분히 이해하고 공감하면서, 먼저 경험한 동료가 옆에 앉아 격려하듯이 책 내는 방법을 설명하는 일이라면 내가 더 나을 수도 있겠다고 생각했다. 이런 소박한 의도가 직장 일에 지치면서도 자신의 책 쓰기를 꿈꾸는 독자에게 고스란히 전해졌으면 좋겠다.

특별한 사람만 책을 쓴다는 선입견을 버리자. 직장인들은 모두 예비 저자가 될 자격이 있다. 단지 결심을 안 했을 뿐이다. 이 에필로그까지 읽은 독자라면 망설이지 말고 가슴 뛰는 나만의 책 쓰기 프로젝트를 진지하게 생각해보자. 연습장과 필기구만 있으면 누구나 다 '직장인 저자 되기 프로젝트'를 시작할 수 있다. 이제 행동으로 옮기는 일만 남았다. 머뭇거리는 사이에 누군가는 지금 출간의 기쁨을 누리고 있다. 다음은 여러분이 그 주인공이 되기를 바란다.